Renate Welsh

JOHANNA

Roman

GEGRÜNDET
1999

Renate Welsh

JOHANNA

Roman

Czernin Verlag, Wien

Gedruckt mit Unterstützung der Stadt Wien, Kultur

Welsh, Renate: Johanna / Renate Welsh
Wien: Czernin Verlag 2021/1979
ISBN: 978-3-7076-0722-2

2. Auflage 2021

Autorinnenfoto: Christopher Mavrič
Umschlaggestaltung und Satz: Mirjam Riepl
Druck: Finidr
ISBN Print: 978-3-7076-0722-2
ISBN E-Book: 978-3-7076-0723-9

Für Johannas Enkelkinder

I. Teil

1931

Abschied

Seit Johanna wusste, dass sie weggehen würde, sah alles anders aus.

Den ganzen langen Sommer über hatte sie jeden Morgen einen Strich in den Pfosten neben dem Schweinekoben geritzt. Es waren jetzt hundertundvier Striche. Eine Woche noch.

Sie striegelte den verklebten Dreck von den Flanken der drei Kühe, wusch die Euter mit dem Tuch, das immer säuerlich roch, auch wenn man es noch so oft ausspülte. Sie wich gerade noch rechtzeitig dem Kuhschwanz aus, als sie die Bless mit der Wurzelbürste bearbeitete.

Die Ziehschwester Maria kam über den Hof und nickte Johanna zu. Der Henkel des Eimers schepperte.

Johanna füllte Heu in die Futterkrippen. Ihre Stiefel schlurften auf dem Lehmboden. Es waren alte Stiefel des Ziehvaters, drei oder vier Nummern zu groß. Wenn Johanna schlaftrunken hineinfuhr, war das praktisch, aber beim Gehen hatte sie Mühe damit.

Der Milchstrahl zischte hell in den leeren Eimer. Später, sobald der Boden bedeckt war, wurde der Klang dumpfer. Als der erste Eimer voll war, nickte Maria; Johanna schob ihr einen leeren Eimer hin, schnippte zwei Strohhalme aus der schäumenden Milch und goss sie durch das Sieb. Sie schöpfte zwei Liter in die Kanne und trug sie ins Haus.

Johanna ging zum Brunnen, pumpte den Eimer voll, spülte ihn aus, pumpte noch einmal und hielt das Gesicht unter den scharfen Strahl. Sie schüttelte sich, dass die Tropfen von ihren Haaren flogen. Die weiße Katze erwischte einen Tropfen auf der Nase und sprang beleidigt zur Seite.

Wenn sie ihre Jungen bekommt, bin ich nicht mehr da, dachte Johanna.

Die Kaffeebecher standen auf dem Herdrand aufgereiht, jeder mit dem Namen des Besitzers in Goldbuchstaben.

Johanna fischte mit einem Stück Brot die Haut vom Kaffee.

Die Ziehschwester kam herein. »Die Bless hat was«, sagte sie.

»Ich frag den Hadinger«, sagte die Ziehmutter.

Maria machte eine geringschätzige Handbewegung. »Besser, der Tierarzt kommt.«

»Der kostet Geld.«

»Und wenn die Bless hin ist, kostet es erst recht Geld.«

Die Ziehmutter nickte. »So arg ist es? Also gut, wenn du meinst ... Johanna, lauf hinüber, wenn du fertig bist mit dem Kaffee.«

Johanna zog die Stiefel aus und fuhr sich mit dem Kamm durch die Haare. Ein Zahn brach ab. Wenn das so weiterging, war der Kamm bald so zahnlos wie der Ziehvater. Aber der hatte die Zähne im Krieg verloren, lange bevor Johanna auf der Welt war. Sie war 13, fast 14.

»Die Zähne ist mir noch der Kaiser schuldig«, sagte der Ziehvater gelegentlich. Es war der einzige Witz, den Johanna je von ihm gehört hatte.

»Beeil dich! Und bring gleich ein Paket Malzkaffee mit und ein Kilo Zucker. Die Eier kannst du am Weg in der ›Traube‹ abgeben.«

Johanna ging barfuß. Sie hatte vor ein paar Tagen begonnen, jeden Abend schwarze Schuhcreme auf ihre Schuhe zu schmieren. Wenn sie bis zum nächsten Sonntag so weitermachte, sah man vielleicht die abgewetzten Stellen nicht mehr. Außerdem waren die Schuhe unbequem. Sie hatten dem Fräulein Olga gehört, die dem Herrn Pfarrer die Wirtschaft führte.

Der Tierarzt war nicht zu Hause. Seine Frau versprach, er würde noch am Vormittag vorbeikommen.

In der »Traube« saß der Viehhändler mit zwei Fremden, an einem anderen Tisch prostete sich der alte Josef mit seinem Schnapsglas selbst zu. Seine Krücke lehnte schräg gegen einen Stuhl, Johanna musste einen Bogen darum machen. Josef kicherte. »Kannst ruhig drüberspringen, sie tut dir nichts.«

Marianne brachte dem Viehhändler und seinen Gästen Wein.

Sie lehnte sich vor, als sie die Gläser auf den Tisch stellte, und die drei Männer glotzten in ihren Ausschnitt. Marianne trug ein Dirndl mit engem Mieder. Die Bluse sah ganz brav aus, wenn sie stand, aber wenn sie sich vorbeugte, fielen auch die Rüschen vor. Marianne war kaum älter als Johanna, bis zum Juni waren sie in dieselbe Klasse gegangen. Jetzt half Marianne ihren Eltern im Gasthaus und war kaum wiederzuerkennen.

»Ich bring die Eier«, sagte Johanna.

Sie hatte das Gefühl, dass Marianne sie geringschätzig musterte. Etwas juckte sie am Bein. Sie kratzte sich mit den Zehen des anderen Fußes. Marianne nahm den Eierkorb.

»Vierzig sind es.«

»Ist gut. Willst du das Geld gleich mitnehmen?«

»Ja, schon.«

Mariannes Rock flatterte, als sie sich zur Kasse drehte. Der Viehhändler spitzte die Lippen. Marianne zählte Johanna das Geld in die Hand. Ihre Mundwinkel kräuselten sich.

Sollte sie nur grinsen. In einer Woche würde Johanna wegfahren, nach Norden, über den Semmering. So weit war noch keine von ihren Schulkolleginnen gekommen.

Sie würde in die Eisenbahn einsteigen und wegfahren, und sie würde etwas lernen. Nicht bloß daheim arbeiten wie Marianne. Sie würde richtig lernen. Schneiderin würde sie werden, und wenn das nicht ging, vielleicht Friseurin.

Dann würde keiner mehr fragen, ob sie ehelich oder unehelich geboren war. Dann würde sie keiner mehr mit diesem schiefen Blick ansehen, mit dieser Mischung aus Mitleid und Geringschätzung. Dann würde sie nicht mehr Johanna, das Gemeindekind, sein, sondern Johanna, die Schneiderin. Oder Johanna, die Friseurin. Vielleicht würde sie sich auch so ein Dirndl nähen, mit rotem Mieder und blauem Rock und schwarzer Schürze.

»Hast du mein Fahrrad schon gesehen?«, fragte Marianne. »Komm, ich zeig's dir.«

Sie führte Johanna in den Hof. In einem eigenen Verschlag neben dem Holzschuppen stand das Rad. Die Speichen blinkten. Auf dem schwarzen Rahmen glänzte ein blauer Streifen.

»Was sagst du dazu?«

»Schön.«

Marianne spielte mit der Klingel. »Vielleicht lass ich dich einmal fahren. Wenn du aufpasst.«

Johanna sagte, sie müsse heim.

Die Ziehmutter arbeitete im Küchengarten. Sie richtete sich auf, legte beide Hände an den Rücken. »Mach da weiter, ich geh kochen.« Johanna übernahm die Harke. Das Unkraut zwischen den Krautköpfen stand schon wieder hoch. Die Binderwurzeln bildeten ein dicht verfilztes Gewirr und reichten tief. Seit Johanna denken konnte, hatte sie Binderwurzeln ausgegraben, oft einen halben Meter lang, dick und dunkelgelb. Das Unkraut wurde trotzdem nicht weniger. Im nächsten Frühjahr würden Maria und die Ziehmutter allein damit fertigwerden müssen.

Im nächsten Frühjahr würde Johanna nicht mehr umstechen, nicht mehr Mist einarbeiten, nicht mehr säen, nicht mehr Unkraut jäten. Sie streifte eine Raupe von einem Kohlblatt.

Die Arbeit im Küchengarten hatte sie nie gemocht. Man kam so langsam weiter, und wenn man endlich fertig war, fand die Ziehmutter immer noch einen Löwenzahn oder einen Hühnerdarm oder gar eine Brennnessel. Sie legte großen Wert auf ihren Küchengarten. Fräulein Olga kaufte nur bei ihr Gemüse für das Pfarrhaus, und in der »Traube« schätzte man ihren grünen Salat und ihre Gurken, die nie bitter waren.

Johanna klaubte eine Handvoll Steine aus dem Erdbeerbeet. Ob sie dort auch Erdbeeren hatten, wo sie hinfahren würde?

Dann waren die Hühner zu füttern. Sie kamen breitbeinig angerannt, als Johanna rief, sogar die schwarze Henne, die immer über die Straße in den Nachbargarten lief.

Im nächsten Sommer würde Maria heiraten, sobald ihr Franz von den Dragonern zurückkam. Die Zieheltern würden ihnen den Hof übergeben und Maria würde hier Bäuerin sein und eigene Kinder haben.

»Vielleicht ist es ohnehin besser, du gehst jetzt«, hatte die Ziehmutter gesagt. »Hier im Dorf ist es nirgends so, dass du einheiraten könntest.«

Johanna hatte gefragt, warum sie denn heiraten müsse. »Ich bin doch erst dreizehn.«

»In zehn Jahren ist es auch nicht anders«, hatte die Ziehmutter gesagt. »Zum Heiraten gehört Geld. Das ist einmal das Wichtigste. Du siehst ja, wie es mit der Maria ist.

Kommt nur der Franz infrage, die haben auch nicht mehr, oder höchstens noch der Gruber, aber der sauft.«

Die Ziehmutter redete manchmal mit Johanna wie mit einer Erwachsenen. Oder doch nicht wie mit einer Erwachsenen. Mit den Erwachsenen redete sie gar nicht so offen. »Es hat eben alles seinen Preis«, sagte sie. »Gott sei Dank ist der Franz ein ordentlicher Mensch. Man wird ja sehen.«

Johanna wusste, dass die Ziehmutter recht hatte, und wollte trotzdem nicht glauben, dass es so sein müsse. Obwohl sie schon in der Schule erlebt hatte, dass jeder seinen Preis hatte und seinen Wert im Dorf. Wenn einer vorbeiging, wussten alle, wie viele Joch Boden da gingen und wie viele Kühe. Genau wie jeder wusste, welche Mitgift ein Mädchen zu erwarten hatte.

Nur Johanna hatte keinen Preis.

Ihre Mutter hatte sie hergeschenkt, als sie zwei Monate alt war. Manchmal dachte sie: Ein Geschenk ist doch etwas Gutes. Verschenken ist nicht dasselbe wie Wegwerfen.

Immerhin hatte die Mutter gute Leute ausgesucht, als sie ihr Kind herschenkte. Die Ziehmutter war gut, auch wenn sie sehr streng war. Sie arbeitete selbst hart, den ganzen Tag lang, und sie verlangte harte Arbeit von allen im Haus, von Maria genauso wie von Johanna. Der Unterschied war nur, dass Maria hierher gehörte, und Johanna gehörte nicht hierher. Vielleicht lag es daran, dass ihr nichts gehörte. Wenn einem nichts gehörte, gehörte man auch nirgends hin.

Die Fürsorgerin hatte allerdings gesagt: »Dort, wo du hingehörst, kannst du auch etwas lernen. Dort, wohin du zuständig bist.« Vielleicht, dachte Johanna, ist etwas gelernt haben genauso gut wie etwas haben.

Darum wollte sie weggehen, obwohl sie Angst hatte.

Im Schulzimmer hing eine Landkarte an der Wand. Sie war bald nach dem Besuch der Fürsorgerin in die sommertote Schule gegangen, hatte den Schulwart gebeten, ihr die Klasse aufzusperren, und hatte den Ort gesucht, wo ihre Mutter »zuständig« war. Dunkelbraun war es dort, nicht hellgrün wie hier. Sie fuhr mit dem Finger die Straße entlang, wobei sie mehrmals den Weg verlor. Weit war es, sehr weit. Sie überlegte, wie sie überhaupt hinkommen würde. Die Eisenbahnlinie, die nach Reichenau führte, lag weit abseits von hier. Johanna hatte überhaupt noch nie einen Zug gesehen. Wenn sie an die kommende Woche dachte, spürte sie ein Flattern im Magen.

Sie füllte Wasser in die Hühnertränke, kehrte den Mist zusammen und leerte ihn in den Bottich. Die Ziehmutter mischte den Hühnermist mit Erde und düngte damit die Blumenbeete. Es waren nur vier Eier in den Nestern. Die schwarze Henne ließ ihre Eier sicher im Nachbargarten, und der Nachbar dachte gar nicht daran, sie herauszurücken.

Nach dem Abendessen wusch Johanna wie immer das Geschirr. Maria stopfte Strümpfe. Die Ziehmutter verschwand im Zimmer und kam mit einer neuen Schürze zurück, dunkelblau mit weißen Blümchen.

»Die ist für dich«, sagte sie zu Johanna. »Und jetzt näh ich dir das Fahrgeld in die Tasche. Ich hab mich erkundigt, was es kostet bis Reichenau. Wenn es arg ist dort, dann kannst du immer zurückkommen, verstehst du?«

Johanna schluckte. »Danke«, sagte sie. Die weißen Blümchen verschwammen vor ihren Augen.

»Die Pfanne ist noch zu waschen«, sagte die Ziehmutter.

Eine wie du …

Die Schuhe, die einmal Fräulein Olga gehört hatten, drückten mit jedem Kilometer mehr. Johanna bückte sich, um die Schnürbänder zu lockern.

»Was treibst du?« Frau Kürners Lippen wurden beim Sprechen noch schmäler, die Mundwinkel zuckten am Ende jedes Satzes nach unten.

Johanna setzte sich wieder aufrecht und faltete die Hände im Schoß.

Die Fürsorgerin blickte gerade vor sich hin.

Der Autobus ratterte und schwankte von einem Schlagloch ins nächste. Johanna stemmte die Füße auf den Boden, um in den Kurven nicht gegen Frau Kürner gedrückt zu werden. Dabei zwickten die Schuhe noch mehr. Johanna klammerte sich an den Haltegriff des Vordersitzes.

In den Obstgärten neben der Straße wurden Winteräpfel gepflückt. Eine Gänseherde watschelte über die Straße und zwang den Autobus, so plötzlich zu bremsen, dass selbst Frau Kürner von ihrem Sitz rutschte. Die Gänse reckten die Hälse und zischten den Autobus wütend an.

Die Straße beschrieb eine weite Linkskurve, einen Augenblick lang sah Johanna in der Ferne den Kirchturm ihres Dorfes. Sie fasste nach ihrer Tasche, befühlte die gerillten Ränder der eingenähten Münzen.

In der Reihe hinter Johanna und Frau Kürner saß eine alte Frau, die eine Kiste auf dem Schoß hielt. Sie bekreuzigte sich in jeder Kurve, dabei schlitterte die Kiste vor, stieß an den Vordersitz und traf Johanna jedes Mal in den Rücken. Die alte Frau erzählte ihrer Nachbarin, sie fahre mit ihrer Häsin zum Decken, die Wirtin im nächsten Dorf habe so schöne Angorahasen.

»Schadet's ihr nicht, das Durchrütteln im Autobus?«, fragte die Nachbarin.

»Im Gegenteil. Sie hat eh zu wenig Auslauf, die Bewegung tut ihr gut.«

Frau Kürner presste die Lippen aufeinander.

Im Gasthaus in Güssing bekam Johanna das Bett einer Serviererin, die zum Begräbnis ihrer Großmutter gefahren war. Johanna saß auf dem Bett und kaute das Brot, das ihr die Ziehmutter eingepackt hatte. Zwischen den Schnitten lag ein Stück vom sonntäglichen Schweinebraten. Trotzdem würgte es Johanna beim Schlucken.

Die zweite Serviererin kam herauf.

»So weit wegfahren, das möcht ich nicht«, sagte sie.

»Ich will etwas lernen«, sagte Johanna.

Als sie vor sieben Uhr früh hinunterging, hörte sie Frau Kürner zur Wirtin sagen: »Wo die Mutter zuständig ist, da bringe ich sie hin. Eine Person muss das sein! Hat acht Kinder, jedes von einem anderen Mann. Die ist die älteste. War lange genug bei uns. Und so was brauchen wir nicht in unserer Gemeinde, erst recht nicht in der heutigen Zeit, und es ist ja auch nicht unsere Angelegenheit. Wenn sie was lernen will – bitte sehr. Aber nicht bei uns!« Johanna blieb vor der Tür zur Gaststube stehen.

Sie war also nicht einmal mehr »so eine«. Nur noch »so was«. Das tat weh. Aber sie würde es ihnen noch zeigen. Allen. Und ganz besonders dieser Kürner.

Im Autobus zur Bahn redete sie kein Wort.

»Mach nicht so ein grantiges Gesicht«, sagte Frau Kürner. Johanna klammerte sich an ihren Zorn. Sie rückte noch näher zum Fenster, um nicht an die Fürsorgerin anzustreifen.

Ich heule nicht, dachte sie. Ich heule dir nichts vor. Dir nicht.

Frau Kürner lutschte Pfefferminzbonbons.

Ich zeig's euch noch, ich zeig's euch allen, dachte Johanna vor sich hin, in einem endlosen Refrain, während vor den Fenstern Landschaft vorbeizog, Kühe weideten, Kirchtürme auftauchten und verschwanden, Fahrgäste zustiegen und ausstiegen.

Der Bahnhof war aufregend. Johanna spürte das ferne Dröhnen und Rattern des heranfahrenden Zuges bis in die Zehenspitzen. Sie beugte sich vor, um besser zu sehen. Frau Kürner riss sie zurück.

Die donnernden Räder, der zischende Dampf, das Wasser, das von den Achsen spritzte, gaben Johanna das Gefühl, dass die riesige Lokomotive nur widerwillig stehen blieb, wie ein Pferd zitterte und losrennen wollte – nur stärker, viel stärker. Ein Mann mit rußschwarzem Gesicht beugte sich aus der Lokomotive und lächelte Johanna zu.

Sie lächelte zurück.

Als sie dann auf einer hellen Holzbank saß, den schrillen Pfiff hörte, das Stampfen und Rattern und Beben spürte, als auf den Feldern Menschen aufblickten und winkten, war Johanna fast glücklich, obwohl Frau Kürner neben ihr saß. Sie hätte gern zurückgewinkt.

Der graue Himmel wurde tintenblau, auf den Berghängen leuchtete hier und dort ein Licht auf, in den Mulden strahlten ganze Lichterketten. In der nächsten Station wurde eine zweite Lokomotive vorgespannt.

Das Fahrgeräusch änderte sich. Fast so, wie ein Mensch beim Bergaufgehen ins Schnaufen kommt, dachte Johanna. Die hohen schwarzen Bäume rückten so nah, dass man meinte, sie anfassen zu können, wenn man nur die Hand ausstreckte.

In einer langen, fast halbkreisförmigen Kurve sah Johanna die Lokomotive, sah den Funkenregen im weißen Dampf und musste schlucken, um ihren Vorsatz zu halten und nicht doch zu sprechen. Diese hüpfenden Sterne! Dann, in der nächsten Kurve, spannten sich fünf weiße Bogen über eine tiefe Schlucht, über Baumwipfel und Felsstürze, dahinter ragte eine graue Masse, und über der grauen Masse glitzerte Schnee. Jetzt, im Oktober.

»Die Rax«, sagte Frau Kürner.

Der Berg, dachte Johanna. Sie brauchte keinen Namen für den Berg. Das war der Berg. Einfach so.

Frau Kürner räusperte sich, zog ihren Rock glatt.

Eine halbe Stunde später kamen sie in Gloggnitz an. Johanna sah sich noch einmal nach der Lokomotive um. Die Räder schienen zu glühen.

Frau Kürner ging voraus, Johanna zwei, drei Schritte hinter ihr.

Frau Kürner drehte sich immer wieder um, einmal sagte sie: »Trödel nicht, wir haben nicht ewig Zeit«, dann ging sie immer schneller über die Brücke und die dunkle Straße entlang. Vor einem großen Gebäude blieb sie stehen und drückte auf die Klingel neben dem Tor.

»Du bleibst hier über Nacht«, sagte sie. »Morgen Früh wirst du abgeholt. Und eines merke dir für deinen späteren Lebensweg: Es wird gut sein, wenn du beizeiten lernst, dich zu fügen. Sonst wird es ein schlimmes Ende nehmen mit dir.«

Hinter der Tür schlurften Schritte.

Johanna bemühte sich, ein abweisend-hochmütiges Gesicht zu machen, nicht zu zeigen, dass sie Angst hatte.

Ein Schlüsselbund klirrte.

Die Tür wurde einen Spaltbreit geöffnet.

»Da bringe ich sie«, sagte Frau Kürner. »Sie wird morgen Früh abgeholt.«

Die Tür ging auf, eine sehr alte Frau mit wirrem weißen Haar, die aussah, als sei sie eben aus dem Bett gekommen, fasste Johannas Hand. »Ist schon recht«, sagte sie.

Frau Kürner drehte sich auf dem Absatz um. »Auf Wiedersehen«, sagte sie schon im Gehen.

Die alte Frau sperrte die Tür wieder zu, wobei sie »Ja-ja-ja« sagte und mehrmals nickte. Sie führte Johanna in eine enge Kammer mit einem Schiebefenster zum Gang. »Du hast sicher Hunger. Ich habe etwas aufgehoben für dich.«

Sie goss Malzkaffee aus einer Thermosflasche in eine dickwandige weiße Tasse und holte aus einem Wandschrank ein Stück Kuchen. Der Kuchen roch merkwürdig, fast nach Mottenpulver, aber Johanna war hungrig und tunkte den bröckelnden, trockenen Kuchen in den übersüßen Malzkaffee. Die alte Frau sah ihr mit schief gelegtem Kopf zu, nickte und seufzte. Erst als sie das letzte Stück Kuchen gegessen hatte, wurde Johanna klar, dass das Nicken nichts bedeutete. Der Kopf nickte ganz von selbst auf dem mageren Hals.

»Zeit zum Schlafengehen«, sagte die alte Frau.

Sie führte Johanna durch einen langen, dunklen Gang, dann eine Treppe hinauf, suchte umständlich den richtigen Schlüssel an ihrem riesigen Schlüsselbund. Als die Tür knarrend aufging, sah Johanna einen Saal. In einer Ecke brannte eine schwache Glühbirne unter einem blauen Tuch.

In dem Saal standen zwanzig oder mehr Betten. Die alte Frau führte Johanna zu einem Bett an der Türwand.

Im Nebenbett lag eine Frau, der das Nachthemd bis unter die Brust hochgerutscht war. Ihre Beine waren mit offenen Wunden bedeckt.

In einem anderen Bett fuhr eine Frau hoch. Sie war fast kahl, mit ein paar langen grauen Strähnen zwischen bläulichrot glänzenden Flächen. Sie begann zu jammern: »Mama! Mama!« Aus einer anderen Ecke des Saals keifte eine tonlose Stimme: »Gib endlich Ruhe! Ruhe, hab ich gesagt!«

»Ich bleib nicht hier«, sagte Johanna.

Die alte Frau, die Johanna eingelassen hatte, nickte heftig. »Armes Ding. Ich hab kein anderes Bett für dich. Schlaf schön. Morgen wirst du abgeholt.«

»Nein!«, sagte Johanna. »Da bleib ich nicht. Bitte!«

»Ist nur für eine Nacht. Eine Nacht nur.«

»Kann ich nicht auf dem Gang bleiben?«, bat Johanna.

»Das ist verboten«, bedauerte die alte Frau unter heftigem Nicken.

Johanna klammerte sich an ihre Hand. »Bitte, lassen Sie mich nicht da! Ich kann da nicht schlafen, wirklich nicht!«

»Ruhe!«, keifte es aus der dunklen Ecke. »Ruhe!«

»Der Armenrat hat es befohlen«, sagte die alte Frau. »Es tut mir leid.«

Sie riss sich plötzlich los und hastete zur Tür. Johanna stolperte; bevor sie ihr nachlaufen konnte, knirschte schon der Schlüssel im Schloss. Johanna hämmerte mit den Fäusten an die Tür.

»Ruhe!«

»Nicht einmal schlafen ...«

»Mama!«

Johanna ging zurück zu ihrem Bett, setzte sich auf die Decke, zog die Beine an und umklammerte die Knie mit beiden Händen.

Sie bemühte sich, das Zittern zu unterdrücken, das das Eisenbett rattern ließ.

»Nicht weinen, nicht weinen«, murmelte die alte Frau mit den geschwürigen Beinen. »Nicht weinen. Wird alles wieder gut. Alles wieder gut. Nicht weinen. Wenn man so jung ist, wird alles wieder gut.«

»Ich weine nicht«, flüsterte Johanna.

Sie weinte wirklich nicht. Sie hatte das Gefühl, brechen zu müssen. Sie hatte einen widerlichen Geschmack im Mund und ein Würgen in der Kehle, gegen die Tränen vielleicht angenehm gewesen wären. Aber ich weine nicht, dachte sie.

Die ganze Nacht über saß sie auf dem Bett. Im blauen Licht erschienen die Gestalten in den Betten wie Gespenster. Hin und wieder stand eine auf, dann hörte sie Wasser in Nachttöpfe zischen und der Brechreiz wurde ärger.

Als es endlich hell wurde und Johanna die Frauen im Saal richtig sehen konnte, erschrak sie noch einmal. Ihre Nachbarin war nicht die Einzige, deren Beine offene Wunden hatten. Manche scheuchten nicht einmal die Fliegen weg, die sich auf die Geschwüre setzten. Einige lagen abgedeckt da, mit weit aufgerissenen Augen. Viele jammerten vor sich hin in einem auf- und absteigenden Singsang.

Johanna hielt sich an ihren Knien fest.

Ihre Nachbarin stützte sich mühsam auf den Ellbogen. »Ist ja nicht so schlimm, ist nicht so schlimm.« Der Speichel lief ihr übers Kinn, ihr linker Mundwinkel sackte ab, das linke Augenlid hing schlaff herunter.

Auf dem Gang klirrte Metall, die Tür wurde aufgesperrt. Die Beschließerin rollte einen Wagen mit einer dampfenden Aluminiumkanne, einem Berg dick geschnittener Brote und drei Türmen aus dickwandigen weißen Tassen herein. Sie schenkte Kaffee ein und verteilte Brote.

Eine Frau verlangte schrill, die Beschließerin müsse zuerst von ihrem Kaffee trinken. »Die wollen mich vergiften«, flüsterte sie. Die Beschließerin nahm einen Schluck, als sei das jeden Morgen so, dann brockte die Frau ihr Brot in die Tasse und begann genießerisch zu schlürfen.

Johanna lehnte Kaffee und Brot ab.

»Ich hab meine Vorschriften«, sagte die Beschließerin.

Johanna stand auf und ging zum Waschbecken. Während sie sich wusch, spürte sie Blicke auf ihrem Rücken. Jemand kicherte. Johanna flocht ihre Zöpfe neu und setzte sich wieder auf ihr Bett. Eine alte Frau schlurfte zwischen den Betten hin und her, brachte einer Bettlägerigen einen feuchten Waschlappen, fütterte eine andere, kämmte eine dritte.

Johanna wartete.

Die Tür ging auf. Es war nur eine Frau mit Eimer und Besen, die eine scharf riechende Lauge über den Steinboden schüttete und hin und her wischte.

Gegen acht Uhr kam die Beschließerin wieder und führte Johanna in die Kammer neben dem Tor. Auf dem Weg über den hallenden Gang wiederholte sie: »Ich hab meine Vorschriften.«

In der Kammer saßen zwei Männer, beide die Ellbogen auf den Tisch gestützt, und unterhielten sich laut über ein neues Spritzenhaus für die Feuerwehr. Als die Beschließerin Johanna vor sich her über die Schwelle schob, unterbrachen sie das Gespräch.

»Da hast du deine neue Dirn«, sagte der eine.

Dirn? Hatte er Dirn gesagt?

Der Größere stand auf und trat neben Johanna. Sein Atem roch schal. Er packte ihren Oberarm.

»Mager, aber zäh«, sagte er zufrieden.

»Na, siehst du«, sagte der andere, als hätte er eine Leistung vollbracht. Sein Lächeln war schmierig.

Johanna holte tief Atem. »Ich will Schneiderin werden«, hörte sie sich sagen. »Das haben sie mir versprochen.«

Die beiden Männer wechselten Blicke. »Versprochen? Dir?«

»Ja. Darum bin ich hergekommen.«

Der Große machte eine ungeduldige Handbewegung und sagte zu dem Dicken, der sich kichernd die Hände rieb: »So weit kommt's noch.« Er wandte sich an Johanna: »Du kommst zu mir als Dirn, damit du es nur weißt.«

»Nein!«

Der Dicke legte die Stirn in Kummerfalten. »Du hast hier nicht zu schreien, verstanden?«

Johanna gab sich einen Ruck. »Ich bleibe nicht da. Ich fahr heim. Die Mutter hat mir sowieso das Fahrgeld eingenäht.«

Die Beschließerin legte Johanna die Hand auf die Schulter und murmelte beschwörend: »Nicht, Mädel, nicht, du machst es dir nur noch schwerer.« Johanna schüttelte die Hand ab, hob den Kopf und sah dem Großen voll ins Gesicht.

Dem stieg unter dem Bartschatten die Röte über die Wangen. Er begann zu brüllen.

»Du wirst hier überhaupt nicht gefragt, verstanden? Du bist meine Dirn und sonst nichts!«

»Herr Armenrat ...«, begann die Beschließerin, aber niemand beachtete sie.

Der Dicke verschränkte die Arme. »Das wäre ja noch schöner, wenn ledige Kinder schon was wollen dürften!« Plötzlich schoss seine runde rosarote Hand vor. Johanna wich zurück. »Merk dir eines: Du tust, was man dir sagt, verstanden? Eine wie du hat nicht frech zu sein, sonst ...« Die Drohung blieb in der Luft hängen. Nach einer Weile fügte er hinzu: »Du weißt vielleicht gar nicht, wie viele froh wären, überhaupt eine Stellung zu finden. 300.000 und mehr! Und wenn du Ärger machst, nehmen wir dir das Geld weg, hast du gehört?«

Johanna klammerte beide Hände um die Schürzentasche.

»Zerdrückst die schöne Schürze«, murmelte die Beschließerin.

Der Große zog eine goldene Uhr aus der Tasche, ließ sie aufschnappen, runzelte die Stirn und reichte dem Dicken die Hand. »Also wir gehen. Und wegen dem Spritzenhaus reden wir noch.« Er steckte der Beschließerin eine Münze zu, die sich knicksend bedankte, packte Johanna am Arm und führte sie hinaus.

Die Sonne blendete Johanna, als das Tor aufging.

Vor dem Haus stand ein starker, glänzender Brauner vor einem Leiterwagen. Der, der das Pferd hielt, war sicher der Knecht. Er musterte Johanna grinsend.

»Ferdl«, sagte der Bauer, »die ist nichts für dich, die ist erst dreizehn und ich trag die Verantwortung. Merk dir's.« Ferdl sprang auf den Wagen.

»Du wirst sehen«, sagte der Bauer während der Fahrt, »es ist zu deinem Besten. Es tut nie gut, wenn man sich überhebt über seinen Stand.«

Johanna antwortete nicht. Sie hätte kein Wort herausbringen können, selbst wenn sie gewollt hätte.

Als der Bauer sagte: »Wisch dich ab«, merkte sie, dass sie sich die Unterlippe blutig gebissen hatte.

Das Pferd bog unaufgefordert rechts in eine Seitenstraße ab, die durch den Wald bergauf führte. Ein Eichhörnchen rannte über den Weg. Eine Kastanie polterte auf die ratternden Bretter.

In einer Kehre sah Johanna plötzlich den Berg wieder.

Gleich darauf stand neben der Straße die Ortstafel.

Sie bogen links ab, fuhren an ein paar geduckten Häusern vorbei, Ferdl sprang vom Wagen, öffnete ein Tor.

»Da sind wir«, sagte der Bauer.

Ein großer, braun-weiß gefleckter Hund bellte, seine Kette rasselte, er versuchte, Johanna anzuspringen.

Ferdl lachte. »Der Rolfi tut dir nichts.«

Er spannte das Pferd aus und führte es in den Stall. Der Bauer ging auf das Haus zu; nach ein paar Schritten wandte er sich um und winkte Johanna, ihm zu folgen.

Die Küche war dunkel und sehr heiß. Die Bäuerin rührte in einem großen Topf. Johanna konnte ihr Gesicht nicht sehen. Der Bauer verlangte ein Glas Most.

Die Bäuerin seufzte, nahm einen Krug und sagte im Vorübergehen zu Johanna, sie käme gerade recht, sie solle gleich die Bohnen auslösen. Der Korb stünde auf der Bank.

Johanna stellte den Pappkarton mit ihren Sachen in die Ecke. Sie hatte bald die Hand voll Bohnen und wusste nicht, wohin damit. »Worauf wartest du?«, fragte die Bäuerin, die mit dem Most zurückkam.

»Wo ich sie reintun soll.«

Mehr zu sich selbst als zum Bauern oder zu Johanna murmelte die Bäuerin: »Es ist ein Jammer. Sie werden immer dümmer.« Sie nahm einen großen irdenen Topf vom Regal neben dem Herd. Johanna machte sich an die Arbeit.

Ich bleibe sowieso nicht. Ich bleibe nicht. So war es nicht ausgemacht. Ich bleibe nicht.

Daran klammerte sie sich, während sie die fleckigen Bohnen aus den Schoten löste. Der Bauer schnitt Brot und Selchfleisch, trank seinen Most und aß schweigend. Dann ging er.

Die Bäuerin schlug Knödelteig ab.

Eine Uhr tickte. Eine Fliege stieß gegen die Fensterscheibe, surrte durch die Küche, bis die Bäuerin ein Tuch nahm und sie erschlug. In der Nähe schlug eine Glocke an, hoch und schnell. Die Bäuerin warf die Knödel ins aufzischende Wasser. »Bist du noch immer nicht fertig? Hol eine Kanne Wasser.«

Johanna ging mit der hohen braunen Kanne über den Hof. Rolfi bellte wie verrückt. Man musste lange pumpen, bis Wasser kam. Johanna hatte Hunger. Sie war an regelmäßige Mahlzeiten gewöhnt und jetzt hatte sie seit zwei Tagen nicht mehr richtig warm gegessen. Sie ärgerte sich, weil sie eigentlich gar nicht vorgehabt hatte, hier etwas zu essen. Sie wollte nur weg. Aber ihr Magen krampfte vor Hunger.

Der Bohnenkorb war noch immer halb voll.

Auf dem Hof klapperten schnelle Schritte. Eine junge Frau kam herein, ging auf Johanna zu, gab ihr die Hand und begrüßte sie. »Ich bin die Tochter. Maria heiße ich. Du wirst bei mir in der Kammer schlafen. Nach dem Essen zeig ich dir, wo du deine Sachen hintun kannst.«

Kurz darauf kamen drei Buben, der älteste etwa in Johannas Alter. Sie warfen ihre Schultaschen in eine Ecke, setzten sich zum Tisch und klapperten mit den Löffeln gegen die Tischplatte.

Die Bäuerin scheuchte sie hinaus.

»Franz, wasch dir die Hände, die sind kohlschwarz. Josef, hol den Vater, er ist beim Birkenwald unten. Gustl, bring einen Korb Holz.«

Keiner von den dreien beachtete Johanna, die verbissen Bohnen auslöste. Sie war noch lange nicht fertig, als sie sich zum Essen setzten.

»Komm, Herr Jesus, sei unser Gast und segne, was du uns bescheret hast. Amen.« Mit dem Amen stieß der Bauer seine Gabel in einen Knödel. Die Bäuerin legte ein großes Stück Selchfleisch auf den Teller des Bauern und kleinere Stücke auf die Teller der Buben. Dann nahm sie sich selbst. Ferdl und Johanna bekamen nur Kraut und Knödel.

Nach dem Essen fuhren Johanna und Maria mit dem Bauern auf die Wiese, das letzte Heu wenden. Maria sah Johanna einige Male von der Seite an, als wollte sie etwas sagen, ließ es aber bleiben.

Der Rechen war schwerer als der Rechen daheim. Johanna spürte, wie die Müdigkeit in ihren Armen wuchs und dass diese Müdigkeit sogar an ihrer Wut zehrte.

Es dämmerte, als sie die letzte Reihe wendeten. Auf dem Heimweg wurde es völlig dunkel. Der Wald raschelte und knisterte. Ein Vogel flog auf, irgendwo im Graben heulte ein Hund, oder vielleicht war es ein Fuchs.

Suppe und Brot standen schon auf dem Tisch. Josef schlief, den Kopf auf die Arme gebettet. Johanna hatte Mühe, den Löffel zum Mund zu führen. Gearbeitet hatte sie immer, aber es hatte zwischendurch Pausen gegeben, die andere Maria, ihre Ziehschwester, hatte mit ihr geredet, sie hatten sich in den Schatten gesetzt. Es war einfach anders gewesen, ganz anders. Dort war sie daheim gewesen. Hier war sie die Dirn.

Maria führte sie in einen kellerartigen Verschlag hinter der Küche, in dem zwei Betten und ein Schrank standen. Der Schrank gehörte Maria. »Du kannst deine Sachen in den Kasten oben auf dem Speicher tun. Ich zeig dir morgen, wo.«

Johanna verhedderte sich beim Ausziehen, war plötzlich in den Ärmeln ihres Kleides gefangen. Fast hätte sie um Hilfe gerufen. Der Strohsack roch modrig. Das grobe Bettzeug kratzte.

Die anderen

Johanna lernte sehr schnell sich zurechtzufinden. Sie merkte sich, wo die Geräte aufbewahrt wurden – nicht so sehr aus Diensteifer, sondern weil sie es vermeiden wollte, jemanden direkt anzureden. In jeder Antwort, besonders in jeder Antwort der Bäuerin, schwang ein Vorwurf mit. Vor allem aber wollte Johanna noch immer nicht glauben, dass sie wirklich bleiben musste. Jeden Abend sagte sie sich: Morgen gehe ich. Morgen sage ich ihnen, dass ich nicht bleibe. So war es nicht ausgemacht. Das war eine Art Nachtgebet.

Sie redete eigentlich nur mit den Kühen, wenn sie sie vor dem Melken striegelte. Die Kühe hielten still, wenn man mit ihnen sprach. Sie lernte ihre Eigenheiten kennen. Es wunderte sie, dass es auch hier eine Bless gab, obwohl doch sonst alles so anders war als unten im Burgenland, und dass auch hier die Bless die Kuh war, bei der man am meisten aufpassen musste, wenn man nicht einen Kuhschwanz ins Gesicht bekommen wollte.

Das Dorf war noch kleiner als das, aus dem sie gekommen war. Es gab nicht einmal einen Laden, nur sieben geduckte Häuser, die mit einem Fenster zur Straße schielten und mit den anderen Fenstern ihre Innenhöfe bewachten, und es gab eine Kapelle aus Backstein mit vier Bänken auf der Frauenseite und vier Bänken auf der Männerseite. In dieser Kapelle wurde zweimal im Jahr Messe gelesen, zum Erntedank und zum Fest des Kirchenpatrons. Im Turm hing eine kleine Glocke, die reihum von den Dorfbewohnern geläutet wurde, in der Früh um sechs, zu Mittag und um sechs Uhr abends. Auf der Eisenkette vor der Kirchentür schaukelten die kleinen Kinder oder sie hockten unter der Kastanie neben der Kapelle, wenn sie miteinander tuschelten oder spielten. Es gab ein Wirtshaus am Ortseingang und an jedem Ende des Dorfes eine Villa. Die eine gehörte einem Oberstaatsanwalt aus Graz, die andere einem Postkartenfabrikanten aus Wien.

Wenn ein Bauer oder eine Bäuerin in die Küche trat, sagte die Bäuerin: »Das ist unsere neue Dirn.« Als ob Johanna keinen Namen hätte.

Ihr war es recht. Sie brauchte keinen Namen für diese Leute.

Am ersten Sonntag stellte sie fest, dass sie die Schuhe von Fräulein Olga nicht mehr anziehen konnte. Sie hatte eine Beule am linken Fuß, die zu eitern begann, und die Schuhe waren ohnehin längst zu klein gewesen. Johanna kam frisch gewaschen, aber barfuß zum Frühstück.

»So kannst du nicht in die Kirche gehen«, sagte die Bäuerin. »Man muss sich ja schämen mit dir. Schäl die Erdäpfel, wasch den Salat und begieß den Braten!«

Johanna war zum ersten Mal allein im Haus. Mehr noch als in Gegenwart der Bäuerin hatte sie das Gefühl, beobachtet zu werden. Als der Wind die Kammertür zuschlug, zitterte Johanna vor Angst. Es dauerte Minuten, bis sie weiterschälen konnte. Sie war erleichtert, als die Hausleute vom Kirchgang zurückkamen und das Knarren und Ächzen der alten Dielen übertönten.

Nach dem Mittagessen sagte die Bäuerin: »Wenn du das Geschirr fertig hast, kannst du bis um sechs freihaben. Aber um sechs bist du pünktlich zurück.«

Es war einer von jenen Oktobernachmittagen, die voll sind von silbrig glänzendem Altweibersommer. Sogar der Misthaufen leuchtete dunkelgolden und die kreuz und quer hingeworfenen trockenen Äste neben dem Küchengarten auch.

Eine einzige Wolke hing über dem Bergrücken, schief und wie vergessen. Johanna ging langsam die Dorfstraße entlang, die sich in einen Feldweg verlief. Der Sand zwischen ihren Zehen war warm. Sie bewegte die Zehen auf und ab.

An der Biegung, wo zwei riesige Birken den kleinen »oberen Birkenwald« überragten, rief jemand: »He, du!« Sie blieb stehen.

»Hier sind wir!«

Die Stimme kam von oben.

Johanna sah sich um. Es kicherte schräg über ihr, sie sah noch immer niemanden.

»Komm herauf!«

Der Hochstand, natürlich! Aus dem Hochstand kamen die Stimmen und das Gelächter. Nun winkten auch mehrere Hände. Sie ging zum Hochstand, kletterte über die Leiter hinauf.

Auf den beiden schmalen Bänken saßen fünf Mädchen.

»Ich bin die Romana«, sagte eine mit blonden Zöpfen und schwarzen Augenbrauen, die sich über der Nasenwurzel trafen.

»Das ist die Gundl, die Hemma, die Rosa und die Annerl.«

Johanna stand drei Stufen unter den Mädchen.

»Ich heiße Johanna«, sagte sie. »Ich bin beim Lahnhofer. Aber ich bleib nicht«, fügte sie hinzu.

Romana lachte. »Kannst dich trotzdem niedersetzen.« Sie rückte näher zu Gundl und deutete auf die Bank.

Johanna setzte sich. Gundl hatte eine hässliche Narbe quer über der linken Wange.

»Und wohin willst du gehen?«, fragte Romana.

»Heim. So war das nicht ausgemacht. Ich bin hergekommen, damit ich Schneiderin werde. Ich fahr zurück.«

Romana lachte. Die anderen kicherten.

»Glaubst du vielleicht, die lassen dich?«, fragte Romana. »Die lassen dich nicht! Du bist doch auch ledig?«

»Ja«, sagte Johanna.

Romana schüttelte den Kopf. »Du bist aber ganz schön blöd. Glaubst du, der Lahnhofer lässt dich? Da wäre er ja saudumm. Er bekommt zwanzig Schilling Kostgeld für dich von der Gemeinde. Und wenn er eine Dirn nimmt, muss er ihr zwanzig Schilling zahlen. Wie viel ist zwanzig und zwanzig?«

Johanna schwieg.

»Die weiß nicht, wie viel zwanzig und zwanzig ist«, sagte Hemma, die den Kopf schief hielt. »Aber heimfahren will sie!«

»Schuhe hat sie auch keine«, sagte Gundl.

Annerl blinzelte Johanna zu.

Romana knotete ihre Zöpfe wie die Bänder einer Haube unterm Kinn zusammen. »Weg kannst du nicht. Der Lahnhofer ist doch sogar Armenrat, der lässt dich zurückholen, wenn du gehst. Der kann das. Weißt du, mit wem seine Schwester verheiratet ist? Mit dem Postenkommandanten.«

»Aber es war nicht so ausgemacht«, beharrte Johanna. »Ich bin ja nur weggefahren vom Burgenland, damit ich was lernen kann.«

»Ausgemacht!«, sagte Romana. »Das war doch nur mit dir ausgemacht. Meinst du, das zählt?«

»Mit der Mama auch, sonst hätte sie mich gar nicht gehen lassen.« Johanna ärgerte sich, dass sie dieser hochnäsigen Romana überhaupt eine Antwort gab.

»Du warst bei deiner Mutter?«, fragte Romana überrascht.

»Ziehmutter.«

»Siehst du.« Romana schien befriedigt. »Sag ich doch! Die Ziehmutter ist sicher froh, dass sie dich los ist.«

»Nein!«

Gundl zog an ihren Fingern, bis die Knöchel knackten. »Die hat noch Rosinen im Kopf!«, stellte sie fest. »Die glaubt sicher auch an den Storch.«

»Und an den Osterhasen«, fügte Hemma hinzu.

Ich gehe trotzdem, dachte Johanna. Ihr könnt von mir aus reden, solange ihr wollt.

Aber sie merkte, dass sie sich selbst nicht mehr überzeugen konnte. Sie wäre gern weggelaufen.

»Von wo kommst du?«, fragte Annerl.

»Aus dem Burgenland. Bei Güssing. Und die Mutter hat mir das Fahrgeld in die Schürze genäht!«

»Das nehmen sie dir noch weg, wenn du so redest.« Plötzlich legte Romana den Arm um Johannas Schulter. »Du hast eh Glück. Die Lahnhofer sind nicht die Ärgsten.« Sie berührte Gundls Wange. »Der Murer schlägt mit der Peitsche.«

Johanna war froh, als sie von anderen Dingen zu sprechen begannen, von einer bevorstehenden Hochzeit, von der Krankheit der alten Schwinghammer, von dem Kind, das die Murertochter angeblich erwartete.

»Er heiratet sie sowieso«, sagte Gundl.

»Er heiratet sie nicht! Der heiratet eine aus Trattenbach, das hat mir die Faßbinderin selbst erzählt«, trumpfte Rosa auf. Gundl erzählte wichtig, die Bäuerin sei gestern mit der Tochter zur Schneiderin gefahren. Und neue Schuhe habe sie auch gekauft. »Wozu braucht sie neue Schuhe, wenn sie nicht heiratet?« Ich weiß, was ich tu, dachte Johanna. Ich schreibe an meinen Vater. Die Adresse steht in den Papieren. Ich schreibe ihm und frage ihn, warum er meine Mutter nicht geheiratet hat. Es war ihr gleichgültig, dass sie nicht wusste, warum die anderen lachten und sich gegenseitig anstießen. Die sollten sie ruhig für blöd halten.

Totenwache

Der erste Monat war vorbei.

Im Stall, im Küchengarten, abends im Bett und beim Kühehüten auf den abgeernteten Feldern überlegte Johanna, was sie ihrem Vater schreiben sollte. Schon die Anrede machte ihr Schwierigkeiten.

»Lieber Vater«?

Lieber?

Und Vater?

Vater ist Vater.

Du sollst Vater und Mutter ehren.

»Geehrter Herr Vater!«

Und wenn sie schrieb, würde das einen Unterschied machen? Jetzt plötzlich? Nach dreizehn Jahren und elf Monaten?

Schließlich schrieb sie doch, steckte den Brief in eines der Kuverts, die ihr die Ziehmutter mitgegeben hatte und auf denen schon die Briefmarken klebten. Sie warf es in den Briefkasten, bevor sie Zeit hatte, es sich noch einmal zu überlegen.

Dann wartete sie auf Antwort.

Wenn sie am Morgen die Kühe austrieb, lag schon Reif auf den Wiesen. Die Kälte biss durch die Hornhaut an ihren Füßen.

Wenn sie es gar nicht mehr aushielt, stapfte sie in einen warmen, dampfenden Kuhfladen und spreizte die Zehen, bis sie wieder beweglich wurden.

An den Sonntagnachmittagen saß sie mit den anderen Mädchen in einem der Hochstände. Romana hatte das Fenster mit Rindenstücken vernagelt und hängte jedes Mal einen Kotzen vor die Türöffnung. Wenn sie zu sechst in dem winzigen Raum saßen, wurde es fast warm und gemütlich. Romana führte das große Wort. Sie diente bei der alten Frau Berger, der Mutter des Staatsanwaltes. Ihr ging es gut. Sie hatte nur das Haus und den Küchengarten zu versorgen, keinen Stall und keine Feldarbeit. Sie musste erst um sechs Uhr aufstehen und am Sonntag um sieben. In den Ferien, wenn der Staatsanwalt mit seiner Frau und den drei Kindern kam, hatte sie etwas mehr zu tun, aber auch das war nichts im Vergleich zur Arbeit auf einem Bauernhof, und die Frau Staatsanwalt brachte ihr immer Kleider und Schuhe mit. Romana durfte Radio hören und Zeitung lesen. Wenn die Familie da war, sagte sie, und Besuch kam, gaben ihr die Herren und Damen sogar Trinkgeld.

Alle bewunderten Romana, aber keine so sehr wie Gundl. Gundl versuchte, Romana in allem nachzuahmen, auch wenn sie dafür nur ausgelacht wurde. Gundl war nicht ganz richtig im Kopf, sie musste loslachen oder losweinen, auch wenn sie gar nicht wollte. Manchmal wurde ein Lach- oder Weinkrampf so heftig, dass die Bodenbretter des Hochstands zitterten.

Nach Romana kam Hemma. Rosa und Annerl hatten keine festen Plätze in der Rangordnung, einmal war die eine, einmal die andere die Vorletzte – aber immer noch weit vor Gundl.

Johanna blieb draußen. Sie wollte es selbst so. Sie saß auch immer an dem Platz neben der Türöffnung und der Leiter. Den anderen war das nur recht. Da zog es am meisten.

Romana versuchte Johanna aus ihrer Reserve zu locken. Wenn Johanna die Kühe hütete, richtete es Romana so ein, dass sie auf dem Rückweg vom Laden im nächsten Dorf an der Weide vorbeikam. Johanna freute sich darüber, aber sie blieb auf der Hut, hörte nur zu und redete wenig, vor allem nicht über sich selbst.

Romana wusste Geschichten über jeden im Dorf und in diesen Geschichten kam niemand gut weg.

»Die alte Murer stirbt bald«, berichtete sie. »Sie isst fast nichts mehr. Sie sagt, die Schwiegertochter tut ihr Gift ins Essen. Die Gundl muss immer ein paar Löffel nehmen, bevor sie überhaupt kostet. Die Gundl sagt, man riecht schon den Tod in der Kammer. Der Herr Pusio war auch schon da, vorige Woche.«

»Der Herr Pusio?«

»Der Steinmetz! Sie hat sich ihren Grabstein ausgesucht und die Inschrift, weil sie gesagt hat, die Schwiegertochter nimmt höchstens Sandstein, aber das will sie nicht, sie will Marmor, und sie hat ohnehin gespart darauf ihr Leben lang. Und ihr Sohn, sagt sie, der hat sowieso nichts zu plaudern daheim, der würde seine Mutter auch unter einem Kilometerstein liegen lassen, sagt sie. Die Gundl hat ihr das Brautkleid bügeln müssen, das hängt jetzt in ihrer Kammer, und der Tischler war auch schon da, Maß nehmen.« Romanas Augen funkelten.

Als Johanna die Kühe heimtrieb, versuchte sie unauffällig in das Fenster der alten Frau Murer zu sehen. Die Vorhänge waren zugezogen. Sie bildete sich ein, die scharfe Stimme der alten Frau zu hören, die vor drei Wochen noch jeden Nachmittag auf der Bank vor dem Haus gesessen war und mit allen Vorübergehenden geredet hatte. Die Bäuerin unterhielt sich mit Frau Faßbinder.

»Die tut sich hart mit dem Sterben«, sagte die Bäuerin.

Frau Faßbinder nickte. »Es ist wie mit dem Kinderkriegen. Die eine plagt sich mehr, die andere weniger. Manche lernen es nie, auch wenn sie zwölfe haben. Aber Frauen können besser sterben, im Allgemeinen. Das ist ja das Furchtbare, wenn ich an meinen armen Mann denk und wie er hat in Russland sterben müssen.« Johanna trug die schmutzige Wäsche über den Hof. Die Geschichte des Infanteristen Ambros Faßbinder hatte sie in fünf Wochen schon mindestens dreimal gehört. Der Dorfklatsch behauptete, er sei erst nach seinem Tod im Schützengraben zum guten und tüchtigen Mann und treu sorgenden Vater geworden. Vorher hätte ihn seine Frau beschimpft, wenn er abends aus dem Wirtshaus kam, und sie hätten sich geprügelt.

Das Dorf wartete. Wenn zwei zusammenstanden, redeten sie davon.

Gundl fürchtete sich davor, der alten Frau das Essen zu bringen.

»Was ist, wenn ich reinkomme und sie ist schon tot?«

»Dann gehst du wieder«, sagte Romana. »Weil sie dann das Essen nicht mehr braucht.«

Am Mittwochvormittag war Gundl plötzlich verschwunden. Die junge Murer suchte sie im ganzen Dorf. Die Wäsche war seit zwei Tagen eingeweicht und Gundl sollte waschen.

Niemand hatte sie gesehen, seit sie am frühen Morgen mit dem Kaffee zur alten Murer gegangen war.

Als Johanna Holz aus dem Schuppen holte, stand Frau Faßbinder mit der jungen Murer auf der Straße.

»Ich will ja nichts gesagt haben, aber es ist mir schon aufgefallen, wie eure Gundl dreingeschaut hat. Seit zwei, drei Wochen schon, und da haben sich doch Zigeuner hier herumgetrieben. Wundern würde es mich nicht, aber wie gesagt, ich will nichts gesagt haben. Aber ich würde die Gendarmerie verständigen.« Frau Faßbinder faltete die Hände über dem Bauch.

»Wir haben immer auf sie geschaut«, verteidigte sich die junge Murer.

Frau Faßbinder senkte die Stimme. Johanna musste sich anstrengen, um sie zu verstehen. »Du weißt ja, solche sind oft besonders hitzig. Die hört was, die sieht was ... und schon ist's passiert.«

»Bei uns nicht!« Die junge Murer war wütend.

Die Bäuerin rief nach Johanna.

Der Briefträger, der gegen Mittag kam, behauptete, er hätte Gundl im Wald verschwinden gesehen. Sie hätte ein Paket getragen.

Die junge Murer durchsuchte alle Schränke und Truhen, konnte aber nicht feststellen, dass irgendetwas gefehlt hätte.

»Du kennst doch den Briefträger!«, sagte sie zur Bäuerin. »Um die Zeit ist der längst voll.«

Eine halbe Stunde später kam Gundl tatsächlich mit einem Paket im Arm die Dorfstraße herunter. Sie drehte die Füße noch mehr einwärts als sonst und ging sehr schief. Das Paket war offensichtlich schwer.

Die junge Murer stürzte aus dem Haus.

»Wo warst du?« Sie gab Gundl eine klatschende Ohrfeige.

»Die alte Frau hat mich geschickt.«

»Die hat dich nirgendshin zu schicken! Wir tragen die Verantwortung für dich!« Wieder eine Ohrfeige.

Gundl begann zu weinen. »Sie hat gesagt, ich darf nichts sagen und ich muss gleich gehen.«

In dem Paket war himmelblaue Atlasseide. »Wie die Fatima-Muttergottes«, erzählte Gundl später auf dem Hochstand. »Sie hat gesagt, sie will sie noch sehen, die Seide für den Sarg, weil sie sie sonst doch nur auf das nackte Holz legen oder höchstens auf ein altes Leintuch.« Sie erzählte auch, die alte Murer hätte vor Freude geweint, als sie den Stoff sah, und hätte immer mit den Fingern darübergestrichen.

Am Abend, als der junge Murer vom Feld heimkam, hörte man Gundl schreien. Am nächsten Tag hatte sie eine neue blutunterlaufene Strieme auf der Wange. Die Striemen auf dem Rücken zeigte sie den Mädchen erst am Sonntag, da waren sie schon verschorft. Drei Tage später starb die alte Murer. Sie hatte die Finger in die blaue Seide verkrampft, der Stoff musste gebügelt werden, bevor man den Sarg damit ausschlagen konnte. Es blieb eine Menge übrig.

Frau Faßbinder und die alte Kirchenvaterin halfen der jungen Murer, die Tote zu waschen und ihr das Hochzeitskleid anzuziehen, Gundl musste Wasser zutragen, sie fürchtete sich, bis sie endlich doch einen Blick auf die Tote warf. Dann legte sich ihre Furcht und sie begann zu weinen.

Am ersten Abend ging die Bäuerin selbst zum Rosenkranz, am zweiten Abend schickte sie ihre Tochter und Johanna in das Trauerhaus. Maria ging bis zum Tor des Murerhofes mit. Aus den Fliederbüschen an der Ecke tönte ein Pfiff.

»Ich komm dann später«, sagte Maria und verschwand.

Johanna ging mit klopfendem Herzen in die gute Stube.

An der Tür reichte ihr eine alte Frau, die sie nie zuvor gesehen hatte, einen Zweig vom Lebensbaum und einen Weihbrunnkessel. Johanna wusste nicht recht, was sie tun sollte, bis ihr die Alte bedeutete, sie müsse den Sarg besprengen.

In der Stube saßen acht oder neun Frauen, der Kirchenvater und der alte Maierhofer, in der Fensterecke hockte Gundl zwischen Romana und Annerl. Romanas Mundwinkel zuckten, als Johanna dastand und nicht wusste, was man nun von ihr erwartete. Die Alte kam ihr wieder zu Hilfe und flüsterte: »Verabschieden gehst dich.«

Johanna trat zum Sarg.

Die alte Murer lag auf der himmelblauen Atlasseide, die Hände über dem Brautkleid gefaltet. Das kleine Gesicht trug einen Ausdruck, als wollte sie loskichern über etwas, was außer ihr niemand wusste.

»Gegrüßet seist du, Maria«, murmelten die Frauen.

Johanna setzte sich neben Annerl.

Links und rechts vom Sarg brannten vier hohe Kerzen. Die Kerzen und die Menschen machten den Raum warm.

Gundls Schultern zuckten.

»Der für uns mit Dornen gekrönt worden ist«, betete der Kirchenvater vor.

Die gemurmelten, immer wiederholten Gebete, das Starren in die flackernden Kerzenflammen machten dösig.

Johanna schreckte hoch, als die Tür aufging.

Der junge Murer verteilte Tee und Semmeln.

Zuerst flüsterte jeder nur mit seinem Nachbarn, dann wurden die Gespräche lauter. Eine Frau lachte, hielt sich die Hand vor den Mund, später lachten mehrere. Nur Gundl schluchzte immer noch. »Wir haben das Kleid hinten aufschneiden müssen«, erzählte Frau Faßbinder, »sonst hätten wir sie nicht hineingekriegt, nicht in der Mitte. Kein Wunder, wenn man sieben Kinder gehabt hat. Aber wir haben es wieder zugenäht, soweit es eben gegangen ist.«

»Sonst müsste sie es bei der Auferstehung zuhalten«, sagte eine.

»Geh, da bekommen sowieso alle neue«, erklärte Frau Kirnbauer.

»Neue und schönere.«

Die junge Murer, die jetzt bald nur mehr die Murer genannt werden würde, fuhr Gundl an: »Heul nicht!«

Gundl nickte, schluckte und schluchzte weiter.

Die junge Murer wandte sich ab.

Die zahnlose alte Frau, die neben der Faßbinder saß, erzählte eine kaum verständliche Geschichte von einem Tanzabend, als sie und die alte Murer jung gewesen waren: »... einfach rausgestiegen ist sie, hat sie mit dem Fuß weggestoßen und weitergetanzt ...«

In das Gelächter sagte der Kirchenvater: »Lasset uns beten.«

Gundls Kopf sank auf Johannas Schulter. Im Halbschlaf zog sie durch die Nase auf. Der Schorf auf ihrer Wange sah aus, als würde er bald abfallen.

»Du Turm Davids
Du elfenbeinerner Turm
Du goldenes Haus ...«

Der Kirchenvater streckte beim Sitzen sein Holzbein zur Seite. Sein mageres, zerfurchtes Gesicht war tief über die gefalteten Hände mit den dicken, rotblauen Knöcheln gebeugt. Er wurde Kirchenvater genannt, weil sein Vater die Kapelle gebaut hatte, zusammen mit seinen drei Söhnen und einem Maurer. Er habe es zur Sühne getan, hatte Romana erzählt, wofür, wusste sie nicht, Hemma hingegen hatte gesagt, es sei ein Gelübde gewesen.

Die junge Murer hatte einen verkniffenen Mund, ihre Augen wanderten beim Beten herum; als sie Johannas Blick auffing, schüttelte sie streng den Kopf.

Zum ersten Mal betrachtete Johanna die Gesichter in Ruhe und aus der Nähe. Plötzlich hatte sie das Gefühl, dass sie in etwas hineingezogen wurde, aus dem sie sich heraushalten wollte. Sie betrachtete ihre eigenen Hände. Die schwarzen Rillen an Fingerspitzen und Knöcheln waren so eingefressen, dass sie nicht einmal mehr ganz verschwanden, wenn Johanna zwei Tage lang Wäsche wusch.

Das Gemurmel wurde dünn. Einer nach dem anderen nickte ein. Annerl schnarchte leise, atmete pfeifend ein, betete ein paar Sätze mit, schnarchte wieder. Sie hatte eine ewig verstopfte Nase. Der Murer brachte Birnenschnaps.

»... vor der Kirche, so wahr ich hier stehe ...«

»... was das für eine ist ...«

Nicht einmal das Ausrichten anderer Leute konnte alle aus ihrer Schlaftrunkenheit aufrütteln. Die Kerzen flackerten.

»Noch einen schmerzensreichen Rosenkranz und dann gehen wir«, sagte Frau Faßbinder.

Stellenweise betete der Kirchenvater allein. Seine Frau war neben ihm eingeschlafen, den Kopf auf die gefalteten Hände gebettet.

Als sie aus dem Haus traten, waren Mond und Sterne verschwunden. Nur aus der Tür fiel ein Lichtkegel auf die Dorfstraße.

Johanna ging schnell. In den Büschen hinter dem langen Murer-Zaun raschelte und knisterte es. Die Bäume knarrten.

Plötzlich sah sie das Gesicht der Toten hoch über den schwarzen Bäumen.

Sie rannte los.

»Johanna!«, rief es hinter ihr.

Ihre Beine rannten weiter.

Ihre Schulter wurde gepackt.

»Spinnst du? Wir müssen miteinander heimkommen.«

Es war nur Maria. Sie keuchte vom Laufen.

Im Hoflicht sah Johanna, dass Marias Haar aufgelöst über ihre Schultern hing. Sie sah ganz anders aus als sonst.

Maria deutete mit dem Kopf zum Haus. »Du sagst sowieso nix?«

Johanna nickte.

Die Ziegel für ihre Betten lagen auf der Herdplatte. Sie waren noch heiß.

Johanna trug erst den einen, dann den anderen mit der Zange in die Kammer und fuhr mit den heißen Ziegeln über die klammen Betttücher. Der Zementboden war so kalt, dass sie nur auf Zehenspitzen gehen konnte.

Als sie im Bett lag, sah sie wieder das tote Gesicht mit dem seltsam kicherbereiten Mund.

Maria drehte sich mit einem Seufzer im Bett um.

Johanna zog die Tuchent über den Kopf.

Der Brief

Johanna schlichtete Holz in die Ofenlade, dann heizte sie nach.

Das Wasser für den Sautrank kochte noch immer nicht. Der Herd zog schlecht, wenn der Nebel dick über dem Tal lag.

Gustl kam in die Küche und griff nach einer der Kaffeetassen, die am Herdrand standen.

»Nicht die«, sagte seine Mutter. »Der ist von gestern, der gehört für die Dirn.«

Ein Ast klemmte im Ofen. Johanna hieb mit dem Schürhaken darauf, bis er endlich in die Glut rutschte.

Die Bäuerin schüttelte den Kopf.

Johanna goss kochendes Wasser über den Schrot im Eimer, rührte um und trug den Sautrank in den Stall.

Die vier Säue hoben die Köpfe. Ihre kleinen Augen funkelten böse. Vor der großen Alten hatte Johanna Angst. Die hatte schon ein paar Mal nach ihr geschnappt. Wenn man die lange, spitze Schnauze mit den mahlenden Kiefern ansah, die wässrigen Augen unter den weißen Wimpern, die so listig an einem vorbeiblickten, dann konnte man die Geschichten glauben von Schweinen, die Säuglingen die Beine abgefressen haben sollten. Sie holte die Mistgabel und begann die Koben zu säubern, während die Säue mit dem Fressen beschäftigt waren.

Maria war noch nicht vom Milchausführen zurück. Die hatte sicher wieder auf dem Heimweg ihren Franz getroffen.

Vor ein paar Tagen war Franz am Abend in die Kammer gekommen und hatte Johanna fünfzig Groschen gegeben, damit sie in die Küche ging. Johanna hockte dort im Finstern auf der Ofenbank und hörte nebenan Kichern und Keuchen. Eine Zeit lang überlegte sie, ob sie zur Tür schleichen und hineinspähen sollte. Gleichzeitig schämte sie sich ihrer Neugier. Die fiel jedenfalls unter das sechste Gebot, das war sicher. Sie wusste nur nicht mehr, was zu diesem Punkt im Beichtspiegel gestanden war. Aber der war in der Schule geblieben, er hatte ja der Schülerlade gehört. In die Kirche konnte sie sowieso nicht gehen, ohne Schuhe.

Sie schlief auf der Ofenbank ein und wachte erst auf, als Franz schon gegangen war und Maria sie rüttelte. Am Morgen versteckte sie die fünfzig Groschen unter ihrer zweiten Unterhose im Schrank auf dem Speicher. Eines Tages, wenn sie Schuhe hatte, würde sie mit Romana und den anderen Mädchen in Gloggnitz oder in Grafenbach ins Kino gehen. Das Eintrittsgeld hatte sie ja jetzt.

Unsinn. Sie hatte gar nicht die Absicht, hierzubleiben. Es fiel ihr immer schwerer, daran zu glauben, dass sie jemals anderswo gewesen war, dass sie jemals anderswo sein würde. Ihre Füße gingen automatisch, wohin man sie schickte, ihre Hände fanden im Dunkeln Werkzeug und Küchengeräte.

Johanna lief über den Hof ins Haus zurück. Der Nebel hatte die Steine mit einer feinen Eisschicht überzogen. Jeder Schritt tat weh. Sie musste die Bäuerin um ein Paar alte Stiefel bitten, obwohl sie wusste, was für ein Gesicht die Bäuerin machen würde. Der alte Kaffee schmeckte säuerlich.

Maria kam erst zurück, als der Bauer schon bei der Vormittagsjause saß. Er schnitt ein Stück Selchfleisch ab, zeigte mit dem Messer auf seine Tochter. »Wo hast du dich wieder herumgetrieben?«

Maria warf den Kopf zurück. »Milchausführen dauert seine Zeit. Wenn es dir nicht passt, kannst du die Milch an die Molkerei verkaufen. Da bekommst du nicht ganz die

Hälfte.« Sie hatte eine Art, ihre Eltern anzusehen, vor der sogar der Bauer verstummte. Nächstes oder übernächstes Jahr würde sie ihren Franz heiraten, sobald der alte Gruber übergeben hatte. Maria wollte nicht auf den Hof der Schwiegereltern ziehen, solange Franz seinem Vater noch den Großknecht machte. Seit vier Jahren versprach Gruber in jedem November, im nächsten Januar zu übergeben, und in jedem Januar fand er einen Grund, warum es noch nicht möglich war. Maria sammelte inzwischen Bettwäsche und Tischtücher in ihrer Truhe. Sie war auf einer landwirtschaftlichen Schule gewesen und stickte wunderschöne Monogramme in rotem Kreuzstich in jedes Stück. M L – Maria Lahnhofer. Manchmal stickte sie ein flammendes Herz Jesu dazu, manchmal eine Blume. Franz sagte: »Warum stickst du nicht gleich M G, du wirst doch Maria Gruber heißen.« Maria stickte weiter M und L, jeden Sonntag nach dem Essen, bevor sie mit Franz spazieren ging.

Die Bäuerin bemerkte erst beim Kochen, dass ihr der Zucker ausgegangen war. Sie reichte Johanna den Schlüsselbund und schickte sie auf den Speicher. Dort gab es eine zementierte Kühlkammer, die in den Boden eingelassen war. Anstelle einer Tür hatte sie einen mit Fliegengitter bespannten Eisenrahmen, an dem ein Schloss hing. Die Kühlkammer war angefüllt mit Selchfleisch, Bratwürsten und Speck. Johanna hatte nur dann eine Bratwurst bekommen, wenn sie angeschimmelt war. Sie sperrte auf, riss drei Paar Bratwürste von den hintersten Haken, warf die Bratwürste in ihren Schrank, sperrte die Kühlkammer zu und füllte den Eimer mit Zucker.

Später lief sie in einem unbeobachteten Augenblick noch einmal hinauf, um die Würste hinter einem losen Brett zu verstecken.

Da waren sie sicher. Sie würde die Würste beim Kuhhüten essen, und der Bäuerin geschah ganz recht.

Als das Mittagessen auf dem Tisch stand, kam der Briefträger. Er ging in die Küche. Die Bäuerin holte die Schnapsflasche. »Ist gar nicht für dich«, sagte der Briefträger. »Der Brief ist für eure Dirn.« »Trink trotzdem«, sagte die Bäuerin und nahm den Brief.

Johanna schluckte mehrmals, bis sie herausbrachte: »Das ist mein Brief.«

Der Bauer legte den Löffel weg. »Was hast du gesagt?«

»Dass das mein Brief ist!«

»Soso. Dein Brief.« Der Bauer beugte sich drohend vor. »Hat wer gesagt, dass es nicht dein Brief ist?«

Johanna streckte die Hand aus.

»Erst wird gegessen«, sagte der Bauer.

Die Wut würgte Johanna. Jeder Bissen wurde im Mund immer mehr, ein widerlicher Brei. Sie hustete und spürte die Blicke der anderen.

Endlich war ihr Teller leer.

Sie trug das schmutzige Geschirr zum Waschschaff. Der Bauer machte noch immer keine Anstalten, ihr den Brief zu geben.

Maria stand auf, nahm ihrem Vater wortlos den Brief weg und reichte ihn Johanna.

Johanna lief in den Stall, hockte sich neben Resi, die sanfteste von den Kühen, und steckte ihre kalten Zehen unter den warmen braunen Bauch. Dann riss sie das Kuvert auf.

Ein Brief von ihrem Vater. Sie hatte nicht mehr damit gerechnet, dass er antworten würde.

»... und kann ich dir nicht sagen«, schrieb er, »warum ich deine Mutter damals nicht geheiratet habe. Da müsste man reden.

Komm doch her, hier ist Platz. Deine Halbschwestern sind zwölf, elf und neun. Der Sohn ist zwei Jahre alt.«

Ich habe also Geschwister, dachte Johanna. Es war ihr nie in den Sinn gekommen, die sieben Kinder, die ihre Mutter mittlerweile geboren hatte, als ihre Geschwister zu bezeichnen. Das waren die anderen Kinder ihrer Mutter. Mit ihr hatten sie nichts zu tun. Ob die Geschwister von ihr wussten?

Der Vater wollte sie zu sich nehmen! »Dein treuer Vater«, schrieb er.

Aber er hatte vierzehn Jahre lang nicht nach ihr gefragt. Und wenn sie hinfuhr, dann musste sie dort bleiben.

»Johanna!«, rief die Bäuerin.

Johanna steckte den Brief in die Schürzentasche und rannte in die Küche.

»Glaubst du, das Geschirr wäscht sich von allein? Wenn du da fertig bist, mach den Hühnerstall sauber.«

Während Johanna Pfannen schrubbte und Teller wusch, während sie den Stall fegte und Hühnerdreck von der Leiter kratzte, versuchte sie nachzudenken. Ihre Gedanken gingen immer im Kreis. Schon das Wort »Vater« war ihr fremd. Sie konnte sich nicht vorstellen, wie das war, wenn man einen Vater hatte. Zum Pflegevater hatte sie nie »Vater« gesagt, sie hatte es vermieden, ihn direkt anzureden. Er war immer weit weg gewesen, auch wenn er oben am Tisch saß, zwischen der Pflegemutter und Maria. Der anderen Maria.

Sie sah den Tisch vor sich, den Tisch und die weißen Tassen mit der goldenen Schrift.

Warum antwortete die Pflegemutter nicht auf ihren Brief?

Die Hühner gackerten aufgeregt herum, Federn flogen. Johanna bekam eine winzige Flaumfeder in die Nase.

Als Romana am Hoftor vorbeiging – sie war in diesem Monat zum Läuten an der Reihe –, lief Johanna hinaus.

»Hast du Zeit?« Romana nickte eifrig. »Nach dem Läuten, ja. Ich warte im Holzschuppen auf dich. Ist was?«

»Ich sag's dir dann.«

Als die Glocke anschlug, tat es Johanna schon leid, dass sie ausgerechnet Romana ins Vertrauen hatte ziehen wollen. Vielleicht wäre es besser gewesen, mit Maria zu reden? Aber Maria war die Tochter des Bauern, trotz allem.

Die Bäuerin war in die Stadt gefahren, der Bauer hatte Amtstag als Armenrat und hinterher ein Treffen der Freiwilligen Feuerwehr. Johanna hatte am Morgen seine Uniformhose ausgebürstet und gebügelt. Es bestand also kein Grund, nicht hinauszugehen und mit Romana zu reden. Maria sagte sicher nichts.

Als die Glocke verklungen war, ging Johanna mit dem leeren Holzkorb in den Schuppen. Romana wartete schon.

»Was ist los? Du kannst mir ruhig alles sagen.« Sie betonte das »alles«, setzte sich auf einen Baumstrunk und sah Johanna erwartungsvoll an. Johanna suchte nach einem Anfang. Romana zeichnete mit einem Zweig ein R nach dem anderen in die Sägespäne auf dem Boden.

Als Johanna endlich doch von dem Brief erzählt hatte, schüttelte Romana energisch den Kopf. »Das ist nichts. Du bist dort ja doch bei fremden Leuten. Wer weiß, ob die Stiefmutter dich anerkennt.«

»Hier bin ich auch fremd.«

»Hier hast du uns. Dort hast du keinen.«

Hier auch nicht, dachte Johanna.

»Ich bin doch deine Freundin«, fuhr Romana fort.

»Dort hätte ich Geschwister.«

Romana winkte ab. »Das ist nichts. Ich habe eine gekannt, die war bei ihrem Vater. Sie ist weggerannt, und dann haben sie sie mit der Gendarmerie zurückgebracht. Zum Schluss ist sie in ein Narrenhaus gekommen.«

»Er schreibt, er will mit mir reden«, sagte Johanna.

»Papier ist geduldig.« Romana sprach plötzlich Hochdeutsch, wie immer, wenn sie etwas nachsagte, was sie von Frau Berger gehört hatte. »Hat er sich um dich gekümmert? Siehst du. Du wärst schön dumm, wenn du gingst.«

Es war finster im Schuppen, nur Romanas Gesicht hob sich als heller Fleck von der Dunkelheit ab. Im Grabenwald unten schrie ein Käuzchen.

»Ich muss rein«, sagte Johanna. »Ich glaube, sie rufen mich.« Romana stand auf. »Morgen komm ich wieder, ja? Mach keinen Unsinn.«

»Ich weiß nicht, ob ich morgen kann.«

Jetzt rief Maria wirklich.

Johanna lief über die Straße. Maria fragte nicht, wo sie gewesen war. Sie gingen miteinander in den Stall.

Nach dem Melken las Johanna den Brief noch einmal in der Milchkammer, und später, als die Familie längst zurück war und alles in der Küche wieder an seinem Platz stand, ging sie hinaus in den Hof und las ihn noch einmal im Licht der Hoflampe. Der Knecht kam vorbei auf seinem Weg in den Stall, wo er neben dem Pferd schlief.

»Hast vielleicht einen Liebesbrief?«

»Bist blöd?«

Sie konnte den Brief jetzt auswendig. Aber das half ihr nicht zu erkennen, was hinter den groß und steil geschriebenen Wörtern stand.

Am nächsten Tag war Kirtag in Neunkirchen.

»Wenn sie Schuhe hätte, könnte sie mitkommen«, sagte die Bäuerin zu Maria.

»Sie kann meine braunen haben.«

»Die braunen? Die sind doch erst ein Jahr alt!«

Johanna räusperte sich vor der Tür, bevor sie in die Küche ging. Auf eine seltsame Art störte es sie, dass Maria für sie Partei ergriff.

»Du kannst die Kühe austreiben, wenn du sowieso da bist«, sagte die Bäuerin. Sie hatte Johanna ein Paar alte Stiefel geschenkt. Das Loch im rechten war mit Leukoplast verklebt. Johanna zerriss einen Fetzen, den sie auf dem Speicher gefunden hatte, in schmale Streifen und wickelte die Streifen um ihre Füße, bevor sie in die Stiefel stieg. Mit den Fetzen rutschte sie nicht so weit vor und stieß sich nicht die Zehen wund. Ihre Strümpfe wollte sie nicht zum Hüten anziehen. Die hob sie auf. Wenn sie von hier wegging, würde sie sie anziehen. Die Strümpfe und die blaue Schürze, in deren Tasche das Fahrgeld eingenäht war.

Sie nahm im Vorübergehen ein Paket Zündhölzer aus der Küche mit, steckte ein Paar von den gestohlenen Bratwürsten in die Tasche und trieb die Kühe auf die Wiese vor dem Grabenwald.

Hier lagen überall Föhrenzapfen. Sie sammelte eine Schürze voll, dann holte sie Steine aus dem Wald und baute eine richtige Feuerstelle. Das dürre Gras ließ sich leicht anzünden. Sobald das Feuer heruntergebrannt war und alle Zapfen rot glühten, spießte sie die erste Wurst auf einen Zweig und hielt sie über das Feuer. Sie sah zu, wie das Fett hinuntertröpfelte und kleine Stichflammen aufschossen, drehte die Wurst langsam und gleichmäßig und behielt dabei den Fuhrweg zum Dorf im Auge. Wenn jemand kommen sollte, hätte sie immer noch Zeit, die Wurst verschwinden zu lassen. Sie zwang sich zu warten, bis die Haut rundherum braun und glänzend war.

Eigentlich hatte sie hier ständig Hunger. Daheim war sie gewöhnt gewesen, zwischendurch ein Stück Brot abzuschneiden oder einen Apfel aus dem Keller zu holen. Die Zeit zwischen den Mahlzeiten wurde ihr lang, obwohl sie beim Essen Brot und Erdäpfel nehmen konnte, so viel sie wollte. Bei Fleisch und Mehlspeisen war es anders.

»Fleisch macht hitzig«, sagte die Bäuerin. »Und wir tragen die Verantwortung.«

Johanna biss in die Wurst und verbrannte sich dabei den Mund. Weil sie gestohlen ist, dachte sie.

Später warf sie noch einmal Zapfen in die schwach glosenden Reste des Feuers und wärmte sich die Hände. Die Kühe waren friedlicher als sonst, nur der Bless musste sie wieder einmal nachlaufen, bis sie Seitenstechen bekam.

Als sie die Kühe heimtrieb, spielten die Dorfbuben auf der Straße Fußball. Josef und Gustl waren auch dabei.

Sie führte die Kühe in ihre Boxen und legte sie an die Eisenketten. Die Schweine grunzten; die große Sau war besonders unruhig, trampelte in ihrem Koben auf und ab, rieb sich an der Holzwand. Während Johanna die Resi säuberte, drehte die ihr plötzlich den Kopf zu und fuhr ihr mit der Zunge über die Haare, bis zum Ohr herunter.

Maria kam und begann zu melken.

Als Johanna ins Haus trat, stand der Bauer auf, packte sie am Arm und führte sie hinaus auf die Straße. Er zeigte auf den Holunderstrauch vor dem Holzschuppen.

»Weg willst du?«, fragte er. »Weg willst du? Da! Wenn du herbrunzt, wird's noch nass sein, und du bist schon zurück. So gut wie hier geht's dir nirgends. Krieg das endlich in deinen Kopf.« Johanna schnappte nach Luft.

»Bekomm ich keine Antwort?«, fragte er.

Sie hätte nicht reden können, selbst wenn sie gewollt hätte.

Er ließ sie plötzlich los, drehte sich um und ging ins Haus.

Johanna blieb stehen.

Sie wäre am liebsten hinübergelaufen zur gelben Villa am Dorfrand und hätte Romana zur Rede gestellt. Aber das hatte ja doch keinen Sinn. Romana würde alles abstreiten.

Johanna verkroch sich ins Bett. Sie zog die Beine an, umschlang sie mit den Armen, igelte sich ein. Ihre Kehle brannte, ihre Augen brannten. So ist das, flüsterte sie in ihre Knie. Du hast eben niemanden.

Aber der Vater hatte geschrieben: Komm!

Als was? Als Tochter? Oder als Dirn?

Die Ziehmutter hatte immer gesagt: Überschlafen wir es erst. Wenn der Vater sie wirklich zu sich holen wollte, würde er noch einmal schreiben.

Plötzlich fiel Johanna die weiße Katze daheim ein. Die hatte inzwischen längst schon ihre Jungen. Wenn die Ziehmutter sie rechtzeitig gefunden hatte, waren sie sicher ertränkt worden. Aber die Weiße war geschickt, die versteckte ihre Jungen gut. Und wenn sie dann mit richtigen jungen Katzen anmarschiert kam, hatte die Mutter nicht mehr das Herz, sie wegzuräumen. Mit den nackten, hässlichen Neugeborenen war das anders. Die weiße Katze war Johanna oft nachgelaufen, wenn sie im Gemüsegarten gearbeitet hatte, und hatte ihr zugesehen mit ihren grünen Augen.

Ob den Becher mit »Johanna« darauf jetzt ein anderer verwendete? Oder verstaubte der hinten in der Kredenz?

Johanna gab sich einen Ruck.

Irgendwann zeig ich es ihnen.

Irgendwann wird alles anders.

Die werden noch schauen. Alle.

In der Küche standen sechs Paar neue Schuhe, die musste Johanna mit Schuhcreme einschmieren, damit sie nicht gleich beim ersten Tragen Flecken bekamen. Ein Paar für den

Bauern, ein Paar für die Bäuerin, ein Paar für Maria, ein Paar für jeden der Söhne. »Hau nicht so herum mit der Bürste«, sagte die Bäuerin. »Du machst sie noch hin.«

Als die Bäuerin gegangen war, schleuderte Johanna die Bürste in den Karton mit dem Schuhputzzeug.

Sie nahm eine Handvoll Zucker aus dem Eimer und lutschte daran. Das half auch nicht.

Romana sah sie den ganzen Tag lang nicht. Sie war fast froh darüber.

Am nächsten Abend aber kam Romana eben vom Läuten, als Johanna die Kühe heimtrieb. Romana winkte und lachte. Es nahm Johanna fast den Atem, dass sie so tun konnte, als sei nichts gewesen. Romana erzählte vom Ringelspiel und von dem Burschen, der ihr die ganze Zeit nachgegangen sei.

»Was ist los?«, unterbrach sie sich. »Du schaust so sauer.«

»Das weißt du genau«, begann Johanna und kam sich plötzlich lächerlich vor. Als ob es wirklich die natürlichste Sache der Welt wäre, einem Menschen ein Geheimnis herauszulocken und es dann auszuplaudern.

Romana lächelte. »Im Frühjahr, wenn in Köttlach Kirtag ist, kannst du vielleicht auch gehen.«

»Ich pfeif auf den Kirtag! Das ist es nicht. Du hast ...«

»Ich glaube, du spinnst«, sagte Romana. »Die Hemma hat recht. Du spinnst wirklich.« Sie wandte sich ab, ging ein paar Schritte, blieb stehen, drehte sich um.

»Wenn du vielleicht glaubst, du bist was Besonderes, dann ...«

»Du bist eine Tratschen!«, schrie Johanna.

Romana kam wieder zurück. »Also das ist es. Ich habe es doch nur der Hemma erzählt, weil sie gesagt hat ...«

»Aber du hast mir versprochen ...«

Romana brachte es fertig, gekränkt dreinzuschauen, »Ich hätte auch nichts gesagt, wenn sie nicht so über dich geredet hätte. Ich habe es ihr gesagt, weil ich zu dir halte! Dass du so undankbar bist, das hätte ich nie gedacht.«

Eine Kuh begann, die Geranien der Frau Faßbinder anzufressen.

Johanna rannte zu ihr hin und klatschte ihr den Haselstecken über den Rumpf. Die Kuh sprang zur Seite.

Maria kam aus dem Hoftor. Johanna war froh, dass sie einen Grund hatte wegzugehen. Sie ließ Romana einfach stehen und trieb die Kühe in den Stall.

Rolf sprang winselnd und bellend an ihr hoch, als sie ihm sein Futter hinstellte. »Ist schon gut, Rolfi, ist schon gut.«

Sie kämpfte mit den Tränen.

Weihnachten

Im Dezember wurde das Aufstehen von Tag zu Tag schwerer.

Aus dem Tal kroch der Nebel herauf. Die Kleider, die sie morgens anzog, waren klamm und steif. Sie stopfte ihre Gummistiefel mit Zeitungspapier aus, sooft sie welches beiseiteschaffen konnte. Das war nicht immer einfach. Der Bauer brachte nach den Gemeinderatssitzungen Zeitungen nach Hause, aber sie wanderten nicht immer sofort in die Lade unter dem Herd, und manchmal schimpfte die Bäuerin, wo denn immerzu die Zeitungen verschwänden, Johanna solle doch endlich lernen, beim Unterzünden sparsamer zu sein.

Frisches Zeitungspapier wärmte ganz gut. Wenn es einmal abgetreten und hart und krümelig war, half es kaum mehr.

Am Nikolaustag kam Maria ohne Einkauf vom Milchausführen zurück.

»Wo ist der Zucker? Und die Gewürze?«, fragte die Bäuerin.

»Womit hätt ich zahlen sollen?«, fragte Maria zurück.

»Mit dem Milchgeld natürlich.«

Maria wärmte sich die Hände am Ofen. »Die meisten haben nicht zahlen können.«

»Was soll das heißen?« Die Bäuerin schlug Teig ab. Der Teig schmatzte bei jedem Schlag.

Maria stand mit dem Rücken zu ihrer Mutter. »Dass sie kein Geld haben, soll das heißen. Weil sie ausgesteuert sind. Sie kriegen keine Arbeitslosenunterstützung mehr.«

Die Bäuerin begann zu jammern. »Wie stellst du dir das vor? Womit sollen wir das Kraftfutter zahlen? Und das Saatgut? Meinst du, einer schenkt uns die Ziegel für den Stall? Oder das Leinen für deine Aussteuer? Alles geht an uns aus, immer an den Bauern. Wenn sie nicht zahlen, gibt's auch keine Milch. Woher soll ich sie denn nehmen?«

»Von der Kuh«, sagte Maria.

Die Bäuerin drohte mit einer Ohrfeige.

Maria drehte sich um, ging einen Schritt auf sie zu. »Dann fahr dir die Milch selber aus. Solang ich sie ausfahre, bekommen die Leute auch ihre Milch. Sie werden schon zahlen.«

»Und wann?« Der Kochlöffel schlug immer schneller an die große irdene Schüssel.

Johanna bückte sich tief über die Erbsen, die sie auszulesen hatte. »Wenn sie das Geld kriegen«, sagte Maria. »Weißt du, was sie fressen? Beim Steininger haben sie Hundsfleisch geselcht! Das ganze Haus hat gestunken. Die Steiningerin hat ihrem Jüngsten das gelbe Hundsfett mit dem Löffel gegeben, weil er's auf der Brust hat.«

Die Bäuerin schüttelte sich. »Das kommt von der Gottlosigkeit, weil sie alle die Sozis gewählt haben. Da ist es kein Wunder.«

»Von der Arbeitslosigkeit kommt es«, sagte Maria.

»Du redest auch schon wie die Sozis.« Die Bäuerin bekreuzigte sich. »Höchste Zeit, dass du heiratest und auf andere Gedanken kommst. Der Herr Pfarrer hat ganz recht. Das ist die Strafe dafür, dass sie den roten Gotteshassern nachrennen und auf die Straße gehen statt in die Kirche.«

Maria zog eine alte Strickjacke an, band sich die Schürze um und ging hinaus.

Die Bäuerin fuhr Johanna an: »Bist du noch nicht fertig? Bevor du die Erbsen ausliest, wachsen neue! Du hast ja gehört, wie gut du es hast. Zehn Mädeln könnte ich haben, jede würde sich reißen um so einen Platz.«

Johanna schüttete die letzten schlechten Erbsen in den Topf für die Hühner. Die Bäuerin fuhr mit dem Finger in den Topf, fischte zwei oder drei Erbsen wieder heraus, murmelte etwas von Verschwendung und schickte Johanna in die Waschküche. Sie sollte die Wäsche auswinden, die im Trog eingeweicht lag, und den Ofen anheizen.

Auf dem Wasser hatte sich über Nacht eine dünne Eisschicht gebildet. Die nassen Leintücher und Bettbezüge wogen schwer, Johannas Handgelenke taten nach kurzer Zeit weh. Das Wasser war so kalt, dass es ihr fast den Atem nahm, wenn sie ein neues Stück herausholte.

Beim Anzünden verbrauchte sie alle Zündhölzer, die noch in der Schachtel waren. Sie hatte überhaupt kein Gefühl in den steifen Fingern. Später, als der Ofen brannte und das Eis an den Wänden schmolz und tropfte, schwollen ihre Hände an und juckten, genau wie die Frostbeulen an ihren Zehen.

Am Tag vor dem Heiligen Abend brachte der Bauer einen alten Mantel und ein Paar Schuhe aus dem Armenhaus.

Der Mantel schlotterte an Johanna, die Ärmel hingen ihr weit über die Hände.

»Der hält warm«, sagte die Bäuerin. »Und der Stoff ist noch sehr gut.«

Johanna konnte schon das Gesicht sehen, das Romana machen würde. Romana, die von der jungen Frau Berger einen taillierten Mantel mit einem Stehkragen aus Samt bekommen hatte.

»Ist er dir vielleicht nicht gut genug?«, fragte die Bäuerin. »Bist was Besseres gewöhnt?« Aber sie holte ihr Nähzeug und steckte die Ärmel und den Saum hoch, und als Johanna die Nähte gesäumt hatte, sagte sie sogar: »Gar nicht schlecht, wie du nähst.« Johanna versetzte auch die Knöpfe, soweit es ging. Jetzt sah sie wenigstens nicht wie eine Vogelscheuche aus.

Am Abend, als die Familie schlafen gegangen war, breitete sie die dicke Decke auf den Küchentisch und dunstete den Mantel auf.

Die Ärmel machten ihr zu schaffen, bis sie auf die Idee kam, den Nudelwalker als Ärmelholz zu verwenden. Sie war direkt stolz, als der Mantel faltenlos über dem Bügel hing, und hätte ihn gern jemandem gezeigt. Aber Maria war weggegangen und kam erst zurück, als Johanna schon schlief.

Die Bäuerin legte Schnürkrapfen in zischendes Schmalz. Auf der Kredenz standen Nussstrudel und Mohnstrudel zum Auskühlen, Maria rollte Vanillekipferln. Der Geruch von Vanillezucker mischte sich mit dem von siedendem Selchfleisch.

Die Buben hatten keine Schule und lauerten auf zerbrochene Bäckereien. Gustl wurde in den Wald geschickt, um eine Fichte zu holen.

Johanna erinnerte sich, wie sie vor einem Jahr gemeinsam mit der Schwester Schokoladestückchen in rotes Papier gewickelt und Äpfel poliert hatte, wie die Ziehmutter den Engel mit den weißen Locken aus dem Wattebett geholt und an der Spitze des Christbaumes festgesteckt hatte.

»Träum nicht«, sagte die Bäuerin. »Es ist mehr als genug zu tun.« Franz und Josef begannen zu rangeln, Josef wich zurück, gerade als die Bäuerin eine Schüssel voll dampfender Schnürkrapfen aufs Fensterbrett stellen wollte. Die Schüssel kippte, die Hälfte der Krapfen landete auf dem Fußboden. Die Bäuerin schrie die Buben an, die Buben rafften die Krapfen gerade noch rechtzeitig auf, bevor die Mutter die Schüssel abgestellt hatte und jeden Sohn mit einer mächtigen Ohrfeige hinausschickte. Johanna verbrannte sich am heißen Dampf, als sie den Fleischtopf vom Herd nahm. Die Bäuerin trug ihr seit dem frühen Morgen eine Arbeit nach der anderen auf, sie schickte sie in den Keller, auf den Speicher, in den Stall und ließ ihr keine Zeit, irgendetwas fertig zu machen, und dabei schimpfte sie ununterbrochen.

»Nicht einmal zu Weihnachten hat man eine Hilfe ...«

Was geht mich euer Weihnachten an, dachte Johanna.

Der Bauer kam vom Holzschlag und schrie neue Befehle.

Maria war verschlossener als sonst, sooft sie etwas ins Backrohr schob, knallte sie die Eisentür zu.

Der Bauer holte die Schnapsflasche aus dem Schrank, die Bäuerin jammerte.

Bevor Johanna abends mit Maria in den Stall ging, musste sie die Blechwanne hereintragen und mit heißem Wasser füllen. Die Buben kamen sehr widerwillig herein.

Maria redete heute nicht wie sonst mit den Kühen, wenn sie den Melkschemel hinstellte. Zu Johanna sagte sie nur: »Schau, dass alle frisches Stroh haben.«

Als Johanna die Milch in die Küche brachte, waren die Buben gebadet, saßen in weißen Hemden und schwarzen Hosen mit nass gekämmten Haaren auf der Bank und ließen die Fingerknöchel knacken.

Johanna lief auf den Speicher, nahm die blaue Schürze aus dem Schrank, fuhr über die Tasche, legte die Schürze wieder zusammen. Sie würde die andere umbinden. Die blaue war für den Tag, an dem sie wegging. Aber die Strümpfe wollte sie doch anziehen. Sie trug ein Schaff voll mit heißem Wasser in die eisige Kellerkammer. Die Buben lachten laut, bis Maria kam und sie anfuhr. Die Bäuerin und der Bauer gingen in die Stube und schlossen die Tür hinter sich.

Als Johanna zu den anderen in die Küche kam, spürte sie trotz allem eine Art Erwartung.

Die kleine Glasglocke bimmelte so leise, dass man sie kaum hörte, bis Maria die Stubentür öffnete.

Die Buben rannten zum Tisch. Josef steckte ein Vanillekipferl in den Mund, bekam von der Mutter eins auf die Finger. »Erst singen ...«

Johanna blieb in der Tür stehen.

»Stille Nacht, heilige Nacht.« Bei den hohen Tönen störte der Knoten im Hals am meisten.

Die Bäuerin reichte Johanna eine lange graue Unterhose mit aufgerauter Innenseite und ein Unterhemd.

Gustl fuhr mit dem Finger über die Laufflächen seiner neuen Ski. Franz sah neidisch zu. »Du kriegst dafür meine alten«, sagte Gustl »Dann können wir beide fahren.«

Unter dem Baum standen sechs geflochtene Strohkörbchen mit Gebackenem, vier große und zwei kleine.

Maria trug das Essen auf.

»Komm, Herr Jesus, sei unser Gast ...«

An diesem Abend bekam Johanna eine ebenso große Schnitte Fleisch wie die anderen, sie hätte sogar nachnehmen können, aber es würgte sie beim Schlucken.

Nach dem Essen nahm die Bäuerin den Weihbrunnkessel, der Bauer zündete in einer flachen Pfanne Weihrauch an, und sie gingen durch das ganze Haus, bis hinauf in den Speicher, in die Ställe, auf den Getreideboden, sogar in den Schuppen. Jeder Raum wurde mit Weihwasser besprengt, der Bauer schwenkte die Rauchpfanne. Unter der Hoflampe kräuselte sich der Nebel.

Es nieselte. Der Bauer reichte Franz die Rauchpfanne. »Trag sie rein.« Franz schickte eine Weihrauchwolke in die Hundehütte. Rolf begann laut zu jaulen.

Die Buben schimpften leise über das Sauwetter. »Schneien soll's.« Der Nebel wurde dichter. Als sie gegen elf Uhr durch den Graben zur Kirche hinuntergingen, war es, als wateten sie durch Wolken. Die Schuhe drückten auf Johannas

Frostbeulen. Sie stolperte oft. Die Kirche war voll. Der Weihrauch mischte sich mit dem Dunst aus feuchten Mänteln, Johanna stand hinten neben der Tür. Die Familie saß in ihrer Bank.

Neben dem Altar strahlten zwei Christbäume, auf dem Seitenaltar war eine Krippe aufgebaut. Johannas Kopf war seltsam leicht. Die goldenen Engel am Hochaltar schwankten vor ihren Augen, als die Orgel einsetzte. Johannas Füße waren weit weg, ihr Kopf wurde immer größer und leerer. Als eine Frau sie am Arm packte und sie zur letzten Bank führte, flüsterte sie: »Es geht schon, wirklich.« Sie war irgendwie verärgert. Dieses Halbwegsein war schön gewesen.

Auch an den Feiertagen mussten die Kühe gemolken, musste die Milch ausgeführt werden.

Am Stefanitag kam Maria besonders spät vom Milchausführen nach Hause. Die Bäuerin sah sie von der Seite an, traute sich aber anscheinend nicht recht, sie direkt anzureden. Sie klapperte mit dem Geschirr. Ein Teller fiel zu Boden und zerbrach. Maria kehrte wortlos die Scherben auf. Johanna beobachtete das Spiel zwischen Mutter und Tochter. Die Schadenfreude entschädigte sie fast dafür, dass Maria sie nicht mehr beachtete. Irgendwie war es ihr sogar lieber.

Johannas Körbchen war schon leer. Auch Ferdl tauchte wieder Brot in seinen Kaffee und schielte dabei auf die Körbe der Bauernkinder, in denen sich Strudel und Schnürkrapfen häuften. Nach dem Frühstück spannte der Bauer den Wagen an. Die Familie fuhr zu Verwandten.

»Es ist eh höchste Zeit, dass du melken lernst«, sagte die Bäuerin zu Johanna. »Der Ferdl wird dir helfen.«

Ferdl nickte und verschwand.

Johanna saß in der warmen Küche, trennte die Ärmel aus dem Mantel und verschmälerte die Schultern. Sie beschloss, auch die Seitennähte aufzumachen. Aus dem Stoff, den sie herausschneiden musste, konnte sie vielleicht sogar einen Bindegürtel nähen. Die schwarzweiße Katze maunzte vor der Tür. Die Bäuerin duldete es nicht, dass die Katzen ins Haus kamen. Aber heute konnte Johanna eine Ausnahme machen. Sie ließ die Katze herein. Die Schwarzweiße lief mit hoch erhobenem Schwanz in alle Winkel, dann stieg sie auf die Bank, drehte sich einige Male um sich selbst, bis sie einen Platz fand, der ihr zusagte, knetete den Sitzpolster mit den Pfoten, dann legte sie sich hin und begann zu schnurren.

Als Johanna um sechs in den Stall ging, lief die Katze mit und rieb sich an ihren Beinen.

Johanna begann die Kühe zu putzen, wie jeden Tag. Die Bless war wieder unruhig, fegte mit dem Schwanz hin und her und senkte den Kopf. Beim Euterwaschen muhte sie. Das Euter fühlte sich heiß an.

»Ich hab keine Angst vor dir«, sagte Johanna. Trotzdem hoffte sie, dass Ferdl noch rechtzeitig kommen und die Bless melken würde. Sie fing bei der Resi an, die verhielt die Milch sicher nicht, auch wenn sie eine fremde Hand spürte.

Finger öffnen, Finger schließen. Sie versuchte alles genau so zu machen, wie sie es jeden Tag bei Maria gesehen hatte. Nichts geschah. Resi wandte den Kopf, sah Johanna mit ihren feuchten Augen an, drehte sich weg, nahm ein Maul voll Heu aus der Raufe. Plötzlich, als Johanna vor Wut und Verzweiflung schon mit den Tränen kämpfte, schoss Milch in den Eimer, ein dicker, schäumender Strahl.

Sie hatte fünf Kühe gemolken, ihre Finger waren müde und verkrampft, und sie fragte sich, wie sie den Rest schaffen sollte, als Ferdl von der Tür her sagte: »Schau, schau. Sie kann's ja, unsere Dirn!«

»Für dich bin ich immer noch die Johanna«, rief sie über die Schulter.

Er lachte. Sie trug den vollen Eimer in die Milchkammer, leerte die Milch durch das Sieb in die Kanne, spülte das Sieb im Steintrog aus. Als sie sich aufrichtete, packte Ferdl sie um die Mitte. »Lass das!«

Sein Gesicht war ganz nah an ihrem. Er roch nach Pferd und nach Schnaps.

»Lass mich!«

Sie riss sich los, rannte zur Tür. Die Tür war verriegelt. Sie brachte den Riegel nicht auf.

Ferdl packte sie wieder. Sie holte aus und schlug zu.

Er grinste sie an, obwohl sich ihre fünf Finger auf seiner Wange dunkelrot abzeichneten.

»Na, na«, sagte er. »Aus dir kann noch was werden.« Er schob den Riegel zurück, sie stolperte über die Schwelle, rutschte auf der Stiege aus. Als sie sich aufrappelte, hörte sie ihn laut lachen. Sie rannte ins Haus und sperrte die Küchentür hinter sich ab.

Als die Familie zurückkam, musste sie klopfen. Die Bäuerin schüttelte den Kopf und wechselte Blicke mit dem Bauern. Maria verschwand im Stall.

Beim Abendessen zwinkerte Ferdl Johanna zu.

Von dem Tag an wich sie ihm aus, soweit es möglich war. Einmal erwischte er sie am Ärmel und sagte: »Bild dir nur nichts ein. An dir ist sowieso nichts dran!«

II. Teil

1932

Maria

In der Silvesternacht begann es zu schneien, zaghaft zuerst, dann immer dichter. Am Morgen musste Ferdl einen Weg freischaufeln, bevor Johanna in den Kuhstall gehen konnte. Die Haustür ging nach außen auf und die Schneemassen drückten mit solcher Gewalt dagegen, dass auch der Bauer die Tür nicht öffnen konnte, obwohl er sich mit seinem ganzen Gewicht dagegenstemmte. Die vier Stufen zur Milchkammer waren unter der Schneedecke verschwunden. Ferdl brach bis über die Knie ein, als er zum Schuppen ging und eine Schaufel holte.

Erst nach der Stallarbeit wurde Johanna klar, dass heute etwas fehlte. Rolf war nicht aus seiner Hütte gestürmt und bellend an ihr hochgesprungen. Der Eingang zur Hütte war zugeschneit! Sie begann eilig zu schaufeln, ohne darauf zu achten, dass sie den Schnee auf den eben freigelegten Weg zum Stall warf. Plötzlich saß sie im Schnee; Rolf hatte beide Vorderpfoten auf ihren Schultern und bellte ihr ins Gesicht. Dann rannte er hin und her, bohrte die Schnauze in den Schnee und führte sich auf wie ein ganz junger Hund. Sie lachte, und es störte sie gar nicht, dass Gustl aus dem Haus kam, sie da sitzen sah und schallend zu lachen anfing. Im Hühnerstall fiel ihr dann ein, wie sehr sie sich anfangs vor Rolf gefürchtet hatte. Komisch. Zuerst hatte sie vor ihm Angst gehabt – und jetzt um ihn.

Zu Mittag rissen die Wolken auf, die Sonne schien. Wenn man aus dem dunklen Haus in den Hof trat, musste man die Augen schließen und sah noch mit geschlossenen Lidern bunte, hüpfende Punkte.

Gustl und Franz probierten auf dem Steilhang ihre Ski aus. Josef rodelte mit den jüngeren Dorfkindern über die Wiese beim Grabenwald. Man hörte sie schreien und lachen.

Johanna schaufelte den Hof frei. Sie blickte immer wieder hinüber zur Rax, die in der Sonne funkelte. Von den Ästen der Weide vor dem Kirnbauer-Hof fielen glitzernde Tropfen.

Ein Jahr, das so anfing, musste doch gut werden.

Am Abend kam Franz, als Johanna noch mit Maria im Stall war.

Er sah niedergeschlagen aus. Die beiden flüsterten miteinander, gingen auch nicht ins Haus, als die letzte Kuh gemolken war.

Johanna versorgte die Hühner für die Nacht.

Die Bäuerin rief nach Maria.

Johanna kam eben aus dem Hühnerstall; sie sah genau, wie Maria die Schultern zurückschob, bevor sie die Türklinke anfasste.

Franz wollte ihr nachgehen, aber sie sagte: »Das mache ich allein mit ihnen aus. Es ist besser so.« Man sah ihm an, wie erleichtert er war, als er davonging.

Die Bäuerin saß in der Küche. Das war ungewöhnlich. Johanna hatte sie bisher nur beim Essen sitzen gesehen oder in der Kirche. Nun aber saß sie da und starrte auf ihre im Schoß gefalteten Hände. Auf dem Herd brodelte die Suppe. Johanna trug die drei Eier, die die Hühner gelegt hatten, in die Speisekammer.

»Was ist?«, fragte die Bäuerin, als Maria in die Küche kam.

»Nichts ist. Nächstes Jahr, sagt er.«

»Und?«

»Und nichts.«

Die Stille in der Küche lähmte Johanna. Sie blieb in der Speisekammer stehen, vor dem Regal, das vom Boden bis zur Decke reichte. Glas neben Glas: rote Kirschen, schwarze Kirschen, Marillen, grüne Paprika. Jedes Glas war mit dem Datum beschriftet, in der steilen Schrift der Bäuerin.

15. Juli 28. 22. Juni 29. 4. Aug. 31. Wann wurden die Marmeladen eigentlich gegessen? Jetzt hörte sie nebenan die Stimmen der Buben. Sie konnte in die Küche zurückgehen.

»Was hast denn du getrieben?«, fragte die Bäuerin. Sie war wieder ganz wie sonst.

»Nichts.«

»Genascht, was?«

»Nein.«

»Was denn?«

»Nichts.«

»Lügen und frech sein auch noch. Du wirst noch sehen, wohin das führt.«

Die Milch lief zischend über den Topfrand. Die Bäuerin rannte zum Herd.

In der Nacht wachte Johanna mit dem Gefühl auf, dass jemand sie gerufen hatte. Sie fuhr verwirrt hoch. Die Hoflampe leuchtete in die Kammer.

Marias Bett war leer. Jetzt hörte Johanna deutlich ihren Namen. Sie sprang aus dem Bett und rannte barfuß hinaus.

Maria lag mitten im Hof, der spiegelglatt gefroren war.

»Ich hab schon gedacht, du kommst nicht«, flüsterte sie.

Johanna reichte ihr beide Hände und versuchte, sie aufzuziehen. Maria stöhnte, und Johanna rutschte, obwohl sie barfuß war.

Sie kniete neben Maria hin und half ihr, sich aufzusetzen. Dann packte sie sie unter den Achseln. Maria war schwerer als Johanna und konnte kaum mithelfen. Endlich, beim vierten oder fünften Versuch, stand Maria. Sie stützte sich schwer auf Johannas Schulter und hüpfte auf einem Bein ins Haus. Johanna half ihr ins Bett. Sie zitterte am ganzen Körper.

»Hast du dir etwas gebrochen?«

»Ich weiß nicht. Wahrscheinlich verstaucht.«

»Soll ich die Bäuerin rufen?«

»Nein!«

»Aber ...«

Maria schüttelte den Kopf. Sie bemühte sich, den Fuß auszustrecken. Johanna schob ihr ihren eigenen Kopfpolster unter.

»Danke. Das ist gut. In der Küche müsste essigsaure Tonerde sein. In der rechten Lade, glaub ich.«

Die Lade klemmte, Johanna zog fester an, die Lade fiel auf den Boden. Johanna schlug sich die Hand auf den Mund, stand starr vor Schreck.

Maria stöhnte leise, ihr Bett knarrte. Sonst rührte sich nichts. Das Röhrchen mit den Tabletten war unter den Tisch gerollt. Johanna löste die Tabletten in Wasser auf, machte einen Umschlag um den Fuß, der schon angeschwollen war.

»Danke. Geh jetzt schlafen.«

Erst im Bett bemerkte Johanna, wie eisig ihre Füße geworden waren. Sie rieb ihre Zehen, bis sie wehtaten. Ein heißer Ziegel wäre jetzt gut gewesen. Aber Maria atmete regelmäßig, Johanna wollte sie nicht stören. Sie bemühte sich vergeblich, das Zähneklappern zu unterdrücken. Schließlich musste sie doch eingeschlafen sein, denn als sie wieder Stöhnen hörte, wusste sie einen Augenblick lang nicht, wo sie war.

Das Stöhnen ging in einen auf- und abschwellenden Klagelaut über.

»Maria, was ist?«

Maria antwortete nicht. Johanna drehte das Licht an.

Maria hatte die Decke weggeworfen; sie zitterte. Schweißtropfen standen auf ihrer Stirn. Ihre Augen waren blutunterlaufen. Plötzlich bäumte sie sich auf.

»Maria!«

Sie warf sich im Bett hin und her, ihr Nachthemd rutschte hoch, und dann trickelte Blut über ihre Schenkel, immer mehr Blut, und ihr Gesicht wurde immer fremder, immer verzerrter. Johanna wollte schreien und konnte nicht, wollte wegrennen, jemanden holen, und stand bloß da.

Maria wurde ruhiger, lag still, atmete tief.

»Ist schon gut«, flüsterte sie. »Es ist nichts.«

Johanna brachte noch immer kein Wort heraus, sie zeigte nur auf das Leintuch.

»Ja«, sagte Maria. Dann bat sie: »Bringst mir einen Schluck Wasser?«

Johanna lief in die Küche, füllte einen Becher, war ungeheuer erleichtert, dass sie etwas tun konnte.

Maria trank gierig. »Tut mir leid«, sagte sie. »Kannst du das wegtun? Nimm ein frisches Leintuch aus meinem Schrank.« Als sie aus dem Bett stieg, begann das Blut wieder zu fließen. Johanna brachte eine Schüssel voll Wasser, schob einen Stuhl neben das Bett, breitete ein frisches Leintuch auf, bezog die Tuchent, half Maria ein sauberes Nachthemd anzuziehen, reichte ihr die Schachtel aus dem Schrank, um die sie bat – aber es waren nur ihre Hände und Füße, die das taten, Johanna selbst war gelähmt vor Angst und einem unerklärlichen Gefühl von Schuld. Endlich lag Maria in dem frischen Bett mit weißem Gesicht und strähnig verschwitztem Haar und flüsterte: »Du, ich dank dir.« Johanna wickelte die Wäsche zu einem Bündel zusammen, schob es unter Marias Bett, schlüpfte in ihre Stiefel und leerte das Wasser in den Ausguss im Hof.

Als sie zurückkam, schlief Maria schon.

Johanna wälzte sich lange im Bett hin und her. Im Traum wurde sie von etwas verfolgt, das eigentlich nichts war, keine Gestalt, nur eine furchterregende Gegenwart.

Sie wachte erst auf, als die Bäuerin sie an den Schultern rüttelte. Maria schlief noch tief. Johanna sprang aus dem Bett, stieß sich die Zehen an.

»Was ist mit der Maria?«, fragte die Bäuerin.

»Sie ist im Hof gefallen und hat sich den Fuß verstaucht«, sagte Johanna.

»Warum hast du mich nicht geholt?«

»Sie wollte es nicht.«

Die Bäuerin zeigte auf die Lade, die auf dem Küchentisch stand.

»Was ist damit?«

»Ich habe ihr einen Umschlag gemacht.«

Die Bäuerin nickte, musterte Johanna einen Augenblick lang und sagte: »Gehen wir in den Stall.«

Während Johanna die Kühe säuberte, spürte sie immer wieder einen fragenden Blick der Bäuerin. Sie war froh, als sie später mit den anderen in der Küche saßen. Sie hätte nicht reden können über das, was in der Nacht geschehen war.

Die Bäuerin weckte Gustl und Franz. »Ihr müsst die Milch ausführen.«

»Warum geht nicht die Johanna?«, maulten die Buben.

»Weil sie Wäsche waschen muss.«

Johanna erschrak; dann erst erinnerte sie sich, dass sie gestern Wäsche eingeweicht hatte. Die Bäuerin sprach nicht von dem Bündel, das unter Marias Bett lag. Maria schlief mit offenem Mund. Erst als Johanna das Geschirr wusch, hörte sie leise ihren Namen rufen. Sie ging in die Kammer.

»Was hast du ihr gesagt?«, fragte Maria.

»Dass du dir den Fuß verstaucht hast.«

»Sonst nichts?«

»Sonst nichts.«

Maria sah erleichtert aus.

»Ich muss dann sowieso waschen«, sagte Johanna.

»Es geht leichter heraus, wenn du es erst kalt einweichst«, sagte Maria.

Sie blieb den ganzen Tag im Bett. Die Bäuerin wollte den Arzt rufen, aber Maria erklärte, ihr Fuß sei schon besser, morgen könne sie sicher aufstehen.

Beim Abendessen schlief Johanna fast zwischen zwei Bissen ein.

»Dein Nachthemd ist nicht ganz sauber geworden«, sagte sie zu Maria, als sie endlich im Bett lag.

Maria stützte sich auf den Ellbogen. »Damit du weißt, was war: Ich hätte ein Kind gekriegt. Aber wie ich gefallen bin, ist etwas passiert.«

Johanna wusste nicht, was sie sagen sollte.

»Es ist ohnehin besser so«, fuhr Maria fort. »Der Alte übergibt auch heuer nicht. Und als Dirn geh ich nicht zum Gruber!«

»Nein«, sagte Johanna.

»Du, so hab ich das nicht gemeint.«

»Sowieso.« Johanna fielen die Augen zu, ihre Arme und Beine waren weit weg und sehr schwer.

Am nächsten Tag war sie immer noch wie zerschlagen. Beim Striegeln fiel ihr die Bürste aus der Hand, sie schüttete daneben, als sie die Milch durch das Sieb goss, und brachte beim Frühstück keinen Bissen hinunter.

»Du hast ja Fieber«, sagte die Bäuerin vorwurfsvoll zu Johanna.

»Das hat gerade noch gefehlt.«

Maria war aufgestanden und saß zitternd und blass bei Tisch.

Die dunklen Ringe unter ihren Augen reichten bis zu den Backenknochen.

Zwei Tage lang schleppte sich Johanna mühsam herum, dann konnte sie wieder schlucken und fühlte sich nicht mehr abwechselnd heiß und kalt.

Maria hinkte durch das Haus. Franz kam sie besuchen, sie schickte ihn weg. Als die Bäuerin sich am Abend mit einem Korb Flickwäsche an ihr Bett setzte, stellte sie sich schlafend, und als die Bäuerin sagte, sie solle doch besser zum Arzt gehen, winkte sie ab.

»Der hilft mir auch nicht. Es braucht eben seine Zeit.«

»Blutarm wird sie sein«, sagte die Faßbinder zur Bäuerin. »Sie schaut so schlecht aus.«

Die Bäuerin verteidigte sich: »Ich koche ihr ohnehin jeden Tag kräftige Suppen, aber sie isst ja nichts.«

Dann seufzten beide und sahen einander vielsagend an.

Als die Faßbinder gegangen war, sagte die Bäuerin: »Die macht mich noch verrückt. Als ob ich nicht so schon genug hätte.«

Ein paar Tage lang genoss es Johanna, dass Maria ihr als Einziger ein Geheimnis anvertraut hatte. Aber dann sah sie, wie Maria ging, vorgeneigt, langsam, als wüsste sie nicht genau, wohin sie eigentlich wollte, wie sie sich beim Melken an einem Pfosten festhalten musste. Wie viel Blut hatte ein Mensch eigentlich? Johanna bekam Angst.

»Sollst du nicht doch zum Doktor?«, fragte sie.

Maria fuhr sie an: »Komm du mir nicht auch noch.« Sie zog sich ganz in sich selbst zurück, auch vor Franz. Es war, als wäre eine Tür zugefallen.

Bis zum Ende der Weihnachtsferien führten die Buben die Milch aus. Am Dreikönigstag sagte die Bäuerin zu Johanna: »Geh mit den Buben mit. Ab morgen machst du die Milch.«

Maria verzog den Mund, aber sie sagte nichts, schob die Schultern nur noch ein wenig weiter vor.

Johanna freute sich darauf, die Milch auszuführen. Das bedeutete, jeden Tag in die Stadt zu kommen, unter andere Menschen, etwas zu sehen, etwas zu erleben. Sie war aufgeregt.

Aber als sie dann hinunterfuhr und in den düsteren Häusern am Ortseingang mit der schweren Milchkanne treppauf und treppab lief, als sie die Gesichter der Arbeitslosen sah, da war das eine ganz andere Stadt als die, von der sie geträumt hatte. Das waren Häuser, die rochen wie Keller, das waren Kinder mit gelben Gesichtern, die hinter den Röcken ihrer Mütter hervorschauten, als hätten sie noch nie gelacht, und die vom Husten geschüttelt wurden, das waren Frauen, die sie feindselig musterten, Männer, die sie anstierten. Es gab auch Häuser, wo Dienstmädchen in weißen Schürzen die Milch entgegennahmen, wo es nach richtigem Kaffee roch und nach warmen Semmeln. In diese Häuser ließ man sie aber nicht ein. Da musste sie vor der Tür warten, bis jemand den Milchkrug brachte. Sie wäre gern einmal in eines dieser Häuser gegangen. Im Vorübergehen betrachtete sie die Vorhänge, die Lampen, die noch brannten, wenn sie kam, und die ihr manchmal wie ein gerahmtes Bild ein Stück Zimmer hinter den Fenstern zeigten. Sie träumte davon, in einem solchen Haus zu wohnen.

Freitag Früh sagte die Bäuerin: »Heute kassierst du. Da hast du die Liste. Und lass dich nicht abwimmeln, hörst du?«

Ein Mann warf Johanna die Tür vor der Nase zu. Ein anderer drückte ihr ein Küchenmesser in die Hand. »Da, stich in mich rein, vielleicht kommt was heraus.« Sie rannte davon. Einer weinte, als sie sagte, sie müsse kassieren.

In einer Wohnung umklammerte ein Kind einen zotteligen Hund. »Den Maxl nicht, nicht den Maxl, ich will auch immer brav sein!« Die Mutter stand stumm daneben.

»Such«, sagte eine Frau. »Wenn du hier Geld findest, kannst es mitnehmen.«

Eine musterte Johanna von oben bis unten. »Bist du die andere Tochter?«

»Nein, die Dirn.«

»Sag deiner Bäuerin, sie soll sich das Milchgeld von ihren lieben Parteifreunden holen, die sind uns noch viel mehr schuldig. Aber die sehen ja nicht, was vor ihren Augen ist, die lassen sich lieber sagen, was sie sehen sollen. Verstehst?«

»Nein«, sagte Johanna.

Die Frau nickte. »Dafür sorgen sie schon, dass du das nicht verstehst. Es ist ganz einfach. Wenn sie die Arbeiter nicht arbeiten lassen und ihnen nicht einmal mehr das Arbeitslosengeld zahlen, wie sollen dann die Arbeiter den Bauern die Milch abkaufen und das Fleisch? Und den Bäckern das Brot und den Schustern die Schuhe?«

»Ja«, sagte Johanna. »Aber ich muss jetzt gehen.«

Die Frau hielt ihr den leeren Milchtopf hin. Johanna füllte ihn an. Sie konnte nicht anders.

»Du wirst Ärger haben«, sagte die Frau. »Aber meine Kinder brauchen die Milch.«

Johanna rannte von dem Haus weg, von seinen Gerüchen, von den Fragen.

Als sie heimkam, schimpfte die Bäuerin. »Du hast ja noch weniger gebracht als die Maria. Man muss wirklich alles selbst machen.«

Maria kam aus der Kammer. »Wo nichts ist, hat der Kaiser 's Recht verloren.«

»Aber meine Milch, die wollen sie.«

»Ja«, sagte Maria. »Stell dir vor, diese Weiber wollen nicht, dass ihre Kinder verhungern.«

Die Bäuerin fuhr sie an: »Keiner kann sagen, dass ich nicht für die Wohltätigkeit bin. Aber es hat alles seine Grenzen. Gibt uns vielleicht jemand was?«

Die Mutter

Die Felder auf den Nordhängen waren noch tief verschneit, auf den Südhängen versank man im Matsch. Ferdl besserte die Feldwege aus. Der Bauer verbrachte viel Zeit auf dem Gemeindeamt. Sooft er von einer Sitzung zurückkam, schimpfte er über die roten Falotten, und die Bäuerin schimpfte, weil jede Sitzung im Gasthaus endete. »Gegen uns sind sie, aber jetzt wollen sie was von uns. Sollen sie zu ihren Genossen gehen!«

Die Bäuerin nickte. »Hör zu, Maria, was der Vater sagt.«

Maria war immer noch blass und müde. Während des ganzen Faschings war sie nicht ausgegangen, nicht auf den Feuerwehrball und nicht auf den Bauernkammerball, nicht einmal zur Hochzeit der Kirnbauer-Reserl, die doch ihre beste Freundin gewesen war. Die Leute redeten über Maria. Die Faßbinder kam fast jeden Tag und pries irgendein Mittel an: Eisenwein, Pillen, Tee aller Arten, eine Tinktur aus der Klosterapotheke. Wenn Maria nicht rechtzeitig verschwinden konnte, ballte sie die Fäuste, biss sich in die Lippen, fuhr die Faßbinder sogar an, was sonst fast niemand im Dorf wagte, weil alle ihre Tratschsucht fürchteten.

»Sie meint es doch gut«, sagte die Bäuerin. »Probieren könntest du's wenigstens.«

Maria fuhr sich über die Stirn. »Alle meinen es gut. Kann einen denn keiner in Ruhe lassen?«

Wenn Franz kam, fertigte sie ihn kurz ab. Sie tat wieder ihre Arbeit, aber zwischendurch stand sie oft einfach da und starrte.

»Die wird schwermütig«, sagte die Faßbinderin zur jungen Murer.

»Möchte mich nicht wundern, wenn sie nach der Großtante schlägt. Die ist ins Wasser gegangen.«

Am Gründonnerstag, der in diesem Jahr schon auf den 24. März fiel, stand Johanna in der Waschküche. Die weiße Wäsche hing steif gefroren an der Leine. Johanna schrubbte das Arbeitszeug, aus dem die Flecken nicht herauszubringen waren. Sie hasste es, wenn die Lauge eine braune Brühe wurde. Wenn ich reich wäre, dachte sie, würde ich für jede Hose neue Lauge nehmen. Ihre Hände waren aufgeweicht und faltig. Wenn sie hinausging, biss die kalte Luft in die Rillen.

Sie nahm die Leintücher ab und trug sie ins Haus. Draußen ließen sie sich nicht falten.

In der Küche saß eine fremde Frau, klein, rundlich, mit wirren Haaren, Johanna ging an ihr vorbei zum Tisch und legte die Wäsche ab. »So begrüßt du deine Mutter?«, fragte die Frau.

»Ich kenn dich nicht. Woher soll ich dich kennen?«

»Seine Mutter kennt man«, sagte die Frau. Sie stand auf und ging auf Johanna zu.

Johanna wich zurück. Sie wollte nicht umarmt werden von dieser fremden Frau. Seit sie denken konnte, hatte sie davon geträumt, dass ihre Mutter kommen und sie abholen würde, und dann würde alles gut werden. Aber diese Frau?

»Vor zehn Jahren hättest du kommen sollen«, sagte Johanna.

Wenn das ihre Mutter war, dann müsste sie doch irgendetwas spüren. So hieß es doch immer! Aber sie spürte nichts.

»Ihre eigene Mutter will sie nicht kennen«, sagte die Frau zur Bäuerin, die heiße Kohle in das Bügeleisen füllte.

Die Bäuerin stellte den Bügelladen auf und sagte nichts.

Die Frau ging noch einen Schritt näher auf Johanna zu. »Ich wollte dich sehen.«

Johanna verschränkte die Hände hinter dem Rücken. Sie wäre am liebsten weggelaufen. Diese Frau war ihr fremder als die Bäuerin.

Die Frau legte ihr eine Hand auf die Schulter. Johanna zuckte zurück.

»Na gut«, sagte die Frau. »Ich brauche Geld.«

»Ich hab keines.«

»Du hast keines? Wieso? Du kriegst hier eh alles, was du brauchst.«

»Aber kein Geld.« Die Frau tat Johanna nicht einmal mehr leid.

»Ich muss noch Wäsche aufhängen«, sagte sie.

Die Frau wurde böse. »Die ist genau wie ihr Vater! Der hat mein Leben ruiniert. Und sie ist genau die Gleiche!«

Die Bäuerin schwenkte das Bügeleisen hin und her. »Sie ist brav«, sagte sie. Das hatte Johanna noch nie von ihr gehört.

»Brav?«, äffte die Frau nach. »Falsch ist sie! Verschlagen wie ihr Vater. Gönnt der eigenen Mutter keinen Groschen!«

»Du ... du hast mich weggeschenkt«, sagte Johanna.

»Was hätte ich denn sonst tun sollen?«

Johanna war den Tränen nahe, aber sie weinte nicht, ihre Stimme zitterte nicht einmal. »Wenn du ein, zwei Kinder gehabt hättest, dann hättest du uns bei dir behalten können. Dann wären wir nicht herumgestoßen worden bei fremden Leuten.«

»Hast du eine Ahnung! Weißt du, was man tut mit einer schwangeren Dirn? Ein Kind behalten! Im Straßengraben hätte ich dich behalten können. Du hast mir mein Leben verpatzt, aber ich habe getan für dich, was nur möglich war. Ich habe dich zu guten Leuten gegeben. Oder vielleicht nicht?«

»Aber zu fremden.«

Die Frau begann zu weinen. »Wie redest du mit deiner Mutter? Du hast kein Recht dazu, du nicht! So eine Dankbarkeit hat man von den eigenen Kindern!«

»Wofür soll ich dankbar sein?«, fragte Johanna.

»Hast du nicht die Gebote gelernt? Du sollst Vater und Mutter ehren ...«

Ich tät's ja gern, dachte Johanna. Ich tät's ja so gern. Aber wie?

Die Nähe der Frau war ihr körperlich unangenehm. Sie trat einen Schritt zurück.

Die Frau verlor den letzten Rest von Beherrschung. Sie wollte sich auf Johanna stürzen, aber die Bäuerin trat dazwischen. »Sie gehen jetzt besser.«

Die Frau schluchzte, ein trockenes Schluchzen, das sie schüttelte.

»Du weißt ja nicht ... du weißt ja nicht ...«

»Machen Sie keine Geschichten«, sagte die Bäuerin.

»Geschichten? Also, so etwas hat noch niemand zu mir gesagt, das hat man von seinen Kindern ...«

Der Bauer kam über den Hof. Als die Frau ihn durch das Fenster erblickte, lief sie hinaus, drehte sich in der Tür noch einmal um und schrie: »Nie wieder siehst du mich! Nie wieder!«

»Wer war denn das?«, fragte der Bauer.

Die Bäuerin zuckte mit den Schultern. »Sie sagt, sie ist die Mutter von der Johanna.«

Der Bauer setzte sich. »Narrisches Weib.«

Die Bäuerin sagte: »Da kann die Johanna nichts dafür.«

Der Bauer schob die Wäsche weg und stützte die Arme auf. »Wer sagt denn, dass sie was dafür kann? Ich hoffe nur, dass sie jetzt endlich kapiert, wie gut sie es bei uns hat. Gibt's heute nichts zu essen?«

Die Bäuerin wandte sich an Johanna: »Ist die Wäsche fertig?« Johanna war froh, in die Waschküche entkommen zu können. Sie schrubbte mit aller Kraft, dachte nichts als: »Dich krieg ich noch raus, du Drecksfleck.« Immer wieder.

Langsam begannen sich Gedanken in ihrem Kopf zu formen.

Sie sagt, sie ist die Mutter von der Johanna.

Sie sagt. Nicht: Sie ist.

Vielleicht war das gar nicht ihre Mutter.

Dieses ... dieses Weib. Diese Person mit dem bösen Mund, mit dem formlosen Körper, mit den strähnigen Haaren, mit der schrillen Stimme. Die nach vierzehn Jahren kam, weil sie Geld brauchte.

Diese Frau, die sieben Kinder geboren hatte, jedes woanders, jedes irgendwo zurückgelassen hatte, die weggegangen war, einfach weg, an einen neuen Ort, zu einem anderen Mann.

Und wenn sie es doch war? Was änderte das?

Die Lauge roch wie Jauche.

Johanna leerte den Trog mit Schwung in den Abfluss im Boden, füllte den Trog mit frischem Wasser und begann, das Stallgewand zu schwemmen. Die Hosen und Schürzen klatschten gegen die Holzwände des Trogs. Johannas Hände wurden rot, dann blau. Es machte ihr nichts aus. Auf eine seltsame Art freute es sie sogar, dass sie mit heftigen Bewegungen schwemmen konnte, dass das frische Wasser so beißend kalt war. Sie wechselte das Wasser, bis es wirklich klar blieb. Normalerweise nahm man es bei dem dunklen Arbeitszeug nicht so genau.

Als sie die Wäsche aufhängen ging, schimmerten die Wolken hinter dem Berg fahlrot.

»Morgen wird's schön«, sagte die Faßbinder, die mit der Milchkanne vorbeiging.

Johanna warf die trockenen Wäschestücke in den Korb. Sie streckte sich, bis sie jeden Muskel den ganzen Rücken entlang spürte, und atmete tief ein.

St. Florian

Am Tag des heiligen Florian las der Pfarrer von St. Valentin in Köttlach eine Messe. Die Köttlacher Kirche war klein, die Menschen standen bis hinaus auf den kleinen Platz unter den Linden und Kastanien.

Es war der große Tag der Feuerwehr. Das Spritzenhaus war mit Girlanden geschmückt, das Tor stand offen, der Feuerwehrwagen leuchtete rot, das Messing blinkte.

Lahnhofer rannte in seiner Hauptmannsuniform, die Johanna am Vortag gebürstet und aufgedunstet hatte, hierhin und dorthin, die Feuerwehrleute standen in Gruppen, die Frauen standen in Gruppen, dazwischen trieben sich die Buben herum. Die Mädchen traten in ihren besten Kleidern steif und verlegen von einem Fuß auf den anderen und wurden von den Müttern ständig ermahnt, aufzupassen und sich nicht schmutzig zu machen.

Romana tuschelte mit Hemma. Sie hatte die Haare hochgesteckt, trug eine gestreifte Bluse und einen blauen Rock und sah überhaupt nicht aus wie eine Dirn. Der junge Murer blickte mehrmals herüber und redete auf die Kirnbäuerin ein. Romana warf den Kopf zurück und hob das Kinn noch ein Stück höher.

Die Feuerwehrkapelle marschierte vom Gasthof herauf. Die Sonne funkelte auf den Trompeten, Hörnern und Posaunen, der kleine magere Eibl steckte mittendrin in seinem Instrument, das sich um seinen Körper wand und hoch über ihn hinausragte.

Einer von den Hornisten hatte nur einen Arm, der andere war ein Stummel, und trotzdem spielte er mit, genau wie die anderen.

Die Trommelschlägel wirbelten auf und ab.

Dann kam der Pfarrer in seinem goldenen Messgewand, hinter ihm Gustl und Franz in roten Ministrantenröcken mit weißen Spitzenkitteln darüber. Die beiden anderen Ministranten waren aus Köttlach.

Die Bauern und die Feuerwehrleute nahmen ihre Plätze ein. Die Keuschler, die Arbeiter und die Dienstboten standen draußen. Es war heiß wie im Hochsommer. Weihrauch wehte aus der Kirche heraus auf den Platz.

»Wohin soll ich mich wenden«, sang die Gemeinde.

An der Brücke baute ein fliegender Händler seinen Stand auf, mit Lebkuchenherzen, bunten Pfeiferln und Papierschirmen.

Der Pfarrer begann seine Predigt. Er sprach von dem schönen Fest, das man heute hier begehe, vom Dienst an der Gemeinschaft, den die Feuerwehrmänner bei Tag und Nacht, bei Wind und Wetter leisteten als echte Christen und Staatsbürger. Dann wurde seine Stimme plötzlich scharf, ohne Übergang begann er zu donnern: »Aber das sind keine Katholiken, die vormittags in der Kirche herumrutschen und nachmittags mit einem sozialdemokratischen Stimmzettel wählen gehen. Da muss eine Säuberung kommen, denn ein hundertprozentiger Katholik wählt christlichsozial!« Die Bauern drinnen nickten.

Draußen begannen einige Zuhörer miteinander zu flüstern.

»Unser Herr und Heiland hat gesagt: Selig die Sanftmütigen. Aber in einer Zeit wie der unseren, in der die Sozialdemokraten immer stärker werden, eben weil sie so frech sind, in einer Zeit, wo nicht nur im Sündenpfuhl der Städte, sondern auch in christlichen Gemeinden auf dem Lande Menschen dazu verhetzt werden, die gottgewollte Ordnung zu stören und sozialdemokratisch zu wählen, in einer solchen Zeit rufe ich euch zu: Denkt daran, was ihr eurer Religion, was ihr eurer heiligen Mutter Kirche, was ihr eurem Vaterlande schuldig seid!«

Wieder nickten die Bauern. »Amen. Vergelt's Gott.«

Der Klingelbeutel ging um, auch auf dem Platz vor der Kirche. Johanna genierte sich, dass sie nichts hineinzugeben hatte. Dann merkte sie, dass heute eine ganze Reihe von Leuten abweisende Gesichter machten und den Mesner vorbeigehen ließen.

Immer mehr Köpfe neigten sich einander zu, das Flüstern hier und dort wurde zu einem Gemurmel und erfasste nahezu alle, die hier draußen standen. Dabei wurde es nicht lauter, eher noch leiser sogar, wie das Säuseln in den Bäumen, knapp bevor der erste Windstoß ein Gewitter einleitet, das lang im Kommen war.

Johanna schrak zusammen, als sie ringsum eine Bewegung spürte. Dann bekreuzigte sie sich wie die anderen.

Der alte Gruber ging auf eine Gruppe von Arbeitern zu.

»Na, heute hat's euch der Herr Pfarrer aber richtig gemischt. Ihr seht eh, wohin euch eure Herrn Obersozis führen – mitten in die Arbeitslosigkeit. Das habt ihr von euren Sozis! Aber dann, wenn ihr ausgesteuert seid, dann kommt ihr auf die Gemeinde jammern, dann wäre euch plötzlich die Klostersuppe recht, auch wenn sie noch so schwarz eingekocht ist.«

Hinter dem alten Gruber sammelten sich einige Bauern, der Sägewerksbesitzer und ein paar Frauen.

»Seit am 24. April so viele bei uns die gottlosen Roten gewählt haben, hat es nimmer richtig geregnet, das ist einmal wahr«, sagte eine Alte.

»Hör auf, Mutter, von solchen Sachen verstehst du nichts.«

»Ich soll nix verstehen von solchen Sachen? Die Eltern nicht mehr achten, den Kaiser verjagen – da ist es kein

Wunder, wenn alles drunter und drüber geht. Die Welt steht nicht mehr lang, das ist einmal sicher.« Ihr Kopf wackelte hin und her. Der junge Bauer führte sie weg.

Der alte Gruber ergriff wieder das Wort: »Ob es euch passt oder nicht, wenn die nicht mit unseren Steuern für die Wiener Sozikinder schöne Windeln kaufen und ihre Proletenburgen bauen würden, dann hätten wir nicht die Arbeitslosigkeit und nicht die Schulden.«

Was hatte das alles miteinander zu tun? Johanna sah sich nach Romana um.

»Jetzt reicht's aber!« Ein Arbeiter ging auf Gruber zu. »Du weißt es ganz genau, dass die Arbeitslosigkeit von denen gemacht worden ist, die das Geld haben, von den Kapitalisten bei uns und von denen im Ausland.«

»Hört euch den Sozi an!«, spotteten einige.

»Lasst den Schallinger reden!«, riefen andere.

Schallinger sprach immer lauter, als stünde er auf einer Kanzel, nur das, was er sagte, hätte nicht auf die Kanzel gepasst. »Ihr sitzt ja selber im falschen Boot, nur habt ihr es noch nicht gemerkt. Was habt ihr denn davon, wenn sie den Weizen verheizen, weil ihn keiner kaufen kann? Was habt ihr davon, wenn wir verhungern?« Weizen verheizen, weil die Leute verhungern! Johanna verstand ihn nicht. Sie stellte sich auf die Zehenspitzen, als könnte sie besser verstehen, wenn sie den Redner auch sah. »Den Grafen und Baronen, allen Großgrundbesitzern stunden sie die Steuern, fünf Millionen Schilling sind das allein bei uns in Niederösterreich, und euch treiben sie die letzte Kuh aus dem Stall, wenn ihr zehn Schilling schuldig seid. Wie viel habt ihr denn bekommen vom Notopfer? Das haben sie euch von den Steuerschulden abgezogen. Den großen Herren haben sie es ausbezahlt. So schauen sie aus, eure lieben christlichsozialen Freunde. Aber ihr glaubt ihnen brav, wenn sie sagen, dass wir die Gefahr sind. Wir nehmen euch nichts weg!«

»Weil wir euch nicht lassen«, sagte ein junger Bauer. »Wozu braucht ihr denn euren Schutzbund, wenn ihr uns nichts wegnehmen wollt?«

»Wozu braucht ihr eure Heimwehr?«, rief einer.

»Sie haben ihn eh schön gerupft, euren obersten Hahnenschwänzler!«, rief ein anderer. »Bankrott ist er, euer feiner Fürst. Und wer weiß, wen der noch mitreißt.«

Firstner, ein alter Arbeiter, den Johanna vom Sehen kannte, weil er einmal eine elektrische Leitung auf dem Hof repariert hatte, sagte: »Ihr seid Christen, sagt ihr. Kennt ihr die Stelle bei Jakobus, wo es heißt: ›Siehe, der Arbeiter Lohn, die euer Land eingeerntet haben, der von euch abgebrochen ist, der schreit, und das Rufen der Ernter ist gekommen vor die Ohren des Herrn Zebaoth‹?«

Gruber trat vor. »Du hast die Bibel nicht in deinen dreckigen Sozimund zu nehmen, verstanden?«

»Überhaupt, wo die Sozis es mit den Juden halten!«, schrie einer. Wieder verstand Johanna vieles nicht, sie war sehr aufgeregt.

Trotzdem wusste sie nicht, wie die Schlägerei angefangen hatte zwischen Schallinger und einem jungen Bauern.

»Roter Falott!«

»Hahnenschwänzler!«

»Gib ihm's!«

Ein Kreis bildete sich um die beiden. Johanna sah gar nichts mehr, sie hörte nur das Keuchen der beiden Männer und die anfeuernden Rufe ringsum.

Auf einen dumpfen Fall folgte ein seltsames Geräusch, als hätten alle Menschen auf dem Platz gleichzeitig die Luft angehalten.

Eine Gasse öffnete sich, zwei Männer trugen Schallinger heraus, der an der Stirn blutete. Eine Frau bekreuzigte sich. Mehrere Zuschauer, die sich zuerst vorgedrängt hatten, versuchten jetzt, hinter den anderen zu verschwinden.

»Der ist nicht tot«, sagte jemand.

Der junge Bauer stand allein.

Die Männer legten Schallinger auf die Bank vor der Kirche. Jemand rief nach Verbandzeug. Ein Feuerwehrmann rannte ins Spritzenhaus und kam mit einem Verbandkoffer zurück. Schallinger schlug die Augen auf, als man ihm den Verband anlegte.

Firstner trat zu ihm. »Geht's, Hans?«

»Ist eh nichts.« Schallinger versuchte sich aufzusetzen. Er fiel zurück. Wenn Firstner seinen Kopf nicht gestützt hätte, wäre er auf der Bank aufgeschlagen.

»Lass dir Zeit, Hans.«

Jemand hielt Schallinger ein Glas an die Lippen.

Gruber ging in der sich verlaufenden Menge herum. »Er hat angefangen. Wer kann das bezeugen?«

»Ich habe nichts gesehen«, sagten die meisten, auch die, die ganz vorn gestanden waren.

Schallinger lag wieder reglos da.

Firstner hielt noch immer die Hand unter seinen Kopf. Jemand lief ins Gasthaus telefonieren.

»Wenn dem Hans was passiert ...«, murmelte einer von den Arbeitern, die mit geballten Fäusten um die Bank standen, »dann können sich die auf was gefasst machen.«

Firstner murmelte: »Ruhe bewahren, Genosse. Ruhe bewahren. Vom Verprügeln wird nichts besser. Am Wahltag müssen wir's ihnen zeigen.«

Ein junger Arbeiter packte Firstner am Arm. »Ihr mit eurem ›Ruhe bewahren‹. Siehst ja, was draus wird. Sie schlagen uns zusammen, und wir sollen Ruhe bewahren!«

Schallinger öffnete wieder die Augen und blickte verwirrt um sich.

»Ist schon gut, Hans«, sagte Firstner. »Der Doktor kommt gleich.«

»Ich brauch keinen Doktor!«

»Es ist besser, er kommt.« Firstner drückte Schallingers Schulter zurück. »Bleib liegen.«

Der junge Arbeiter verkrampfte seine Finger ineinander, dass die Knöchel weiß anliefen.

Die Bauern flüsterten untereinander.

»Lass mich aufstehen, es geht schon«, sagte Schallinger.

»Ja, lass ihn doch, wenn er will«, mischte sich Lahnhofer ein, der inzwischen mit einigen anderen Bauern und dem Sägewerksbesitzer gesprochen hatte. »Du willst ja nur, dass ihr uns wieder was anhängen könnt.«

Firstner trat ganz nahe an Lahnhofer heran, schaute ihm ins Gesicht und sagte laut: »Ich an deiner Stelle würde mich schämen. Aber das hast du wahrscheinlich schon verlernt.«

Lahnhofer kam nicht mehr dazu zu antworten. Der Wagen des Arztes bog in die Nebenstraße ein.

»Wir bringen ihn besser ins Krankenhaus«, sagte der Arzt, nachdem er Schallinger untersucht hatte. »Er dürfte eine Gehirnerschütterung haben, und die Platzwunde gehört genäht.« Lahnhofer winkte den Arzt beiseite, redete leise auf ihn ein.

»Das kann ich nicht verantworten«, sagte der Arzt. »Tut mir leid.« Lahnhofer war wütend. »Ihnen wird bald was anderes leidtun!«

Der Arzt ließ ihn einfach stehen.

»Werden Sie zum Auto gehen können?«, fragte er Schallinger.

Firstner und der Arzt stützten Schallinger unter den Achseln und halfen ihm auf. Als er auf den Füßen stand, knickten ihm die Beine weg. Zwei Männer packten an und trugen ihn zum Auto. Einer war Peter Steiner, ein Bauernsohn aus dem Dorf. Firstner stieg mit ein. Der Wagen fuhr weg.

»Dreckige Schweinerei«, sagte Lahnhofer.

Der Sägewerksbesitzer und Gruber traten zu ihm.

»Was ist?«, fragte Gruber.

Lahnhofer ballte die Fäuste. »Sturer Hund.«

Der Sägewerksbesitzer legte ihm die Hand auf die Schulter. »Reg dich nicht auf. Das bringen wir schon in Ordnung.«

Er ging zu dem jungen Bauern, der immer noch allein und wie vor den Kopf gestoßen dastand, und holte ihn zu den beiden anderen.

»Was ist denn mit dir los?«, fragte Gruber.

Der junge Bauer sah ihn erstaunt an. »Was ist, wenn ...« Er führte den Satz nicht zu Ende.

Gruber lachte. »Der geht nicht drauf. Der ist zäh, den kenn ich. Und wir sagen alle für dich aus. Er hat ja angefangen.«

Der junge Bauer kaute und schluckte, dann nickte er. »Aber soll ich nicht doch zur Gendarmerie ...?«

Die drei Männer wechselten Blicke, dann sagte Lahnhofer: »Das ist nicht notwendig. Ich red mit dem Postenkommandanten.«

»Aber ...«

»Aber nichts.« Lahnhofer drehte sich um, sah Johanna und fuhr sie an: »Was hast du da herumzustehen? Das geht dich einen Dreck an!«

Die Bäuerin rief ihre Söhne. Gustl und Franz kamen widerwillig aus dem Spritzenhaus.

»Wo ist der Josef?«

»Keine Ahnung. Erst war er noch da.«

»Such ihn doch!«, sagte die Bäuerin zu Johanna.

An der Brücke standen Maria und Franz Gruber.

»Habt ihr den Josef gesehen?«

»Nein.«

Es sah aus, als hätten die beiden gestritten.

Eine Bäuerin sagte, Josef sei mit dem Wirtssohn ins Gasthaus gegangen. Dort fand ihn Johanna. Die beiden Buben räumten die Gläser ab und tranken aus, was die Gäste übrig gelassen hatten.

Josef stand nicht mehr ganz sicher auf den Beinen, als sie ihn wegziehen wollte, wehrte er sich.

»Josef!« Das war die Stimme des Bauern.

Josef stelzte breitbeinig zur Tür. Eine neue Gruppe kam ins Wirtshaus, aufgeregt redend, darunter auch Lahnhofer.

»Was hast du da verloren?«, fragte er Johanna.

»Ich hab nur den Josef gesucht.«

»Na dann geh.«

Einer schrie: »Denen werden wir's noch zeigen, der roten Bagage!«

»Eine Runde!«, rief der Sägewerksbesitzer.

Als Johanna hinter Josef auf die Straße trat, standen nur mehr die Arbeiter auf dem Platz vor der Kirche. Eine Schar Kinder belagerte den Stand mit dem bunten Jahrmarktskram.

Maria und Franz lehnten noch am Brückengeländer. Maria warf abgerupfte Grashalme ins Wasser. »Die sind schon vorgegangen«, sagte sie.

Der Wagen des Arztes kam über die Kuppe, bremste vor der Abzweigung, Firstner stieg aus und ging zu den Arbeitern.

»Eine Gehirnerschütterung hat er. Und drei Stiche haben sie ihm verpasst. Sie haben ihn dortbehalten, für alle Fälle, aber es ist kein Grund zur Sorge, sagen sie. Er lässt euch alle grüßen, und er will nicht, dass es deswegen Ärger gibt. Das bringt nichts. Wir müssen Geduld haben.«

Ein Arbeiter hieb sich mit der Faust in die flache Hand.

Ein anderer sagte leise: »Ich glaube, ich bin bald so weit, dass ich den nächsten niederschlag, der mir von Geduld redet.«

Firstner nickte. »Kann ich verstehen. Und trotzdem – die warten doch nur darauf, dass wir einen Blödsinn machen. Das wäre der Vorwand, den sie brauchen, damit sie uns die paar Rechte wegnehmen, die wir noch haben.«

»Rechte! Dass ich nicht lach.«

Johanna hätte gern länger zugehört. Aber Josef pfiff vom Waldrand herunter. Sie rannte das steile Straßenstück hinauf. Wenn Josef sie bei der Bäuerin verklagte, würde es Ärger geben.

Fragen

Der alte Hochstand war unter der Schneelast im Jänner zusammengebrochen. Seit es wieder warm war, trafen sich die Mädchen an den Sonntagnachmittagen bei den Holzstößen im Birkenwald. Wenn es regnete, gingen sie manchmal in den halb verfallenen Geräteschuppen an der Straße zur Rams. Der Boden war so dick mit Sägemehl bedeckt, dass man keinen Schritt hörte. Schmale Lichtstreifen fielen durch die Ritzen zwischen den Brettern, hellten das Halbdunkel nicht auf, warfen nur Streifen auf den Boden, auf die Gesichter.

Hemma fehlte. Sie war mit ihnen bis zum Waldrand gegangen, dann hatte sie gesagt, es sei ihr nicht gut, und war weggelaufen. »Die hat einen Freund«, sagte Gundl.

Romana lachte. »Die? Du spinnst.«

Gundl zuckte mit den Schultern, zog die Knie an, wiegte sich hin und her.

»Und wer soll das sein?«, fragte Romana.

Gundl schwieg.

»Die hat doch nicht einmal einen Busen.«

»Und ein Zahn fehlt ihr vorn«, fügte Annerl hinzu.

Johanna meinte plötzlich, Hemma verteidigen zu müssen. »Nicht ganz vorn.«

Gundl umarmte ihre Knie. Sie lachte in sich hinein.

»Was gibt's da zu lachen?«, fragte Romana.

»Weil ich ihn doch gesehen habe mit ihr. Wie sie sich geküsst haben.«

»Wer denn?«

»Sag ich nicht!«

Man sah Gundl an, wie sehr sie es genoss, dass alle auf sie blickten, dass sie einmal etwas wusste, was die anderen wissen wollten.

Annerl packte sie am Arm. »Geh, sei doch nicht so!«

Gundl sah eine nach der anderen an, dann schüttelte sie wieder den Kopf. »Es ist ihr Geheimnis.«

Romana stand auf, öffnete die Schuppentür, streckte die Hand hinaus.

»Es regnet nicht mehr«, stellte sie fest. Dann drehte sie sich zu Gundl. »Du hast es dir nur ausgedacht.«

»Gar nicht wahr! Der Bernhard und die Hemma ...«

»Der Eibl-Bernhard?«, fragte Romana ungläubig.

Bernhard Eibl war der zweite Sohn des Bauern, bei dem Rosa diente. Eines Bauern mit zwanzig Kühen im Stall.

»Die traut sich was«, sagte Rosa. »Wenn das die Bäuerin erfährt, die ...«

Sie waren sich einig, dass Hemma größenwahnsinnig sein musste. Bernhard war nicht irgendein Bauernsohn. Er spielte Horn in der Feuerwehrkapelle, und er sah gut aus, sehr gut sogar.

»Was die sich einbildet«, sagte Annerl.

»Der lasst sie sitzen«, erklärte Romana. »Der lasst sie sitzen wie nichts.«

»Warum?«, fragte Johanna.

Romana hatte einen Augenblick lang genau so einen Zug um den Mund gehabt wie die Faßbinder.

»Weil das so ist«, sagte sie und musterte Johanna kopfschüttelnd.

»Also so etwas Blödes fragt nicht einmal die Gundl.«

»Natürlich lasst er sie sitzen«, bestätigte Rosa, und alle nickten dazu.

Johanna stand auf und ging hinaus. Sie wusste selbst nicht, warum sie so wütend war.

Sie lief bis zum Waldrand, setzte sich auf einen der Baumstrünke und versuchte nachzudenken.

Auf dem gegenüberliegenden Hang standen die Apfelbäume in zwei ordentlichen Reihen und warfen lange Schatten über die hellen und dunklen Rechtecke der Felder. Die Hügel sahen aus, als wären sie aus Papier geschnitten – wie die Krippe, die Josef zu Weihnachten aufgestellt hatte. Aus dem Feld unmittelbar zu ihren Füßen flogen kleine Vögel mit gelben Flügeln auf, zwölf, vierzehn, immer noch mehr, zwitscherten, trillerten, die Flügel schwirrten. Einer hob sich noch von den dunklen Fichten ab, dann war auch er verschwunden, wie aufgelöst in dem hellen, farblosen Himmel.

Die Mädchen redeten wie die Bäuerinnen.

Sie schimpften doch immer über die Bäuerinnen.

Warum redeten sie dann wie sie?

Es knackte und knisterte im Gebüsch. Gundl kam heraus und setzte sich neben Johanna.

»Die sind komisch«, sagte Gundl.

»Ja«, sagte Johanna.

Ein Marienkäfer landete auf Gundls Arm. Sie hielt ganz still. Der Marienkäfer krabbelte über ihren Arm, auf ihre Hand, den Zeigefinger entlang. Er breitete die Flügel aus und schwirrte davon. »Ein Herz hat er ihr geschenkt, zum Aufmachen, und drinnen steht: Aus Liebe.«

Wenn man sie genau ansah, war Gundls kleines Gesicht eigentlich hübsch. Die Narbe auf ihrer Wange war nicht mehr rot, nur mehr ein weißer Streifen in der braunen Haut. Und sie hatte große dunkle Augen. Normalerweise merkte man das nur nicht. Man schaute gar nicht weiter hin. Man sah nur ihre Angst. Johanna stand auf und rannte ins Dorf hinunter. Gundl rannte hinter ihr her.

Als Johanna die Milch über den Hof trug, schob Franz Gruber sein Fahrrad herein. Rolf bellte wie verrückt. Der Bauer trat in den Hof. Seit zwei Tagen war er wie ausgewechselt, er ging auf Franz zu und klopfte ihm auf beide Schultern.

»Na, was sagst du? Jetzt wird endlich wieder Ordnung bei uns im Land. Du wirst schon sehen, der Dollfuß schafft den ganzen faulen Zauber ab, dieses demokratische Gequatsche, das zu nichts taugt und nur unser gutes Geld kostet. Ein Land kann man nur führen wie einen Hof, einer muss das Sagen haben, sonst bringt man's zu nichts.«

Franz verzog den Mund. »Der Dollfuß wird's auch nicht schaffen. Das ganze System gehört geändert.«

Der Bauer lief rot an: »Und wer wird es ändern, wenn nicht der Dollfuß? Die Nazibuben vielleicht? Das Einzige, was die können, ist Leute anstänkern und ihre blöden Hakenkreuze überall hinschmieren.«

»Sagst du!«

»Ja, das sage ich. Und noch eine Menge dazu. Wer sind denn schon die Nazis? Ein paar ausgesteuerte ehemalige Sozis, ein paar ehemalige Landbündler, und dazu ein paar Lausbuben. Schau sie dir nur an, diese Brüder: Groß die Goschen aufreißen, wenn sie in der Überzahl sind. Aber wenn auch nur gleich viel andere da sind, haben sie doch alle die Hosen voll.«

»Das nimmst du zurück! Sonst vergess ich mich noch.«

»Warum soll ich es zurücknehmen? Ist ja wahr.«

Johanna sah die geballten Fäuste der beiden Männer, die Adern, die an den Schläfen des Bauern anschwollen, das vorgeschobene Kinn von Franz, und hatte Angst. Sie brachte es nicht fertig, ins Haus zu gehen. Sie kam auch nicht auf die Idee, die schwere Kanne abzustellen, die ihr fast die Schulter ausrenkte.

Maria kam aus dem Stall, musterte die beiden und ging wortlos ins Haus. Der Bauer ließ Franz stehen und folgte ihr.

Franz öffnete langsam die Fäuste, betrachtete seine großen Hände, schüttelte den Kopf, murmelte vor sich hin, ging bis zur Hoftür, blieb unschlüssig stehen, dann rief er: »Maria!«

Sie trat aus dem Haus, sah Johanna und schickte sie mit einer Kopfbewegung weg.

Die Familie saß schon um den Tisch, der Bauer hatte das Tischgebet gesprochen, als Maria sich auf ihren Platz setzte.

»Wo ist denn der Franz?«, fragte die Bäuerin.

»Den habe ich weggeschickt«, antwortete Maria.

Sie schöpfte einen Teller voll Suppe, nahm eine dicke Schnitte Brot und schien sich für nichts mehr zu interessieren als für ihr Abendessen.

Am nächsten Tag kam Franz nicht, auch am übernächsten nicht.

Am Mittwoch stand er in einem braunen Hemd und mit schwarzen Stiefeln an den Füßen vor der Tür.

Johanna fand ihn sehr fesch, wie er einen Haselstecken gegen seine Stiefel schnalzen ließ.

Maria sah ihn von oben bis unten an, sagte aber nichts. Sie gingen miteinander weg. Maria kam spät zurück. Johanna wachte auf, als sie im Dunkeln an ihr Bett anstieß.

Kurz darauf klopfte es ans Fenster.

Maria öffnete das Fenster und flüsterte: »Geh heim, Franz.«

»Warum?«

»Die Johanna ist doch da.«

»Na und?«

»Geh jetzt.«

Franz flüsterte nicht mehr. »Wenn du mich wegschickst, siehst mich überhaupt nicht mehr.«

»Ist recht.«

Er begann zu schreien. »Du wirst schon sehen, wenn wir kommen! Dann wird es dir leidtun!«

Sie schloss das Fenster.

An einem der nächsten Tage kam Romana vorbei, als Johanna im Küchengarten Unkraut ausrupfte. Romana lehnte sich an den Zaun, sah ihr zu und erzählte. Von einem Mann in Amerika, der Selbstmord begangen hatte, indem er Banknoten in sich hineinfraß, dann von einem Skandal in Trattenbach, wo der Pater Baudenbacher eine Frau im Beichtstuhl so laut beschimpft hatte, dass man es in der ganzen Kirche hören konnte. Die Frau hatte ihn verklagt und der Pater hatte die Postmeisterin dazu verleitet, die Klage zu unterschlagen. Außerdem hatte sich ein Keuschler aus Thürmannsdorf in den Werkskanal von Ternitz gestürzt, und der Kirnbauer hatte seine Tochter mit dem Ochsenziemer halb tot geprügelt, weil er sie mit dem Jungknecht erwischt hatte. Johanna rupfte weiter Unkraut aus.

»Sag einmal«, fragte sie, während sie an einer Brennnessel zog, die sich in der Erde festzukrallen schien, »weißt du auch, wie das eigentlich mit den Sozis ist?«

»Natürlich.« Romana erklärte, die Sozis seien Gottlose, »das hat der Herr Pfarrer neulich auch gesagt, da warst du doch dabei.« Sie hätten den Zaren in Russland ermordet und den König in Frankreich und wollten den Papst absetzen. »Wenn sie sterben, lassen sie sich nicht begraben wie ein Christenmensch, sondern sie werden verbrannt.«

»Ver…brannt?«

»Sag ich doch. Das ist so eine Art Backofen, aber viel, viel heißer. Da kommt der Sarg hinein, und dann machen sie die Tür zu und der Tote setzt sich noch einmal auf und streckt die Zunge heraus, das ist die letzte Gotteslästerung. Und dann fällt er zusammen zu einem Haufen Asche.« Romana schüttelte sich. »Die Asche kehren sie dann zusammen und tun sie in einen Topf.«

»Woher weißt du das?«, fragte Johanna. »Wenn doch die Tür zu ist, woher weißt du das mit dem Aufsetzen, und ...«

»Oberhalb ist ein Guckloch«, sagte Romana. »Da können die Angehörigen zusehen.«

»Ehrlich wahr?«

»Frag doch die Frau Berger, wenn du mir nicht glaubst.« Romana wusste, dass Johanna sich nie trauen würde, die Mutter des Oberstaatsanwalts anzusprechen.

»Und sonst?«

»Was sonst?«

»Na, was sie sonst tun, die Sozis. Ich meine, das kann doch nicht alles sein.«

Romana sah sie mit aufgerissenen Augen an. »Reicht dir das nicht? Mir scheint, du spinnst.«

Johanna erinnerte sich an die Gespräche vor der Kirche am Florianitag. Da war ganz sicher noch eine Menge, wovon Romana nichts wusste. Der Firstner und der Schallinger, die waren nicht nur Leichenverbrenner.

»Jetzt wird es sowieso bald keine Sozis mehr geben«, sagte Romana. »Weil der Dollfuß das alles verbieten wird, das hat der Herr gesagt, der vorige Woche bei uns zu Besuch war. Zwei Schilling Trinkgeld hat er mir gegeben, wie er weggefahren ist. Vielleicht kauf ich mir eine Bluse, so eine mit lauter Falten vorne. Der Löwy hat welche!«

Romana wusste also auch nicht Bescheid.

Johanna harkte die Erde zwischen den Salatpflanzen auf.

»Ich muss jetzt rein«, sagte sie.

Romana verzog das Gesicht. »Mit dir kann man überhaupt nicht vernünftig reden.«

Johanna nahm sich vor, an diesem Abend Maria zu fragen – wenn Franz nicht kam.

Als sie dann in ihren Betten lagen, fiel es ihr schwer, einen Anfang zu finden. Sie glaubte schon, Maria sei eingeschlafen, und wusste nicht recht, ob sie erleichtert oder enttäuscht war, als Maria hustete. Wach hustete.

»Darf ich dich was fragen?«

»Frag nur.«

»Kannst du mir erklären, wie das mit den Sozis ist? Und mit den Nazis?«

»Die Sozis sind gegen die Kapitalisten, und die Nazis sind gegen die Juden, und beide sind gegen die Heimwehr, und die Heimwehr sagt, beide sind gegen den rechten Glauben.«

»Was sind die Kapitalisten?«

»Die, die das große Geld haben. Fabriken und so. Zerbrich dir nicht den Kopf darüber, das ist alles Politik.« Marias Stimme wurde immer schärfer. »Die Politik ist schuld, dass sich die Leute die Schädel einschlagen. Das ist nichts für dich. Schlaf jetzt.« Johanna hätte gern weitergefragt. Sie wagte es nicht. Wahrscheinlich wusste Maria auch nicht richtig Bescheid. Wenn die Leute nicht Bescheid wussten, wurden sie ärgerlich und wollten nicht, dass man fragte. Das hatte sie schon lang gelernt. Dinge, die die Leute genau wussten, erklärten sie gern.

Maria hatte nur gesagt, wogegen sie waren. Sie mussten doch auch für etwas sein. Oder für jemanden.

Hagel

An einem der ersten Julitage gab es ein Unwetter. Es begann mit einem Donnerschlag, der alle Fenster klirren ließ, der nicht aufhörte, sondern in ein Grollen mündete, das das ganze Tal erfüllte. Die Kühe stampften und muhten. Johanna und Maria hatten Mühe, sie zu beruhigen. Plötzlich hellte ein Blitz den Stall auf. Die Bless schlug aus und warf den halb vollen Eimer um. Nebenan wieherte der Braune, seine Hufe trommelten gegen die Box. Als sie aus dem Stall traten, zuckte ein Blitz den Grat entlang, von einem Ende der Hochfläche zum anderen. Johanna starrte den Berg an, voller Angst und gleichzeitig voll von einer Freude, die ihr fast den Atem nahm.

Donnerschlag folgte auf Donnerschlag. Der Himmel über den Bergen leuchtete gelb.

Maria lief ins Haus und rief Johanna. Johanna folgte ihr langsam, blickte immer noch über das Hoftor auf den Himmel, der jetzt hier, jetzt dort aufriss wie ein gespanntes Tuch.

Rolf jaulte. Die Abstände zwischen Blitz und Donner wurden immer kürzer, man wusste kaum mehr, welcher Blitz und welcher Donnerschlag zusammengehörten. Einen Schritt vor der Haustür wurde Johanna umgeworfen. Es roch versengt. Sie blieb zitternd liegen, bis Ferdl aus dem Haus gerannt kam und sie hineinzog.

»Ist eh nichts passiert«, sagte er. »Das war nur der Druck, der hat dich umgehaut.«

Johanna bemühte sich, das Zittern zu unterdrücken. Sie schaffte es nicht.

In der Küche hatte die Bäuerin eine schwarze Gewitterkerze angezündet. Sie bewegte die Lippen.

Blaue Flammen schossen aus den Steckdosen, die Küche wurde bis zum letzten Winkel hell, vor den Fenstern breitete sich ein Feuersee am Himmel aus, der zur Mitte hin immer dunkler wurde, eine brodelnde Goldsuppe. Gleich darauf prasselte es auf das Dach, auf die Straße: hühnereigroße Hagelkörner.

»Heilige Maria, Mutter Gottes, bitte für uns arme Sünder, jetzt und in der Stunde unseres Todes.« Alle beteten mit, auch Ferdl. Eine halbe Stunde später war alles vorbei. Wolkenfetzen jagten über den Himmel; hinter dem Berg klarte es auf, schimmerte rötlich und grün. Die Luft roch frisch.

Sie gingen aus dem Hof auf die Straße.

Der Hagel hatte Blätter und Obst von den Bäumen geschlagen, das Korn auf den Feldern geknickt.

Aus allen Häusern kamen die Bauern und starrten die Verwüstung an. Die alte Frau Kirnbauer schrie mit gehobenen Händen ihre Verzweiflung hinaus, mit einer Stimme, wie Johanna sie noch nie gehört hatte. Ihre grauen Haare lösten sich aus dem Knoten, sie schüttelte die Fäuste in der Luft.

Der Säugling in den Armen der Frau Wernhart begann zu weinen. Nun redeten auch die anderen untereinander, die Bauern mit den Bauern, laut und zornig, die Frauen mit den Frauen, leise und bitter. Die Knechte und Dirnen standen abseits.

Die Kohlköpfe im Küchengarten waren durchlöchert, der Salat zerschlagen. Die jungen Karotten und Radieschen lagen herausgeschwemmt auf dem vom Hagel zerpflügten Beet.

Maria und Johanna schaufelten die Erde von den Wegen zurück auf die Beete, säten neuen Spinat, Salat, Radieschen an. Für die meisten Gemüse war es zu spät.

»Der Kukuruz scheint davonzukommen«, sagte Maria. »Gott sei Dank war er heuer spät dran.«

Auf den aufgeplatzten Kirschen im Obstgarten summten Hunderte Wespen. Die Bäuerin säuberte Fässer, um die Kirschen einzumaischen.

»Den Schnaps werden wir brauchen«, sagte der Bauer, als er von einem Rundgang über die Felder zurückkam.

Johanna und Maria arbeiteten im Küchengarten, bis sie nichts mehr sehen konnten. Fertig wurden sie nicht. Als sie aufhörten, mussten beide die Hände fest ins Kreuz drücken, um sich aufrichten zu können. Selbst im Bett fand Johanna keine Stellung, in der sie liegen konnte, ohne das Gefühl zu haben, dass ihr Rücken mehrfach gebrochen war. Maria hatte sogar Mühe, ins Bett zu steigen.

Es dauerte lange, bis das Dorf nach der Hagelkatastrophe in sein Alltagsgleis zurückfand. Die Arbeit, die sonst um diese Jahreszeit zu geschehen hatte, war sinnlos geworden. Die Männer standen halbe Stunden lang vor dem einen oder anderen Feld, betrachteten den Schaden, berechneten, wie viel das Korn eingebracht hätte, berechneten, wie hoch die Versicherungssumme hätte sein müssen, und landeten im Wirtshaus. Die Bäuerinnen hatten alle Hände voll zu tun, ihre Küchengärten in Ordnung zu bringen. Die Kinder bekamen mehr Ohrfeigen als sonst, und die Dirnen wurden von Sonnenaufgang bis nach Einbruch der Dunkelheit gehetzt. Die Knechte waren besser dran. Sie hatten den Windbruch zu säubern und die ärgsten Schäden an den vermurten Fuhrwegen auszubessern und waren den ganzen Tag im Wald. In der Woche nach dem Hagel kam der Gerichtsvollzieher ins Dorf und pfändete die letzte Ziege der Battsteinerleute, die in einer Keusche am Waldrand lebten. Battsteiner hatte jedes Jahr bei der Ernte reihum im Dorf ausgeholfen. Heuer würde es für ihn kaum Arbeit geben.

Seine Frau rannte dem Gerichtsvollzieher nach und schrie wilde Flüche hinter seinem Auto her, sie rannte durchs ganze Dorf und die Straße hinunter, auch als sie nicht einmal mehr den vom Auto aufgewirbelten Staub sehen konnte. Battsteiner holte sie schließlich zurück. Sie blickte wirr und stieß immer noch Verwünschungen aus. Die Faßbinder nahm schließlich ihren anderen Arm und half Battsteiner, sie heim und zu Bett zu bringen, kochte auch Baldriantee mit Honig und eine Suppe für den Mann.

Gustl und Franz halfen im Wald, nur Josef spielte mit den anderen jüngeren Kindern. Sie bauten aus Steinen eine Festung im Obstgarten und zogen mit dem dreirädrigen Leiterwagen der Murer, der eine Kanone darstellte, zur Belagerung aus. Manchmal verwendeten sie große Steine als Geschoße. Es kam immer wieder vor, dass einer blutete und von der Bäuerin oder von Maria verbunden werden musste. »Die Welt steht nimmer lang«, sagte die Faßbinder noch öfter als früher, und jetzt nickten die meisten Frauen im Dorf dazu.

Am ersten Dienstag im August wendeten Johanna und Maria Heu auf der Grabenwiese, als plötzlich unten im Tal in kurzen Abständen alle Glocken zu läuten begannen. Die kleine Kapellenglocke setzte ein, und die Sirenen aller Feuerwehren begannen zu heulen. Der Murer, der mit seinen beiden Knechten höher oben das zerschlagene Korn schnitt, legte die Sense auf den Wagen und rannte ins Dorf, gefolgt von den Knechten. Auch Johanna und Maria liefen ins Dorf. Die Faßbinder rief ihnen entgegen: »Der Altbundeskanzler ist gestorben!« Der Murer blieb stehen und bekreuzigte sich.

Von allen Seiten kamen die Menschen von den Feldern.

»Das gibt's doch nicht«, sagten die einen. »Es hat doch geheißen, dass es ihm besser geht.«

»Der Kaiser verjagt, der Altbundeskanzler tot – jetzt ist es aus.«

»Wir haben ja noch den Dollfuß!«

»Das waren die Sozis«, behauptete die alte Frau Eibl. »Das waren wieder die Sozis, garantiert.«

»Lungenkrank war er«, sagte der Kirchenvater. »Lungenkrank und zuckerkrank, und sein Herz ...«

Die alte Frau Eibl schnitt ihm das Wort ab. »Und wer hat ihm das Herz gebrochen? Die Sozis! Und wer hat ihm, einem geweihten Priester, die Lunge durchschossen? Die Sozis. Der Teufel soll sie holen!«

Sie standen noch lange herum, keiner konnte sich losreißen, nur die Knechte und Dirnen schickten sie zurück an die Arbeit.

Beim Abendessen schimpfte die Bäuerin mit den Buben, die Gesichter schnitten und lachten.

»Kniets euch hin, jetzt wird gebetet.«

Johanna nahm die Kanne, um Wasser zu holen.

»Du auch!«, sagte die Bäuerin.

Johanna fragte sich, warum sie für jemanden beten sollte, den sie nicht gekannt hatte. Altbundeskanzler, hatte die Faßbinder gesagt. Was war das überhaupt? Der Murer hatte nasse Augen gehabt. Als seine Mutter starb, hatte er nicht geweint.

Die Bäuerin zündete eine geweihte Kerze an.

Johanna blickte auf. Der Bauer presste die gefalteten Hände so fest ineinander, dass die Knöchel hervortraten. Der Bäuerin rann eine Träne über die Wange.

Johanna aber flirrten Bilder durch den Kopf. Romanas neue Bluse. Das Kind mit dem Hundsfett um den Mund. Der fremde Mann, der sie neulich im Wald gegrüßt hatte.

Wahrscheinlich war sie wirklich schlecht.

Wenige Tage später ging die Battsteiner mitten in der Nacht, als ihr Mann schlief, von zu Hause weg. Am Morgen machte ihr Mann sich auf die Suche nach ihr, fragte überall, aber niemand hatte sie gesehen. Der Battsteiner rannte den ganzen Tag durch den Wald, die Dorfbuben wurden ausgeschickt, überall hörte man rufen. Gegen Abend zogen die Männer von der Feuerwehr aus und halfen bei der Suche. Es war schon fast Mitternacht, als man die Battsteiner fand. Sie war ausgerutscht und über einen Abhang in den Graben gefallen, zwischen die Brombeeren. Sie hatte das Bein gebrochen und erkannte ihren Mann nicht. Man brachte sie nach Neunkirchen ins Krankenhaus, wo sie zu toben begann und einem Arzt die Brille zerschlug. Die Bäuerin schickte Johanna mit einem Topf voll Essen ins Battsteinerhäusel. Der alte Mann starrte sie so an, dass sie Angst bekam, den Topf hinstellte und davonrannte.

Als sie die Battsteiner aus dem Krankenhaus in die Irrenanstalt überführten, musste ihr Mann kommen und einige Papiere unterschreiben. Auf dem Heimweg geriet er unter ein Fuhrwerk und starb noch während des Transports ins Krankenhaus. »Er ist mir direkt hineingerannt«, sagte der Fahrer. Seit fünfzehn Jahren fuhr er unfallfrei für dieselbe Baufirma.

Im Dorf zerbrachen sich die Leute den Kopf darüber, wer denn nun das Begräbnis zahlen sollte. Eibl sagte, er wäre bereit, das Battsteiner-Häuschen zu kaufen, damit der arme Mensch anständig unter die Erde käme. Murer behauptete, Eibl hätte immer schon den Platz gewollt, weil der Battsteiner-Küchengarten direkt an der Zufahrt zu Eibls oberem Feld läge. Eibl sagte, Murer solle ganz still sein, sein Vater habe schon vom Unglück eines anderen profitiert, als er den unteren Grabenwald von seinem, Eibls, Großvater kaufte, der mit den Krankenhausrechnungen für seine Frau nicht ein und aus gewusst hatte.

Nicht einmal der Bürgermeister konnte feststellen, wer denn nun die Verfügungsgewalt über das Häuschen hatte. Da tauchte das Gerücht auf, Battsteiner habe einen Sohn, und dieser Sohn werde zum Begräbnis kommen. Niemand wusste mehr genau, wann die Battsteiner-Leute eigentlich ins Dorf gekommen waren. Nicht einmal die Faßbinder war sicher, sie meinte aber, es müsse vor etwa fünfundzwanzig Jahren gewesen sein. Plötzlich hieß es, der Sohn sei im Gefängnis gesessen, andere wollten wissen, er habe in Amerika oder in Afrika ein Vermögen verdient.

»Die Battsteinerin war immer eine Heimliche«, sagte die Bäuerin.

»Die hat sich nie viel gekümmert.«

Maria blickte vom Brottrog auf. »Sie war keine Bäuerin.«

»Die Faßbinder hat auch nichts«, sagte die Bäuerin. »Und sie gehört trotzdem zum Dorf.«

Maria schüttelte den Kopf. »Das ist was anderes, die ist eine wie ihr. Mehr oder weniger. Aber wenn sie einen Sohn hätte, wäre es euch dann recht, wenn ich den heiraten würde?«

»Sie hat doch keinen.«

»Eben.«

Maria knetete weiter den grauen Brotteig.

»Im Grundbuch müssten sie nachschauen«, sagte die Bäuerin. »Im Grundbuch weiß man immer, wie man dran ist.«

Maria sagte nichts.

»Mit dir kann man auch nicht reden!«

Tags darauf hieß es plötzlich, jemand habe den jungen Battsteiner gesehen, er sei sogar im Auto dahergefahren, in einem großen schwarzen Wagen, und das Begräbnis sei für morgen angesetzt. »Soll ich gehen?«, fragte Maria.

»Der Vater und ich gehen selbst, dem armen Menschen die letzte Ehre erweisen.«

»Aha«, sagte Maria, was die Bäuerin wütend machte, und fügte nach einer längeren Pause hinzu: »Alle gehen, von jedem Hof. Sonst würde man für so einen doch höchstens die Kinder schicken.«

»Du hast keine Ehrfurcht, nicht einmal vor dem Tod.«

Maria formte Knödel. Sie ließ jeden von einer Hand in die andere rollen, bevor sie ihn auf das bemehlte Brett legte.

Die Bäuerin wandte sich seufzend ab.

»Es ist wirklich höchste Zeit, dass du heiratest. Wenn der Gruber nur übergeben würde.«

»Lass mich in Ruhe mit dem Gruber.«

Johanna machte sich klein, bis ihr plötzlich klar wurde, dass das überhaupt nicht notwendig war. Für die Bäuerin war sie gar nicht vorhanden.

Nach dem Begräbnis ging das Gerede weiter. Die Leute waren sich nicht einmal einig, ob der junge Mann wirklich der Battsteiner-Sohn gewesen war oder nicht. Er kam auch nicht wieder. Das Häuschen wurde in der Bezirkszeitung zur Versteigerung ausgeschrieben. Am festgesetzten Tag erschienen nur ein Anwalt und ein älterer Mann in einem sehr teuren Mantel. Eibl bekam das Haus zum Ausrufungspreis. Die beiden Fremden fuhren in einem Auto weg, ohne auch nur im Wirtshaus eine Jause zu nehmen oder mit einem Menschen ein Wort zu wechseln.

Ein paar Wochen später hieß es, die Battsteiner sei im Irrenhaus gestorben, aber niemand wusste etwas Genaueres.

»Ich hätte sie ja besucht«, sagte die Faßbinder. »Aber im Irrenhaus …«

Kaum eine Woche später erschoss sich ein Bauer in einem Einschichthof, keine halbe Gehstunde vom Dorf entfernt, mit dem Schlachtschussapparat. Es hieß, er habe Geldschwierigkeiten gehabt. Sein kleiner Sohn war kurz zuvor bei einem Brand ums Leben gekommen, den er und sein vierjähriger Freund verursacht hatten. Sie hatten mit Zündhölzern gespielt.

»Man möchte ja zu keiner Arbeit mehr kommen, wenn man zu jedem Begräbnis gehen würde«, sagte die Bäuerin. »Jetzt ist es aber wirklich genug.«

Die Faßbinderin seufzte. »Ich sag es ja die ganze Zeit. Die Welt ist krank. Das sind keine Leut mehr. Keiner schaut mehr auf den anderen.«

Maria brachte einen Korb voll Suppengemüse herein. Sie stellte ihn auf den Tisch und sagte: »Nicht einmal beim Sterben nehmen die Leute Rücksicht darauf, ob es euch jetzt passt.« Sie ging wieder, ohne eine Antwort abzuwarten.

Die beiden Frauen schüttelten hinter ihr die Köpfe.

»Ich weiß mir keinen Rat mehr mit ihr«, sagte die Bäuerin.

»Warte nur, wenn sie ein Kind hat, dann wird sie schon wieder«, tröstete die Faßbinder.

Die Bäuerin schickte Johanna auf den Erdäpfelacker.

Der Kater

Johanna schüttete Milch in die Katzenschüssel, legte die Wurzelbürste an ihren Platz, schwemmte das Tuch zum Euterputzen aus und hängte es an den Haken vor der Milchkammer. Die Katze kam mit hocherhobenem Schwanz angelaufen und trank gierig. Plötzlich sah Johanna aus dem Augenwinkel etwas vorbeihuschen. Eine Maus, dachte sie und wunderte sich, dass die Katze einfach weitertrank. Da hob sich neben dem Katzenbauch ein winziger Schwanz in die Höhe, dunkelgrauschwarz geringelt, ein kleiner Kopf tauchte in die Schüssel, eine hellrosa Zunge schlabberte. Der ganze Körper zitterte mit jedem Schluck.

Als der kleine Kater genug getrunken hatte, stupste er seinen Kopf gegen die Kehle der Mutterkatze. Sie fuhr einmal mit der Zunge über die milchverschmierte Schnauze, über den dreieckigen Kopf und den schmalen Rücken.

Johanna nahm den Kleinen auf den Schoß. Er rollte sich zusammen und schlief fast augenblicklich ein. Sie streichelte vorsichtig mit einem Finger über das Fell, das ihren Händen entgegenkam, und ordnete die Barthaare. »Frosch, du«, sagte sie. Der Kater begann zu schnurren. Johanna spürte das Vibrieren an der Innenseite ihrer Unterarme, wo die Haut dünn und hell war. Sie blieb hocken, ohne sich zu rühren, bis der Kater die Augen aufschlug, sich streckte, die Krallen wie Finger ausbreitete, wieder einzog, gähnte, aufstand, wobei die vier Pfoten Johannas Beine kneteten, dann machte der Kleine einen Buckel und stolzierte mit hocherhobenem Schwanz davon.

Von dem Tag an kam er, sobald Johanna im Stall war, strich ihr um die Beine, kletterte an ihr hoch, wenn sie die

Kühe schrubbte, rieb seinen Kopf an Johannas Kinn, spielte mit den Strohhalmen, versuchte Johannas Schürzenbänder zu fangen. Wenn sie mit der Stallarbeit fertig war und »Frosch!« rief, kam er mit hocherhobenem Schwanz angetrabt. Er stürzte sich kopfüber in die Milchschüssel, und wenn er sich satt getrunken hatte, spürte Johanna, wie voll und rund sein Bauch war. Dann spielten sie. Johanna legte einen Finger auf den Ringelschwanz und Frosch fuhr auf den Finger los, packte ihn mit beiden Vorderpfoten und schüttelte ihn. Manchmal warf er sich auf den Rücken, streckte alle viere von sich und ließ sich laut schnurrend kraulen. Manchmal begann er mitten im Spiel wild mit den Hinterpfoten zu strampeln, der kleine Schwanz peitschte hin und her, er zeigte alle seine spitzen Zähne und pfauchte.

Johanna merkte lange nicht, dass da etwas mit ihr geschah, dass sie nicht nur mit dem kleinen Kater spielte und jederzeit wieder aufhören konnte. Wenn die Bäuerin in den Stall ging, bekam sie Herzklopfen, selbst vor Maria hatte sie Angst. Bisher hatte sich der Kleine versteckt gehalten, außer wenn sie allein im Stall war. Aber wie lange noch?

Sie begann bei jeder Gelegenheit davon zu reden, wie viele Mäuse sich im Heuboden herumtrieben, bis die Bäuerin eines Tages sagte: »Wenn die Katze das nächste Mal wirft, können wir ja ein oder zwei Junge behalten.«

Erst zwei Wochen nach dem Frosch brachte die Katze auch ihre beiden anderen Jungen mit, ein schwarz-weiß geflecktes und ein zweites gestreiftes. Die waren eben junge Katzen, nicht mehr. Es machte Johanna Spaß, ihnen beim Raufen und Spielen zuzusehen, sie freute sich, wenn sie in den Stall kam und die kleinen Schwänze wie Fragezeichen hinter dem Milcheimer auftauchten, sie lächelte, wenn die drei eng aneinandergeschmiegt, die Pfoten ineinander verstrickt, einschliefen. Aber Frosch war der, an den sie dachte, wenn sie in den Stall ging. Manchmal nahm sie ihn hoch und drückte ihr Gesicht in sein weiches Fell.

Seit Hemma nicht mehr zu den sonntäglichen Treffen kam, redeten die Mädchen noch viel häufiger als sonst von der Liebe. Romana erzählte lange und ausführlich von Männern, die sie angesehen, die ihr Komplimente gemacht hatten, die ihr nachgegangen waren. Gundl hörte mit offenem Mund zu, die anderen begannen, eigene Geschichten zu erzählen. Annerl hatte das Versteck auf dem Speicher entdeckt, wo die Wernhart ihre heimlich gekauften Liebesromane aufbewahrte. Sie las darin, sooft sie sich wegstehlen konnte, und merkte sich ganze Passagen.

»Das ist doch ein Blödsinn«, sagte Rosa. »Ein Reicher heiratet nur eine Reiche.«

»Aber dort steht es«, beharrte Annerl. »Sie besaß nichts als das, was sie auf ihrem jungen Leibe trug. Genau so steht es dort. Und zum Schluss wird sie die Schlossfrau, und er sagt: ›Nie wieder soll dich einer geringschätzen dürfen.‹« Annerl bekam leuchtende Augen, ihre Stimme wurde feierlich.

Noch öfter redeten sie vom Kinderkriegen. Rosa hatte fast gesehen, wie die Wernhart ihr Kind bekommen hatte, erst im letzten Augenblick hatte die Hebamme sie am Schlüsselloch erwischt und sie mit einer Ohrfeige weggeschickt.

»Gestöhnt hat sie ganz furchtbar, und ihr Gesicht war klitschnass, und so hat sie sich in die Höhe geworfen« – hier streckte Rosa den Rücken durch – »Und geschrien hat sie ... geschrien ... viel ärger, als wenn die Katzen schreien. Ihr wisst schon.«

Johanna kam es nie in den Sinn, von Marias Fehlgeburt zu erzählen. Das war ihr Geheimnis. Aber sie hörte zu, was die anderen zu berichten hatten, obwohl sie wusste, dass sie nie alles erfahren würde, was sie wissen wollte. Sie kicherte mit den anderen, hakte sich mit ihnen ein, sah, wie die anderen rot wurden, und spürte, wie ihr selbst die Röte ins Gesicht stieg. Hin und wieder lag ihr eine Frage auf der Zunge, aber sie stellte sie nicht. Gundl war die Einzige, die manchmal etwas fragte, und sie bekam selten eine Antwort. Wahrscheinlich wussten die anderen ebenso wenig Genaues über die Dinge, die sie Sonntag für Sonntag besprachen. Als Annerl einmal davon sprach, sie hätte die Bauerntochter mit dem Großknecht im Heu überrascht, er sei auf ihr gelegen und beide hätten laut gestöhnt, erschrak Johanna. Sie erinnerte sich an Marias Stöhnen in jener Nacht. Wenn sie daran dachte, hörte sie es wieder, und sie bekam Angst wie damals. Nur verging die Angst von Mal zu Mal schneller.

Romana erzählte besonders gern unglaubliche Geschichten, bei denen sich alle schüttelten, von Männern, die es mit Tieren trieben, und dergleichen mehr. Sie bezog ihre Kenntnisse aus den Büchern in der Villa, in denen sie beim Abstauben las.

»So was liest du?«, fragte Rosa empört.

»Das sind doch Gesetzbücher, das kann nichts Schlechtes sein! Man muss sich doch auskennen.«

Sosehr sie auch die Köpfe zusammensteckten und miteinander kicherten, verlor Johanna nie das Gefühl, allein zu sein, auch wenn sie alle miteinander untergehakt spazieren gingen.

Es fiel ihr immer schwerer, daran zu glauben, dass es irgendwann anders sein würde als jetzt, dass sie jemals etwas anderes tun würde als Stall ausmisten, im Küchengarten oder auf dem Feld arbeiten, dass sie jemals weggehen würde. Am Abend fiel sie meistens so müde ins Bett, dass sie gar nichts mehr denken konnte.

In der letzten Augustwoche bereitete sich das Dorf auf das Erntedankfest vor.

»Gibt zwar nicht viel, wofür man danken könnte«, sagte der Bauer.

Die Bäuerin wies ihn zurecht: »Versündig dich nicht!«

Sie schmückte gemeinsam mit der Murer die Kapelle mit Blumen und Früchten. Vorher wurde Johanna hinaufgeschickt, um die Spinnweben zu entfernen, den Boden aufzuwaschen und die Bänke zu putzen. Johanna schrubbte die Fliesen. Viele waren gesprungen, die Bürste verfing sich in den Rissen. Als Johanna aufstand, um das schmutzige Wasser hinauszutragen, wurde ihr schwarz vor den Augen, das Wasser schwappte ihr über die Beine und über den frisch gewaschenen Boden. Sie hielt sich an einer Bank fest und atmete tief. Dann ging sie und holte frisches Wasser.

An diesem Abend war ihr, als drehe sich das Bett mit ihr und zöge einen Kometenschweif funkelnder Farben hinter sich her.

Mitten in der Nacht schreckte sie hoch. Sie spürte etwas Feuchtes. Das gab es doch nicht, dass sie plötzlich ins Bett machte? Wenn die anderen das merkten ... Sie stand vorsichtig auf, schlich auf Zehenspitzen aus der Kammer, überquerte den Hof. Auf dem Abort sah sie, dass das, was ihr über die Schenkel lief, Blut war.

Blut?

Ich ... ich bekomme doch kein Kind!

Ich habe doch nichts getan!

Ein merkwürdiger Laut machte ihr zusätzlich Angst, bis sie merkte, dass es ihre eigenen aufeinanderschlagenden Zähne waren, die den Laut erzeugten.

Sie starrte ihre Beine an.

Ein Tropfen fiel auf den Boden. Sie riss ein Stück Zeitungspapier vom Nagel und wischte den Tropfen weg, aber da war ein zweiter, ein dritter.

»Heilige Maria, Mutter Gottes, bitte für mich! ... Ich will auch die Gelegenheit zur Sünde meiden ...«

Sie raffte ihr Nachthemd hoch, stopfte es sich zwischen die Beine. In ihr krampfte etwas, löste sich. Ihre Angst saß wie ein zu enger Helm um ihren Kopf, schnürte sie ein.

Plötzlich hörte sie eine Stimme, die Stimme einer Frau von daheim, vom Burgenland, die fragte: »Ist sie schon unwohl?«, und dann die Stimme der Ziehmutter: »Sie ist noch lang nicht so weit.«

Gleich darauf kamen andere Erinnerungsfetzen, die ihr halfen, Ordnung in ihrem Kopf zu schaffen. Was mit ihr geschehen war, geschah jeder Frau. Sie lachte.

Aber jetzt musste sie etwas tun. Einen Fetzen aus der Küche traute sie sich nicht zu nehmen. Vielleicht gab es etwas in der Milchkammer. Sie öffnete die Tür. Die Katzen lagen in einem verschlungenen Knäuel auf dem Sack, den die Bäuerin in der Ecke vergessen hatte. Johanna strich dem Frosch über den Kopf. Er schnurrte sogar im Schlaf.

Sie hatte vorgehabt, vor Maria aufzustehen und alle Spuren zu beseitigen, aber sie wachte erst auf, als Maria sie rüttelte.

»Jetzt bist du auch so weit«, sagte Maria. »Hast du was?«

»Nein.«

Maria nahm eine Frotteebinde aus ihrem Schrank. »Musst dir dann welche kaufen und einen Gürtel dazu. Meiner wär dir zu weit.« Johanna ging vorsichtig, mit engen Knien, ständig in Angst, das Ding zu verlieren.

Es war ein strahlender Tag. Die Schwalben flogen hoch, in allen Feldern und Bäumen surrte und zirpte und schnarrte es. In dem kleinen straßenseitigen Küchengarten der Frau

Eibl glänzte der junge Salat. Die Straße war frisch gekehrt, die Menschen kamen im Sonntagsstaat. Johanna hatte Angst, es könnten sich verräterische Flecken auf ihrem Rock zeigen. Sie wagte es kaum, einen Fuß vor den anderen zu setzen, hielt sich im Hintergrund. Da gehörte sie ja auch hin, mit den anderen Dirnen auf der Frauenseite. Heute war sie froh darüber.

Aus der Männerreihe blickten einige verstohlen herüber zu den Mädchen. Romana und Hemma stießen einander an und kicherten. Johanna war dankbar, dass Gundl als Letzte angehetzt kam und sich hinter sie stellte. Gundl würde sie nicht auslachen, wenn sie etwas merkte, die nicht.

Der Pfarrer begann mit der Predigt über den Text »Es gibt keine Obrigkeit, sie sei denn von Gott«. Johanna verstand nicht viel von dem, was er sagte, nur dass man gehorchen müsse.

Als sie am Nachmittag ihr Nachthemd und ihr Leintuch wusch, kamen die Buben nach Hause. Sie tanzten um sie herum und schrien: »Die Johanna hat sich angemacht! Die Johanna hat sich angemacht!«

Sie hörten erst auf, als die Bäuerin herauskam und jedem eine Ohrfeige verabreichte. Dann rannten sie weg.

»Du kannst morgen Milch ausführen gehen, damit du dir kaufen kannst, was du brauchst«, sagte die Bäuerin.

Johanna stand lang vor dem Schrank auf dem Speicher, bis sie ihn öffnete und die Schürze herausnahm.

Das ist das Fahrgeld, hatte die Ziehmutter gesagt.

Heimfahren kann ich sowieso nicht.

Johanna trennte die Schürzentasche oben auf. Es war, als breche sie alle Brücken ab.

»Du gehst am besten zum Löwy«, sagte die Bäuerin. »Der ist zwar ein Jud, aber er ist billiger. Und bring gleich dunkelgraue Stopfwolle und schwarzen und weißen Zwirn mit. Sechziger.« Johanna hoffte, dass eine Frau im Laden sein würde. Während sie die Milch ausfuhr, überlegte sie, wie sie die Binden verlangen würde. Zuerst auf jeden Fall den Zwirn. Oder die Stopfwolle. Als sie in den dunklen Laden trat, war da nur der alte Löwy selbst in seinem langen schwarzen Rock, mit dem Käppchen auf den grauen Haaren.

»Was darf es denn sein?«

»Dunkelgraue Stopfwolle, schwarzer und weißer Zwirn, und ...«

Sie stockte.

Der alte Mann legte eine Lade mit Stopfwolle auf den Tisch, dann sagte er: »Entschuldigen Sie mich einen Augenblick.«

Er verschwand in einem Hinterzimmer. Gleich darauf kam ein Mädchen oder eine junge Frau heraus und lächelte Johanna an. »Der Vater ist verhindert. Kann ich Sie weiterbedienen?«

Einen Moment lang war Johanna völlig verwirrt. Das Mädchen hatte »Sie« zu ihr gesagt und lächelte sie an, als ob sie sich wirklich freute, Johanna zu sehen. Vor ihr hatte Johanna keine Scheu. Das Mädchen brachte den Zwirn, und mit genau demselben Lächeln erklärte sie Johanna die verschiedenen Gürtel, die sie ihr vorlegte. Hinterher zeigte sie ihr auch noch ein Dirndl, ganz als wüsste sie nicht, dass Johanna kein Geld dafür hatte. Von dem Tag an blieb Johanna vor dem Schaufenster stehen, sooft sie nach Gloggnitz kam. Das Dirndl mit dem roten Mieder, dem schwarzen, geblümten Rock, der weißen Bluse und der blau gemusterten Schürze gefiel ihr sehr. Aber sie hoffte auch, das Mädchen wiederzusehen. Mit der, meinte sie, könnte man reden. Vielleicht, dachte Johanna, ist sie keine richtige Jüdin. Vielleicht hat sie der alte Löwy nur angenommen. So etwas kommt vor.

Erst später wurde ihr klar, dass der alte Mann hinausgegangen war und seine Tochter geschickt hatte, weil er bemerkt hatte, dass es ihr peinlich war zu verlangen, was sie brauchte. Der Gedanke verwirrte sie sehr. Das war doch eine besondere Art von Freundlichkeit. Eine Art von Freundlichkeit, die sie noch nie erlebt hatte. Und der alte Löwy war sicher ein Jude.

Der Lohn

»Gerade nur bei uns hat der Hagel so viel Schaden angerichtet«, sagten die Bauern, und man hörte das Bedauern heraus: »Nicht einmal bis Gloggnitz hinein.«

Jeden Samstag fuhr die Bäuerin selbst mit einem Handwagen voll Salat, mit Äpfeln, Eiern und Karotten auf den Wochenmarkt vor der Kirche. Nicht einmal ihrer eigenen Tochter vertraute sie den Verkauf an. Das Geld, das sie heimbrachte, sperrte sie sofort weg. »Das ist für den Notfall«, sagte sie.

»Den haben wir«, sagte der Bauer. »Wir kommen nicht einmal durch den Winter mit unserem Korn, von Verkauf gar nicht zu reden.«

»Man weiß nie, was noch kommt«, beharrte die Bäuerin.

Die Besenbinder und Kesselflicker, die im Oktober kamen, jagte sie schreiend vom Hof und drohte, ihnen Rolf nachzuhetzen. »Das wird dich reuen!«, kreischte die Besenbinderin, die hochschwanger war und zwei rotzige Kinder an der Hand führte.

»Unser Herrgott wird dich strafen.«

»Lass den Herrgott aus dem Spiel!«

Die Besenbinderin lachte laut und schlug die Hoftür knallend hinter sich zu.

»Gaff nicht!«, schrie die Bäuerin Johanna an. »Hol endlich die Erdäpfel.«

Die Kühe wurden auf die abgeernteten Felder getrieben. Hemma führte die Wernhart-Kühe jetzt oft in dieselbe Richtung wie Johanna die Lahnhofer-Kühe. Hemma sagte, Bernhard wolle sie heiraten. Sobald er eine Arbeit gefunden habe.

»Als was?«, fragte Johanna.

Hemma lächelte in sich hinein. »Du wirst schon sehen. Ich darf nicht darüber reden. Aber du wirst schon sehen. Es wird alles anders. Bald. Und dann heiraten wir.«

»Er hat doch auch nichts gelernt«, sagte Johanna.

»Der Bernhard kann eine Menge!« Hemma umklammerte ihre Schultern mit den gekreuzten Armen und wiegte sich vor und zurück. »Wenn jetzt die neue Zeit kommt, dann holen sie ihn, weil er schon lang dabei gewesen ist, verstehst du?«

»Nein«, sagte Johanna.

Hemma packte ihren Arm. »Du, glaub mir doch! Ich verstehe ja auch nicht alles, aber der Bernhard sagt, wenn sie erst die Juden hinausgeschmissen haben, dann können sie sich rühren, und dann ...« Sie lächelte glücklich.

»Will denn der Bernhard das Geschäft vom Löwy?«, fragte Johanna. »Aber nein! Nicht das Geschäft. Aber die haben alles in der Hand, verstehst du? Die Banken und so, und dass die Leute Zins zahlen müssen, und große Güter auch, und ... also wenn sie erst weg sind, dann ist alles in Ordnung, das hat mir der Bernhard versprochen.«

»Aha.«

Hemma wurde ungeduldig. »Sei nicht so blöd! Du versäumst den Zug, das sag ich dir!«

Sie pflückten Brombeeren, die am Rand des Feldes wucherten. Die Brombeeren waren riesengroß und sehr süß.

Johanna sammelte immer eine Handvoll und stopfte sie dann auf einmal in den Mund. Nach einiger Zeit sahen sie einander an und lachten. Sie hatten beide lila verschmierte Lippen und lilarote Finger. »Wie die feinen Damen«, sagte Johanna.

Hemma erklärte: »Eine deutsche Frau tut so etwas nicht, sagt der Bernhard.«

»Auch nicht mit Brombeeren?«

»Du bist ekelhaft!«

»Sagt das auch der Bernhard?«, fragte Johanna.

Hemma schlug der Leitkuh mit dem Haselstecken über die Flanken und trieb sie ans andere Ende des Feldes.

Manchmal versuchte Johanna, sich vorzustellen, wie das wäre, wenn sie jemanden hätte, dem sie vertrauen könnte. Der nichts weitererzählte.

Es gab Tage, an denen sie mehrmals schlucken musste, um nicht hinauszuschreien, wenn die Bäuerin wieder einmal sagte, wie gut sie es doch hätte. Die Bitterkeit stieß ihr buchstäblich auf und brannte im Hals.

Dann versteckte sie sich im Stall, nahm Frosch auf den Arm und flüsterte in sein weiches, glänzendes Fell hinein, was sie sonst nicht sagen konnte. Er hielt meist ganz still, erst nach einer Weile begann er, mit seinen kleinen Pfoten nach den Strähnen zu tapsen, die ihr immer ins Gesicht fielen. Dabei zog er fast immer die Krallen ein, nur hin und wieder erwischte sie einen Kratzer.

In einer Woche würde es ein Jahr sein, seit sie hierhergekommen war.

Ein Jahr.

Damals hatte sie geglaubt, sie würde sehr bald weggehen.

Jetzt wusste sie, dass das ein Traum gewesen war.

Sie hatte allen Mut zusammengenommen und die Schneiderin gefragt, die zu den Murers kam, wie das mit einer Lehrstelle sei.

»Eine Lehrstelle? Um jede freie Lehrstelle bewerben sich zehn, wenn nicht hundert. Es gibt nicht einmal welche für die Kinder von ansässigen Bürgern, von auswärtigen gar nicht zu reden. Und erst für Ledige ... Schlag dir das aus dem Kopf.« Die Schneiderin war nicht unfreundlich gewesen, aber sehr deutlich. »Es ist eine schlechte Zeit jetzt. Du hast eh noch Glück.«

»Eh noch Glück« und Glück waren so weit voneinander entfernt wie die Erde vom Mond.

Johanna ging mit einem Beutel Flickwäsche zum Treffpunkt mit den anderen Mädchen. Die Bäuerin hatte gesagt: »Schade um die Zeit, wenn du nur so dasitzt. Beim Nähen kannst du auch tratschen.« Johanna ging sehr langsam, blieb stehen, blickte über die drei hohen Lärchen, die goldgelb leuchteten, hinunter ins Tal.

Weg kann ich nicht. Noch nicht. Ich finde nichts, und wenn ich etwas finde, holen sie mich zurück.

Aber so geht es nicht weiter. Ich brauche Schuhe, und die Unterhosen sind bald nicht mehr zu stopfen.

Morgen sage ich dem Bauern, dass er mir etwas zahlen muss. Oder der Bäuerin. Nein, besser ihm. Sie sagt ja doch nur, dass sie mit ihm reden muss. Und wie sie mit ihm redet, das weiß ich. Wenn ich erst achtzehn bin, dann ...

Der Bauer kam spät von der Gemeinderatssitzung zurück. Je länger Johanna wartete, desto schwieriger wurde es, sich Worte zurechtzulegen. Zuletzt hoffte sie fast, er würde erst so spät kommen, dass sie schon im Bett lag.

Als sie den Wagen in den Hof rattern und die Pferdehufe klappern hörte, begannen ihre Knie zu zittern. Sie gewährte sich selbst Aufschub, bis er gegessen hatte.

Dann trat sie zum Tisch.

Er blickte erstaunt auf »Was ist?«

Ihr Mund war völlig trocken. »Ich ... muss Sie etwas fragen, Herr.«

»Kannst du nicht so reden, dass man dich auch versteht?«

Sie gab sich einen Ruck. »Ich bin jetzt ein Jahr da, und ich will einen Lohn.«

»Einen Lohn willst du? Ja so etwas. Einen Lohn willst du.«

Er stand auf, stellte sich dicht vor sie, sodass sie den Kopf zurücklegen musste, um sein Gesicht zu sehen. »Ist denn das die Möglichkeit. Und warum?«

»Weil ich meine Arbeit mache wie die anderen.«

»Also schön. Sagen wir, du machst deine Arbeit wie die anderen.

Zahl ich der Maria was? Na? Bekomm ich keine Antwort?«

»Ich weiß ja nicht«, sagte Johanna.

»Nichts zahl ich ihr. Und sie ist meine eigene Tochter.« Er schüttelte den Kopf.

Johanna schluckte. »Aber das ist doch etwas anderes. Es ist ihr Eigenes, wo sie arbeitet.«

»Eben«, sagte der Bauer. »Eben. Es ist ihr Eigenes, und sie kriegt nichts. Und du hast nichts Eigenes und willst was. So weit kommt's noch.«

»Aber ich brauch Schuhe!«

»Ich brauch auch eine Menge«, sagte der Bauer. »Und wenn du mit mir schreist, dann wirst mich kennenlernen. So was hat doch die Welt noch nicht gesehen. Statt dankbar zu sein, dass du dein Auskommen hast in einer ehrlichen Familie.« Er ging zur Tür, drehte sich noch einmal um und sagte: »So etwas will ich nicht noch einmal hören, verstanden?«

Johanna lief in den Stall und heulte ihre Wut in das weiche Fell des jungen Katers. Frosch zappelte in ihren Armen und wollte weg.

Sie schämte sich, ohne recht zu wissen, warum.

Tags darauf fiel ihr beim Abwaschen eine Schüssel aus der Hand und zerbrach in tausend Scherben.

»Na siehst du« sagte die Bäuerin. »Wenn du einen Lohn hättest, müsste ich dir sie abziehen.«

Der Spätherbst war sonnig und warm. Die Äpfel, die der Hagel nicht heruntergeschlagen hatte, wurden süßer als sonst. Das Kraut hatte sich erholt und riesige Köpfe gebildet. Jeden Morgen kroch der Nebel aus dem Tal herauf, gegen acht Uhr strahlte die Sonne. »Wenn's so bleibt, lassen wir die Burgunder noch«, sagte der Bauer. »Dann kommen wir wenigstens mit dem Futter durch den Winter.«

Der Frost kam plötzlich. Eines Morgens waren die Felder weiß.

Johanna und Ferdl wurden sofort auf den Acker geschickt, die anderen sollten später nachkommen. »Aber beeilt euch, bis am Abend muss alles drin sein. Die Blätter können wir dann hier abschneiden.«

Johanna riss Rüben aus, den ganzen Tag. Ein Schritt, bücken, ausreißen, Rübe auf den Haufen werfen, ausreißen, Rübe auf den Haufen werfen, wieder ein Schritt, bücken, ausreißen.

»Anderswo gibt's dafür Maschinen«, sagte Ferdl. »Aber wir kosten weniger.«

Die Rüben hatten lange Wurzeln, die sich im Boden festzukrallen schienen. Nach kurzer Zeit tat Johanna der Rücken weh. Als Maria mit der Jause aufs Feld kam, konnte sie sich kaum mehr aufrichten. Gustl half eine Stunde lang oder etwas länger mit, dann verschwand er im Wald.

Ferdl und Johanna arbeiteten weiter, Reihe für Reihe. Johanna bemühte sich, mit Ferdl Schritt zu halten, aber ihm schienen die Burgunder in die Hand zu gleiten, während sie mit jeder Rübe kämpfen musste.

Mittags brachte Gustl einen Topf Suppe aufs Feld. »Die Mutter sagt, es ist keine Zeit, dass ihr heimgeht.«

Johanna saß mit Ferdl kurze Zeit auf dem Garbenwagen, in dem die Rüben eingefahren werden sollten, und löffelte Suppe.

»Bist mir eh nimmer bös wegen damals«, sagte Ferdl.

»Nein.«

»Dann ist's ja gut.« Er holte Tabak aus seiner Jackentasche und stopfte seine Pfeife. »Die Rüben rennen uns nicht davon«, sagte er. »Da hast.« Er reichte ihr ein Stück Schokolade.

Ein Marienkäfer flog auf ihren Arm. Sie hielt ihm einen Finger der anderen Hand hin und ließ ihn hinaufkriechen. Wenn er wegfliegt, bevor ich bis zehn gezählt habe, dann ... dann wird alles anders in diesem Jahr.

Der Marienkäfer lief auf ihrer Fingerkuppe hin und her.

Sie blies ihn beim Zählen an, aber er machte keine Anstalten wegzufliegen.

Erst als Ferdl seine Pfeife ausklopfte und sie vom Wagen sprang, flog der Marienkäfer weg. Sie sah ihm nach, zuckte mit den Schultern.

Maria, die Bäuerin und alle drei Buben kamen nach dem Essen. Der Bauer war wieder einmal bei einer seiner Sitzungen.

Josef begann bald zu maulen, aber die Bäuerin fuhr ihn an: »Einmal wirst du doch auch etwas tun können. Wenn ich denk, was ich in deinem Alter schon alles gearbeitet hab ...«

Nach Sonnenuntergang richtete sich die Bäuerin auf. »Ich geh kochen. Ihr macht da fertig. So lang bleibt es schon noch hell.« Im Weggehen zog sie zwei Rüben aus, die Johanna übersehen hatte. »Du musst schon besser aufpassen.«

Es war fast dunkel, als sie mit dem vollen Wagen heimfuhren. Während Ferdl das Pferd versorgte, versuchte Johanna vergeblich, ihre Hände sauber zu waschen.

Nach dem Abendessen mussten die Rüben noch vom ärgsten Schmutz befreit und die Blätter abgeschnitten werden. Gegen halb zehn schickte die Bäuerin die zwei jüngeren Buben ins Bett. Johannas Hände waren längst aufgesprungen, der scharfe Saft, der aus den Rüben floss, brannte. Sie war froh, wenn sie einen Korb voll Rüben in die Futterkammer tragen konnte, obwohl auch die Henkel in ihre Handflächen einschnitten. Einmal stand sie auf und hielt die Hände in den Wassertrog in der Milchkammer. Das tat gut.

»Was ist los?«, fragte die Bäuerin.

»Meine Hände sind ganz blutig.«

Die Bäuerin stand auf, ging ins Haus. Als sie zurückkam, reichte sie Johanna einen halben Kochlöffel voll Schmalz. »Da, reib das ein, aber beeil dich.«

Das Schmalz half nur für kurze Zeit, dann drang der Rübensaft wieder in die offenen Wunden. Johanna liefen die Tränen über die Wangen, während sie Blätter abschnitt und Rüben in den Henkelkorb kollerten. Das gab jedes Mal einen dumpfen Ton. Es war nach elf Uhr, als Ferdl die letzten Rüben in die Futterkammer trug.

Die Schrunden in Johannas Händen waren so tief, dass man Zündhölzer hätte hineinlegen können. Beim Händewaschen stöhnte sie, obwohl sie die Lippen zusammenbiss.

»Kannst noch einmal Schmalz drauftun«, sagte die Bäuerin. »Aber nimm nicht zu viel, es ist schade drum.«

Am Morgen war sie wie gerädert. Ihre Hände brannten immer noch und ließen sich kaum ausstrecken.

Die Wurzelbürste fiel ihr immer wieder aus den Fingern. Die Kühe wurden unruhig.

Als Johanna beim Ausmisten war, kam Ferdl in den Stall. Er nahm ihr die Mistgabel aus der Hand.

Sie setzte sich in die Futterkrippe und sah zu, wie er den dampfenden Mist auf den Schubkarren lud. Dann stellte er noch einen Buckelkorb voll Streu in den Gang.

»Danke.« Sie verteilte die Streu mit dem Rechen.

»Wir müssen doch zusammenhalten«, sagte er. »Bist ja genauso ein armes Schwein.«

Nach dem Frühstück mussten sie wieder auf den Acker, auf das zweite Rübenfeld hinter dem Birkenwald.

Es begann zu regnen, ein feiner, kalter, stechender Nieselregen. Johanna musste bei jedem Schritt den Fuß sehr hoch heben, sonst blieben die Stiefel kleben. Die Burgunder ließen sich noch schwerer herausreißen als gestern. Johanna hoffte, dass es schütten würde und sie aufhören könnten.

Aber es nieselte weiter, den ganzen Tag lang. Die Nässe drang durch das Leukoplast in ihre Stiefel. Der Schweiß trocknete an ihr ein. Sie fror.

Die Reihen nahmen kein Ende. Johanna blieb weit hinter Ferdl zurück, auch hinter Maria. Wenn sie sich aufrichtete, verschwammen die Furchen vor ihren Augen.

Beim Abendessen fiel ihr der Kopf vor, sie wachte davon auf, dass sie sich an der Tischkante anschlug.

»Die halten auch nichts mehr aus, heutzutage«, sagte die Bäuerin.

»Wie ich so jung war ...«

»Hör schon auf«, sagte Maria.

Der Bauer ließ seine Faust auf den Tisch niedersausen. Die Löffel klirrten.

»Von deinen Frechheiten habe ich langsam genug!«, schrie er. »Solange du die Füße unter meinen Tisch stellst, so lange kannst du dich auch benehmen! So redest du nicht mit deiner Mutter, verstanden?«

Johanna wagte nicht aufzublicken.

»Iss«, sagte die Bäuerin. »Es ist kein Wunder, dass du nichts weiterbringst, wenn du nichts isst.«

Johanna zwang sich, den Löffel in die Schüssel zu tauchen. Ferdl zwinkerte ihr zu.

Sie schämte sich, dass sie Maria nicht geholfen hatte.

Aber so eine wie ich, die kann ja nicht helfen, dachte sie. Höchstens der Gundl, und auch der nicht.

Später, in der dunklen Kammer, sagte Maria: »Da kann man nichts machen. So ist er. Es stört ihn, dass ich noch nicht verheiratet bin. Ich bin immerhin dreiundzwanzig, und da reden die Leute. Aber wenn ich verheiratet wäre, hätte er eine weniger zum Herumkommandieren.«

»Und du? Stört's dich?«

»Was?«

»Dass du noch nicht verheiratet bist.«

»Ich weiß nicht. Früher habe ich den Franz sehr gern gehabt. Ich geh halt schon zu lange mit ihm.« Maria drehte sich im Bett um. Das Holz knarrte. »Was red ich denn da? Du fragst auch zu blöd. Schlaf lieber.«

Heimweh

Kurz vor Weihnachten bekam Johanna einen der seltenen Briefe aus dem Burgenland.

»Am 2. Jänner heiratet die Maria«, schrieb die Ziehmutter. »Frag, ob sie dir Urlaub geben. Wenn du das Geld für die Fahrt nicht mehr hast, schicken wir dir welches. Schreib bald.«

Johanna trug den Brief mit sich herum und wartete auf eine günstige Gelegenheit, um den Bauern um Urlaub zu bitten. Der Brief hatte das Heimweh wieder aufflackern lassen, sie sah das weiße, niedrige Haus vor sich, die Steinstufe mit der tiefen Kuhle vor der Tür, in der sich das Regenwasser sammelte, die Küchenkredenz, an der links oben eine Holzrosette fehlte, sogar die braune Suppenschüssel mit der abgesprungenen Glasur am Rand. Sie sah die Ziehmutter, den Faltenkranz rund um ihre Augen, die kleinen goldenen Ohrringe.

Am Weihnachtstag kam Besuch, die Schwester des Bauern mit Mann und Kindern. In der Stube wurde aufgetischt – Geselchtes, Braten, Mehlspeisen, Wein, Schnaps. Johanna trug die frisch gewaschenen guten Gläser hinein.

»Du kannst spazieren gehen«, sagte die Bäuerin.

Johanna warf noch einen Blick auf die Herrlichkeiten, dann ging sie.

Gundl hockte im Murer-Schuppen und weinte. Ihr Gesicht war verschwollen.

»Hat er dich wieder geschlagen?«, fragte Johanna.

Gundl zog mehrmals auf, dann schüttelte sie den Kopf.

»Nein, heute nicht. Nur – an so einem Tag, da merkst du es noch mehr, wenn du nichts bist und niemanden hast.«

»Ja«, sagte Johanna.

Sie gingen bis zum Ende des Dorfes. »Sollen wir schauen, ob die Romana daheim ist?«, fragte sie.

Gundl schüttelte den Kopf.

Johanna nickte. Am Morgen nach der Kirche hatte ihr Romana von dem Kleiderstoff erzählt, den ihr Frau Berger geschenkt hatte, und ihr die neuen Handschuhe unter die Nase gehalten.

Sie wollte jetzt nicht Romanas Geschenke bewundern und sich bemitleiden lassen.

Sie bogen links ab, stiegen rasch den Hügel hinauf, um sich warmzulaufen. Die Felder trugen eine dünne Schneedecke, unter der sich die klumpig aufgeworfenen Schollen abzeichneten. Der Himmel war ein gleichmäßig helles Grau, ohne Wolken, aber auch ohne Glanz. Auf der Kuppe peitschte der Wind von rechts aus dem Tal herauf und ließ ihre Röcke nach links knattern. Ein Krähenschwarm flog kreischend von dem Feld auf, wo im Herbst Kukuruz gestanden war.

»Die finden immer noch was«, sagte Gundl. »Auch wo nichts ist.« Sie wanderten in den Wald hinein und folgten dem Weg in den Graben, zwischen dürren goldgelben Farnen auf der einen Seite und dichtem Jungwald auf der anderen. Knapp vor ihnen brach ein Reh aus dem Unterholz und sprang in langen Fluchten den Hang hinauf.

Sie kletterten über eine Fichte, die der Wind entwurzelt hatte, und kamen zum Bach. Dort, wo das Bachbett eine Stufe machte und sich im Sommer ein winziger Tümpel bildete, glitzerten Eiszapfen, und darunter floss das Wasser. Einige Zapfen waren milchig und dick, andere sahen aus wie aus feinsten Spitzen gedreht. In einem steckte ein winziger, mit Perlen übersäter Ast. Durch ein ovales Fenster funkelte das Wasser.

»Wie ein Schloss«, sagte Gundl »Wenn man da wohnen könnte ...«

»Kalt wär's«, stellte Johanna fest.

Gundl schüttelte den Kopf »Nein. Da wäre ein Ofen in jedem Zimmer, und Vorhänge an den Fenstern. So weiße, bauschige, wie bei der Frau Berger. Und in jedem Zimmer wäre ein Tisch, und auf jedem Tisch wären Krapfen und Torten und Strudel.« »Und wenn du die Öfen anheizt, schmilzt das ganze Schloss«, sagte Johanna. Gundl sah sie so traurig an, dass sie sich schäbig vorkam. Aber das waren doch Märchen, Märchen für kleine Kinder. Träumen hatte keinen Sinn. Aber Gundl hatte so glücklich ausgesehen, ganz anders als sonst. Sie redete ja auch sonst nie so viel.

»Wenn ich zu dir komm, krieg ich dann ein Stück Strudel?«, fragte Johanna.

Gundl lächelte wieder. »Jeder, der kommt, kann nehmen, was er will. Ist ja genug da.«

Als sie vor Thürmannsdorf aus dem Wald traten, sagte Gundl, die Schwester der alten Frau Murer, die beim Begräbnis gewesen war, habe sie eingeladen. Sie wohne in dem Haus mit dem großen Efeu.

»Geh doch jetzt«, schlug Johanna vor. »Ich wart auf dich.«

Gundl zog die Stirn in dicke Falten. Ihre Kaumuskeln arbeiteten, sie stülpte die Unterlippe über die Oberlippe.

»Nein«, sagte sie schließlich. »Ich mag nicht.«

Sie gingen denselben Weg zurück, den sie gekommen waren. Auf der Höhe blies der Wind jetzt so stark, dass sie sich beim Gehen vorbeugen mussten. Sie steckten ihre eisigen Hände in die Ärmel, aber das half nur wenig.

Johanna überlegte, ob sie in die Küche gehen konnte. Manchmal war es der Bäuerin nicht recht, wenn sie zu früh zurückkam. Aber sie war ausgefroren, und Gundl war gleich in den Murer-Hof eingebogen. Johanna öffnete die Vorhaustür sehr vorsichtig und setzte sich im Mantel auf die Ofenbank in der Küche; obwohl sie wusste, dass das schlecht war, hielt sie die Finger an die warmen Kacheln. Sie döste ein. Plötzlich rief der Bauer aus der Stube: »Johanna! Bring einen Most.«

Johanna lief mit dem Krug in den Keller. Als sie den Most auf den Tisch stellte, fragte die Schwester des Bauern: »Wie ist sie denn, eure Dirn?«

»Sie ist eh brav.« Der Bauer klopfte Johanna auf die Schulter.

»Dann ist's ja gut«, sagte die Schwester des Bauern. Das kleine Kind auf ihrem Schoß lachte Johanna an und hielt ihr einen abgelutschten Krapfen hin.

»Kannst schon einen anderen haben«, sagte der Bauer. »Weil Weihnachten ist.«

Sobald die Gäste gegangen waren, fragte Johanna, ob sie eine Woche Urlaub haben könne.

»Wozu?«, fragte der Bauer zurück.

»Meine Schwester heiratet.«

Der Bauer lachte: »Und dazu braucht sie dich!« Er saugte an seiner Virginia. »Ich habe mein Lebtag keinen Urlaub gehabt, aber meine Dirn will Urlaub haben. Hör einmal, das zahlt sich doch nicht aus, einen Tag hin, einen Tag her.«

»Sie haben mich eingeladen«, sagte Johanna. »Sie haben mir geschrieben.«

»Man schreibt bald was. Ist doch schade um das Geld.« Der Bauer stand auf und ging über den Hof. Die Unterredung war beendet. Johanna blieb mitten in der Küche stehen. Sie biss sich in die Lippen, bis sie den Geschmack von Blut spürte.

Seit dreizehn Monaten arbeitete sie für ihn. Zwölf, vierzehn Stunden am Tag und mehr. Für Kost und Quartier.

Und er hatte noch gelacht!

Beim Händewaschen bemerkte sie erst, dass sie sich die Nägel in die Handflächen gebohrt hatte.

»Ist denn das gerecht?«, fragte sie Ferdl, als er ihr beim Mistausfahren half.

»Ich weiß nicht«, antwortete er. »Kann schon sein, dass uns ein Urlaub zusteht. Nur heißt das nicht, dass man ihn auch bekommt.«

»Aber ...«

Ferdl unterbrach sie. »In solchen Zeiten wie jetzt gibt's kein Aber, verstehst du? Er sitzt auf dem längeren Ast. Was heißt auf dem längeren! So einen kurzen Ast gibt's gar nicht wie den, auf dem wir sitzen.« Er ging zu dem Verschlag neben der Pferdebox, wo er schlief, und nahm eine kleine Tafel Schokolade aus dem Beutel, der dort an der Wand hing. »Da hast.« Er brach die Schokolade entzwei, reichte ihr die eine Hälfte und steckte die andere in den Mund. »Ich geh eh bald. Ich habe schon was in Aussicht, im Steinbruch«, sagte er, als ob das ein Trost für sie wäre. »Musst nur warten, bis du achtzehn bist. Dann kannst du auch gehen. Vielleicht ist bis dann alles anders.«

Bis sie achtzehn war! Noch fast drei Jahre.

»Kann man nicht ...?«

»Nichts kann man«, sagte Ferdl. »Gar nichts kann man auf dieser beschissenen Welt.« Er grinste. »Und für das, was man kann, bist du ja nicht zu haben. Wart nur, kommt schon noch.«

Am Tag der Hochzeit weinte sie beim Aufstehen. Sie hatte Maria ein Billett geschickt. Romana hatte es für sie besorgt. Jetzt war nur mehr sehr wenig Geld in der blauen Schürzentasche.

Zum neuen Jahr musste sie dem Bauern und der Bäuerin Glück wünschen und sich für alles bedanken. Das gehörte sich so. Die Worte blieben ihr fast im Hals stecken, sie begann zu husten. Die Bäuerin gab ihr einen Löffel Wipfelsaft. Die jungen Fichtentriebe hatten die Kinder im Mai aus dem Wald geholt, dann waren sie monatelang mit Zucker bedeckt auf dem Küchenfenster gestanden, wo die Vormittagssonne hinfiel.

III. Teil

1933

Zirkus

Jeden Morgen lag Raureif, eine dicke Schicht langer spitzer Nadeln rund um jeden Zweig, auf jedem Grashalm, auf den Stacheln der Disteln, auf den vertrockneten Schafgarben und auf dem Schleierkraut. Die gefrorenen Pfützen im Hof, die Lichtleitung, die Sprossen der Leiter – alles glitzerte. Aber wenn Johanna die Tür zur Milchkammer öffnete und in der Eile vergaß, die Klinke mit der Schürze anzufassen, musste sie die Hand mit Gewalt von der Klinke losreißen, und wenn sie den Milcheimer am Brunnen auswusch und ins eisige Wasser griff, schoss der Schmerz von den Händen bis in die Brust.

Der Bauer schlägerte im hinteren Grabenwald mit Ferdl und Gustl hohe Fichten, die er als Bauholz verkaufen wollte. Er schimpfte über das Gesindel, das nicht nur Fallholz klaubte, sondern auch hin und wieder einen kleinen Baum fällte.

»Ist es vielleicht meine Schuld, dass die Leute ausgesteuert sind? Wenn sie Bäume ausreißen, da hört sich die Gemütlichkeit auf. Schließlich ist das mein Wald.«

»An uns Bauern geht eben immer alles aus«, stimmte die Bäuerin zu.

Hin und wieder kam es vor, dass sie Johanna mit dem Essen in den Wald schickte. Die Töpfe wurden in dicke Schichten Zeitungspapier gepackt, aber man musste sich trotzdem beeilen, um nicht mit kaltem Essen zum Holzschlag zu kommen. Johanna ging gern durch den Wald. Ihre Schritte knirschten, die Bäume ächzten und knarrten, der stiebende Schnee verwischte die Grenze zwischen Himmel und Erde. Es war unheimlich und doch sehr schön. Manchmal legte sie den Kopf zurück, streckte die Zunge heraus und ließ die Schneeflocken darauf langsam zergehen.

Anfang Februar lief Annerl mitten in der Nacht davon. Als man ihre Abwesenheit bemerkte, hatte der Wind längst alle Spuren verweht.

»Hat sie was gesagt, wo sie hinwill?«, fragte die Bäuerin Johanna.

»Nein, gar nichts.«

»Aber ihr seid doch immer zusammengesteckt. Einer von euch muss sie doch etwas gesagt haben.«

Annerl hatte wirklich nichts gesagt. Am letzten Sonntag hatte sie überhaupt kein Wort geredet.

Zwei Gendarmen kamen ins Dorf und verhörten alle Mädchen. »Nicht einmal ein Foto gibt's«, schimpfte der eine. »Wie soll man sie da finden? Mittelgroß, braune Haare, braune Augen, geflicktes grünes Kleid, grauer Mantel – das passt auf ein paar Dutzend!« Die Wernhart, die die Gendarmen begleitete, redete halblaut auf die Bäuerin ein.

»Was hat sie denn mitgenommen?«, fragte die Bäuerin.

»Nichts!«, sagte die Wernhart. »Das ist es ja. Nicht einmal alle ihre eigenen Sachen!«

Eine Woche später erzählte Hemma, der älteste Wernhart-Sohn sei nach dem Feuerwehrball in Annerls Kammer eingestiegen. Sie habe sich gewehrt.

»Und dann hat sie ihn getreten – ihr wisst schon, wo's wehtut. Er ist dann gegangen, aber er hat gedroht, er sagt's seinen Eltern, was für eine sie ist.«

»Wieso sie?«, fragte Gundl.

Die anderen lachten sie aus.

Romana wollte wissen, woher Hemma die Geschichte erfahren habe.

»Vom Bernhard. Und er weiß es direkt vom Hans.«

Im Dorf hieß es, die Annerl sei ein rechtes Luder. So ganz von allein passierten solche Dinge nicht.

Franz kam nur mehr zwei-, dreimal in der Woche, meist an den Abenden, an denen der Bauer bei einer seiner Sitzungen war.

Wenn er Johanna wegschicken wollte, sagte Maria: »Lass sie, es ist viel zu kalt draußen.«

Die beiden saßen dann miteinander in der Küche auf der Ofenbank und redeten leise. Wenn der Bauer heimkam, bevor Franz gegangen war, begrüßte er ihn meistens mit: »Na, Hakinger, wie geht's deinem Dritten Reich?« Franz verabschiedete sich dann immer sehr schnell.

Anfang Februar aber änderte der Bauer plötzlich sein Verhalten. Er lud Franz auf einen Obstler ein, wenn er mit ihm zusammentraf. Er fragte ihn um seine Meinung zu den verschiedensten Dingen, von einem neuen Kunstdünger bis zum Wildbachverbau, der in der Gemeinde besprochen wurde.

Franz war anfangs zurückhaltend, aber schon nach wenigen Tagen schien es, als ob er mehr den Bauern als Maria besuchen käme. Johanna wunderte sich, aber dann sagte Ferdl beim Strohschneiden: »Der Gruber Franz ist jetzt hoch im Kurs, seit sein Hitler in Deutschland Reichskanzler geworden ist. Der Bauer stellt sich gut mit ihm, für alle Fälle. Wenn es nichts ist mit seinem Dollfuß, dann kann er immer noch sagen, dass er immer schon dafür war.«

»Wofür?«

»Na, für das Dritte Reich, verstehst?«

»Nein.«

»Macht nichts. Gib mir noch eine Garbe her.«

Johanna holte mit der Mistgabel eine Garbe Stroh vom Heuboden herunter.

Plötzlich saß ihr der Kater im Nacken und hakte sich mit seinen Krallen fest.

»Mistvieh, elendiges!« Sie hob ihn herunter und drückte ihr Gesicht in sein Fell. Er schnurrte laut. Als sie ihn auf den Boden setzte, schnappte er mit zwei Pfoten ihren Zeigefinger und knabberte daran.

Sobald die Äcker schneefrei waren, begann die Feldarbeit. Die schwere, nasse Erde machte jeden Schritt anstrengend, vor allem aber fürchtete sich Johanna immer noch vor dem Pferd.

Zu Ostern verließ Ferdl den Hof.

Am letzten Tag hatte er eine große Auseinandersetzung mit dem Bauern, der ihm zwei Heugabeln vom Lohn abziehen wollte.

»Die hast du zerbrochen«, sagte er. »Was Recht ist, ist Recht.«

Ferdl fuhr auf »Fünfzehn Schilling! Das sind zwei Wochen Arbeit.«

»Genau«, sagte der Bauer. »Es waren gute Heugabeln.«

»Gute Heugabeln! Die waren hundert Jahre alt und rostig.«

Ferdl wurde rot im Gesicht und immer lauter.

Der Bauer steckte die Daumen in den Hosenbund. »Wenn du sie nicht putzt, kann ich nichts dafür. Es waren meine Heugabeln, und ich muss jetzt neue kaufen.«

Ferdl ballte die Fäuste. »Deine Gabeln kannst du dir sonst wohin stecken! Ich will meinen Lohn. Mich hast du lang genug beschissen.«

Nun begann auch der Bauer zu brüllen. »Ich schmeiß dich raus! Ich sorg dafür, dass dich keiner in der Gegend mehr nimmt.«

»Ich hab schon eine Stelle, und wenn ich meinen Lohn nicht bekomme, gehe ich zum Gericht.«

»Geh nur«, sagte der Bauer. »Wirst schon sehen, wie weit du kommst.«

Ferdl ging einen Schritt auf den Bauern zu und hob die Fäuste.

»Mit so einem wie du schlag ich mich nicht«, sagte der Bauer. »Verschwinde!«

»Nicht bevor ich meinen Lohn habe.«

Johanna wagte es nicht, die Waschküche zu verlassen. Der Bauer stand mit dem Rücken zur Tür. Sie hätte die Tür gern geschlossen, aber dann würde er sie sicher bemerken und böse werden, obwohl sie doch nichts dafür konnte, dass die beiden im Hof ihren Streit austrugen. Sie bürstete weiter an einem Leintuch, wagte es nicht, ein neues Stück aus dem Kessel zu nehmen. Ferdl schrie: »Den Vizebürgermeister wird es auch interessieren, wie das mit den Lieferungen fürs Altersheim ist.«

»Verschwind!«

Ferdls Stimme wurde wieder leise, aber sehr höhnisch. »Aber gern. Sobald ich meinen Lohn habe.«

»Der Teufel soll dich holen!«

Der Bauer warf Ferdl Geld vor die Füße. Ferdl hob es auf.

»Dass du dich nicht schämst«, sagte der Bauer.

»Kann ich mir nicht leisten. Das ist nur was für die besseren Leute.« Ferdl ging in den Stall, ohne den Bauern noch einmal anzusehen.

Johanna hielt den Atem an. Aber der Bauer drehte sich nicht um. Er spuckte klatschend aus und verschwand im Haus.

Johanna trug die Wäsche über die Straße zum Trockenplatz. Während sie noch beim Aufhängen war, ging Ferdl aus dem Tor. Er hatte den Hut schief auf dem Kopf und trug seinen braunen Koffer, der mit einem Strick verschnürt war.

Als er Johanna sah, winkte er ihr zu, aber er sagte nichts, blieb auch nicht stehen, um sich zu verabschieden. Sie hätte gern gewusst, ob er seinen vollen Lohn bekommen hatte. Sie dachte lange darüber nach. Schließlich meinte sie, so wie er davongegangen sei, mit diesem federnden Schritt, obwohl er doch den Koffer trug – das hieß sicher, dass er sein Geld bekommen hatte. Es wunderte sie selbst, dass ihr so viel daran lag. Sie hatte ihn ja nicht besonders gemocht. Erst in letzter Zeit war er nett geworden, aber auch dann hatte er immer noch seine Bemerkungen gemacht. Manchmal hatte sie sie erst im Nachhinein verstanden und war dann beim Essen rot geworden, und Ferdl hatte gefeixt.

Der Bauer war zwei Tage lang besonders gereizt, er fuhr sogar Maria immer wieder an. Die Buben bekamen Ohrfeigen, sooft sie ihm über den Weg liefen.

Nun wusste Johanna, dass Ferdl gewonnen und der Bauer verloren hatte.

»Der Lahnhofer hat verloren!«, schrie sie in den Lärm, den die Rübenschnetzelmaschine machte. »Der Lahnhofer hat verloren!«

Sie hätte gern jemandem davon erzählt.

Nach einer Woche merkte sie, dass ihr Ferdl abging. Seine Arbeit machte jetzt Gustl. Aber während Ferdl ihr hin und wieder etwas abgenommen hatte, drückte sich Gustl, wo er konnte, besonders wenn der Bauer nicht da war. Er stieg auf sein Fahrrad und kümmerte sich nicht darum, ob sie den Schubkarren hochbekommen konnte. Manchmal hatte sie das Gefühl, in der Mitte abzubrechen, wenn sie die Haltegriffe anhob. Wenn der Schubkarren nicht allzu voll war, ging es ja. Aber dann musste sie zweimal fahren, und dazu fehlte die Zeit. Da schrie längst wieder die Bäuerin nach ihr. Oder der Bauer.

Im Mai wurde Marias Sohn geboren. Die Ziehmutter schrieb, er werde Walter heißen, er sei fast vier Kilo schwer gewesen und habe den Kopf voller schwarzer Haare. Maria fügte selbst einen Gruß hinzu. Jedes Mal, wenn Johanna den kleinen Sohn der Frau Eibl sah, der ungefähr gleich alt war, dachte sie an Walter. Wenn sie noch unten im Burgenland wäre, würde Walter eines Tages Tante Johanna zu ihr sagen. Tante Johanna! Das klang gut. Das klang, als wäre sie jemand mit einem Platz auf der Welt.

Wenn sie am Morgen aufstand, war es längst hell. Die Zeit war etwas sehr Merkwürdiges. Die Tage dehnten sich endlos, von einer Mahlzeit zur nächsten schien die Zeit oft stillzustehen, die Wochen aber vergingen schnell.

Auf den Wiesen standen Glockenblumen, Margeriten und lila Storchschnabel.

»An die darfst du nicht anstreifen«, sagte Romana. »Das ist gefährlich!«

Die anderen kicherten. Sie waren jetzt nur zu viert. Hemma ging immer noch mit ihrem Bernhard. Rosa wollte allerdings wissen, dass seine Mutter sich mit einer Bäuerin in Penk abgesprochen hatte, deren Tochter einen mittelgroßen Hof erben würde.

»Du kannst dich dann rühren«, sollte die Eibl gesagt haben, »wenn du was Eigenes hast. Da stellst du auch was hin.«

»Es heißt, die Annerl ist in Wien«, sagte Rosa.

»Und wer sagt das?«, fragte Romana.

»Keine Ahnung. Ich hab's gehört.«

Gundl wickelte sich eine Haarsträhne um den Zeigefinger. »Ich kann mir das überhaupt nicht vorstellen, dass die Annerl wirklich weg ist. Dass sie es geschafft hat. Die war doch ... wie wir. Oder?« Romana fuhr Gundl an: »Red keinen

Blödsinn.« Rosa nickte eifrig. »Das ist kein Blödsinn«, sagte Johanna. Es war das erste Mal, dass sie sich vor den anderen gegen Romana stellte. Gundl starrte sie mit offenem Mund an, dann senkte sie den Kopf und zog den Hals zwischen die Schultern.

Romana flüsterte: »Die Annerl ist sicher in so einem Haus gelandet. Ihr wisst schon. Die Frau Berger sagt das auch.«

Gundl kaute an ihren Zöpfen. Rosa biss ein Stück tote Haut von einer Fingerkuppe.

In die Stille hinein sagte Romana: »Nächsten Samstag kommt der Zirkus nach Gloggnitz. Da gehen wir.«

»Ich hab doch kein Geld«, sagte Gundl.

Johanna überlegte, ob ein Zirkusbesuch ein ausreichender Grund war, wieder in die blaue Schürzentasche zu greifen. Andererseits reichte das Geld längst nicht mehr für die Fahrt nach Hause, und Urlaub bekam sie ohnehin nicht.

»Ich lad dich ein«, sagte sie zu Gundl.

Gundl strahlte.

Am nächsten Sonntag aber weigerte sie sich mitzukommen.

»Da sind zu viele Leute«, sagte sie. »Und anzuziehen habe ich auch nichts.«

»Die Leute schauen dich nicht an«, erklärte Romana. »Die schauen den Zirkus an.«

Gundl schüttelte den Kopf und lief weg.

Sie gingen also zu dritt durch den Wald hinunter, überquerten die Bundesstraße, spazierten am Fluss entlang. Sie hatten Zeit, die Vorstellung sollte erst in einer Stunde beginnen. Vor dem Wehr, wo der Fluss zu einem breiten Teich ausuferte, ließen sie Steine über das Wasser hüpfen. Rosa schaffte es, einen flachen Kiesel zehnmal aufspringen zu lassen, worauf zwei fremde Burschen »Bravo!« riefen. Rosa wurde rot. Sie kamen am Bahnhof vorbei, wo eben ein Zug nach Süden abfuhr. Die Waldhänge warfen den schrillen Pfiff der Lokomotive zurück. Johanna bückte sich und legte die Hand auf die Schienen, die noch nachzitterten.

»Spinnst du?«, fragte Romana.

Dieser Weg hatte den Vorteil, dass man das Altersheim links liegen lassen konnte, jenseits des Flusses, hinter Bäumen versteckt. Johanna bekam immer noch ein würgendes Gefühl im Hals, wenn sie das graue Gebäude sah, und hörte wieder: Versprochen? Dir? So weit kommt's noch. Das wäre ja noch schöner, wenn ledige Kinder schon was wollen dürften!

Vor Löwys Schaufenster blieben sie stehen, teilten zum Spaß untereinander alles auf, was da ausgestellt war.

Es waren viele Leute unterwegs, Familien im Sonntagsstaat, junge, alte, alle auf dem Weg zum anderen Ende der Stadt, wo das Zirkuszelt auf der Wiese gegenüber der Sägemühle stand. Autos hupten, ein Pferd vor einem Bauernwagen scheute vor einem knatternd überholenden Motorrad, hob sich auf die Hinterbeine, wieherte und riss den Wagen hoch. Der Bauer hatte Mühe, die Zügel zu halten, er schimpfte und schlug mit der Peitsche auf das Ross ein, die Kinder quietschten.

Romana ging ein paar Schritte vor Rosa und Johanna. Sie marschierte direkt auf das rot-weiß gestreifte Häuschen mit der Aufschrift »Kassa« zu, als wäre sie schon Hunderte Male hier gewesen. Johanna hielt sich eng hinter ihr.

Über dem Eingang zum Zirkuszelt leuchteten rote, blaue und gelbe Glühbirnen. Wenn man blinzelte, vermengten sich die Farben. »Komm schon«, mahnte Romana.

Sie fanden Plätze in der vorletzten Reihe, direkt neben der Tribüne, auf der die Musiker in ihren dunkelroten, mit Goldlitzen besetzten Uniformen zu spielen begannen.

Scheinwerfer flammten auf, das Orchester spielte einen Tusch, ein Mann im roten Frack knallte mit einer riesig langen Peitsche und begrüßte das hochverehrte Publikum. Sechs Pferde galoppierten herein, die Reiter ließen sich herunterfallen, hingen nur mit einem Bein in den Steigbügeln, schwangen sich wieder in die Sättel, kamen in den Handstand, während die Pferde mit wehenden Mähnen und wehenden Schweifen im Kreis trabten.

»Die in Neunkirchen waren viel besser«, flüsterte Romana.

Johanna gab keine Antwort, Rosa zischte: »Sei doch still!«

Als die Clowns in ihren weiten Hosen auftraten, über die riesigen Schuhe stolperten, in eine Pfanne voll Teig fielen, in der ihre Socken stecken blieben, die sich wie Gummibänder quer durch die Manege dehnten, lachte Johanna, bis ihr die Tränen über die Wangen liefen.

Sie sah mit klopfendem Herzen die Trapezkünstler hoch oben in der Zirkuskuppel ihre Saltos schlagen, und als die Frau in dem weißen, flitterbesetzten Trikot das Trapez losließ, schrie Johanna auf und schlug die Hände vors Gesicht.

Aber der schreckliche Aufprall kam nicht, sie blinzelte zwischen den Fingern vor und sah, dass der Mann die Frau aufgefangen hatte.

»Das gehört doch dazu«, sagte Romana.

Das Herrlichste war der Löwe. Das Mädchen, das mit der Peitsche knallte, das ganz nahe an den Löwen heranging und seinen Kopf in den offenen Rachen legte, das hatte sicher vor nichts auf der Welt Angst.

Johanna klatschte, bis ihr die Handflächen brannten. Jeder einzelne von diesen Zirkusleuten erschien ihr herrlich, auch die Männer in den blauen Arbeitsanzügen, die nach den Nummern die Geräte wegräumten und frischen Sand in die Manege streuten. Sie stand nur widerwillig auf, als die Zuschauer von den inneren Plätzen an ihr vorbeiwollten. Sie wäre gern sitzen geblieben. »Der Zirkus in Neunkirchen hat sogar Elefanten gehabt und eine Bärennummer. Und ein Pferd, das hat sich richtig ins Bett gelegt und zugedeckt und bei Tisch gegessen.«

Romana konnte reden, so viel sie wollte.

Im Hinausgehen trafen sie einige Burschen aus dem Dorf.

»Kommt ihr mit ins Gasthaus?«, fragte Hans, der zweitälteste Wernhart-Sohn.

Rosa stieß Johanna an. Johanna stieß Romana an. »Hast du Geld?«, flüsterte sie ihr ins Ohr.

»Nein.«

»Sagst du es ihnen?«

»Sag's doch selber!«

Die Burschen grinsten, während die Mädchen miteinander tuschelten.

»Na, was ist?«

»Wir gehen nicht ins Wirtshaus«, sagte Romana und versuchte, das Bedauern in ihrer Stimme mit einem schnippischen Ton zu überdecken.

»Warum nicht?«

Rosa antwortete: »Weil wir kein Geld haben«, was ihr einen Stoß von Romanas spitzem Ellbogen eintrug.

Die Burschen lachten. »Wir laden euch eh ein.«

»Das geht doch nicht.«

»Warum nicht? Tut euch keiner was. Kommt doch.«

Schließlich gingen sie mit.

Das Wirtshaus war voll, sie mussten durch zwei Stuben gehen, zwischen Tischen hindurch, an denen Männer aufschauten, Frauen sie musterten. Johanna bewunderte Romana, die mit hocherhobenem Kopf den Burschen folgte. Sie stolperte über die Schwelle zur Veranda.

»Hoppla!« Der Rauchfangkehrerlehrling aus Penk packte ihren Ellbogen. Sie versuchte ihn anzulächeln. Ihre Oberlippe klebte an den Zähnen.

Sie fanden einen freien Tisch. Johanna war froh, als sie saßen.

Unter dem Tisch sah man ihre Schuhe nicht und die Strümpfe, die auch an der Wade gestopft waren. Die Burschen redeten und stießen einander an. Die Mädchen hörten zu, nur Romana sagte hin und wieder: »Ehrlich wahr?« oder: »Also so was!«, und das genügte anscheinend. Die Geschichten der Burschen wurden immer unwahrscheinlicher. Halten sie uns für so blöd?, überlegte Johanna, fand es aber gleichzeitig irgendwie schön, dass es jemand der Mühe wert war, sich für sie solche Lügengeschichten auszudenken. Die Burschen bestellten eine neue Runde.

Peter Steiner hielt ihr sein Glas hin. »Magst kosten?«

Sie nippte, fand das Bier bitter, sagte aber: »Schmeckt gut.«

Peter lachte. »Sieht man schon daran, wie du das Gesicht verziehst.«

Er kam von dem letzten Hof am Dorfrand. Der Hof war so klein, dass er als einziger Sohn in die Arbeit gehen musste, in das Bergwerk bei Gloggnitz, und vor oder nach der Schicht gemeinsam mit seiner Schwester die Landarbeit machen musste. Die Schwester war nicht richtig im Kopf, der Vater war lange tot, und die Mutter hatte die Fallsucht. Man sah Peter fast nie. Er hatte viel zu tun.

Aber auch Hans und Alois Wernhart, die Johanna oft genug im Dorf getroffen hatte, waren hier völlig anders. Sogar Ludwig Eibl, der im Dorf kaum für einen Gruß dankte. Hier behandelten sie die drei Mädchen nicht wie Dienstboten. Wie Menschen, dachte Johanna verwundert, als gäbe es die strenge Ordnung nicht, die einen Menschen nach der Größe und Güte seiner Äcker bewertete. Als sie aber aufstanden und durch das immer noch volle Lokal hinausgingen, meinte Johanna, alle Blicke richteten sich auf ihre abgetretenen Schuhe. Die Schuhe verrieten sie.

Wochenlang noch zehrte Johanna von dem Zirkusbesuch, erinnerte sich abends beim Einschlafen an Einzelheiten – das Gesicht des Clowns, als er die Trompete ansetzte und mit dem ersten Ton ein Konfettiregen herauskam, die wirbelnden bunten Bälle des Jongleurs. Wenn zu viele Bilder auf einmal kamen, wischte sie sie weg, betrachtete nur eines genau, rief sich jedes kleinste Detail ins Gedächtnis zurück. Sie hielt Haus mit ihrer Erinnerung, wie mit einer Tafel Schokolade, die man nicht zu schnell aufessen wollte.

An einem Samstag im Juni ließ sich Johanna zum ersten Mal dazu überreden, mit den anderen in den Kirchenvater-Hof zu gehen. Der Knecht Jogl spielte Ziehharmonika, die jungen Leute aus dem Dorf saßen auf der Wiese, hörten zu, sangen, unterhielten sich. Manchmal wurde auf dem Hofpflaster getanzt. Auch hier bildeten die Dirnen eine Gruppe für sich, etwas abseits von den Bauernkindern, aber es kam vor, dass einer der Bauernsöhne eine Dirn zum Tanzen aufforderte. Johanna hätte gern mitgetanzt, ihre Beine zuckten ganz von selbst im Takt, aber wenn einer kam und ihr zunickte, schüttelte sie den Kopf.

Sie probierte die Schritte, wenn sie allein auf dem Speicher war. Rechts-zwei-drei, links-zwei-drei – bei der vierten oder fünften Drehung kam sie ins Trudeln, wirbelte nur mehr herum wie früher beim Tellerreiben, bis sie schwindlig wurde und sich irgendwo anlehnen musste. Diese Augenblicke waren herrlich, wenn die Balken und Dachsparren um sie kreisten und die Sonnenstrahlen, die durch die Lücken zwischen den Schindeln hereinfielen, ein wirres tanzendes Muster bildeten voll funkelnder Staubkörnchen. Da war plötzlich alles möglich. Bis wieder die Bäuerin nach ihr rief. Oder der Bauer.

Im Spätsommer tanzte sie dann zum ersten Mal richtig. Am Morgen war der Erntedankgottesdienst in der Kapelle gefeiert worden, am Nachmittag trafen sich alle beim Kirchenvater, auch die Bauern. Alois Wernhart ging auf Johanna zu, packte sie an beiden Händen und zog sie hoch.

»Ich kann ja nicht«, wehrte sie ab, aber er drehte sie herum, und nach den ersten paar Takten stolperte sie nicht mehr, ihre Füße wurden selbstständig, sie vergaß sogar, dass der Bauer und die Bäuerin mit dem Kirchenvater und seiner Frau und den anderen Bauern an einem großen Holztisch vor dem Haus saßen und zusahen. Als Jogl zu spielen aufhörte, war sie schwindlig. Sie fuhr sich mit der Hand über das Gesicht und wunderte sich, wie heiß ihre Stirn war.

»Und du sagst, du kannst nicht tanzen«, sagte Alois. »Ich hab gar nicht gewusst, dass du so eine Heimliche bist.«

»Ich tanz zum ersten Mal«, antwortete sie.

»Das kannst du wem anderen erzählen.« Alois grinste sie an und setzte sich neben sie ins Gras.

Als die Kirchenvater-Mädchen mit Mostkrügen kamen, rief ihn seine Mutter zu sich.

Johanna tanzte noch mit einigen anderen. So lange Jogl auf seiner Ziehharmonika spielte, war sie frei. Erst wenn die Musik aus war, wusste sie wieder nicht, wohin mit ihren roten Händen und mit ihren Füßen in den ausgelatschten Schuhen. Einmal prostete ihr Jogl mit seinem Mostglas zu.

»Pass nur auf, dass du keinen Ärger kriegst«, flüsterte Romana.

Johanna zuckte mit den Schultern. »Ich tu doch nichts Böses, oder?« Sie fühlte sich ganz leicht im Kopf, obwohl sie von dem Most kaum genippt hatte. Nicht einmal die Gelsen störten sie, die bei Sonnenuntergang in großen Trauben unter jedem Baum surrten. Sie konnte kaum das Lachen verbeißen, als sie den Bauern und die Bäuerin wild in den Schwarm schlagen sah.

Am nächsten Tag hörte sie vom Stall aus, wie die Faßbinder zur Bäuerin sagte: »Auf eure Dirn müsst ihr aufpassen. Hast du gesehen, wie die Burschen sie angeschaut haben?«

»Geh weiter«, wehrte die Bäuerin ab. »Die Johanna?«

»Dass du dich nur nicht täuschst«, beharrte die Faßbinder. »Ich will ja nichts gesagt haben, aber man weiß nie, bei so einer Erbschaft ...«

Warten

Im September fuhr der Bauer zum Katholikentag nach Wien. Die Bäuerin machte sich Sorgen.

»Dass du mir nur ja nicht telefonieren gehst!«

»Warum soll ich telefonieren?«

»Weil doch die Nazis ihre Bomben immer in die Telefonzellen legen«, sagte die Bäuerin.

Der Bauer wischte ihre Ängste vom Tisch. »Die Nazis sind längst verboten. Die werfen höchstens noch Hakenkreuzzettel, gerade beim Katholikentag. Was meinst du, wie viele Polizisten da in Wien sein werden? Und wie viele Hilfspolizisten? Lauter verlässliche Heimwehrleute. Da kann weniger passieren, als wenn ich nach Gloggnitz fahr.«

Zwei Tage bevor er wegfuhr, war sein Koffer schon fertig gepackt. »Da werden die roten Wiener einmal sehen, wer wer ist«, sagte er, als er sich verabschiedete. Gustl wäre gern mitgefahren, aber davon wollte der Bauer nichts wissen.

Johanna verbrachte fast zwei ganze Tage im Hühnerstall. Seit einiger Zeit schon hatte sie einen stechenden Juckreiz an den Beinen bekommen, sobald sie den Hühnerstall betreten hatte. »Da springen lauter Viecher herum«, hatte sie zur Bäuerin gesagt. Die Bäuerin hatte sie zuerst ausgelacht. »In deinem Alter bildet man sich bald was ein, iss ein bissel mehr.« Aber dann hatte sich herausgestellt, dass die Hühner tatsächlich Flöhe hatten, und Johanna musste Wände und Boden mit einer scharfen Sodalösung scheuern und Insektenpulver in alle Ritzen und Balken blasen. Die Hennen wehrten sich, gackerten aufgeregt und flatterten wild umher, als sie ihnen zuletzt Insektenpulver ins Gefieder stäubte. Sie nieste noch tagelang danach und meinte, den Gestank des Insektenpulvers an ihren Kleidern zu riechen.

Das Erdäpfelausnehmen begann. Sie buddelte kniend oder gebückt stehend, immer nur Stauden und graubraune Erdkrumen vor Augen, jede Reihe eine Ewigkeit lang. Wenn sie sich aufrichtete, wunderte sie sich fast, dass es etwas gab außer Erdäpfeln, dass da hinter dem Feld noch Wald und Berg und Himmel waren. Die vollen Säcke waren schwerer als sie, ihr wurde schwarz vor den Augen. Jeden Abend schimpfte die Bäuerin, es gehe nichts weiter, weil der Bauer nicht da sei. Gustl stieg auf sein Rad und fuhr weg, Franz und Josef verschwanden ohnehin sofort nach dem Essen, und Maria saß da und sagte selten ein Wort, was die Bäuerin noch mehr aufbrachte.

Franz Gruber kam zwar nicht mehr in Braunhemd und Reitstiefeln, aber er redete immer noch von der neuen Zeit. »Du wirst schon sehen«, sagte er zu Maria. »Wir kommen! Glaubst du vielleicht, ein Adolf Hitler lässt sich von eurem Dollfuß aufhalten? Uns kann nichts aufhalten.«

Maria blickte von ihrer Näherei auf. »Er ist nicht mein Dollfuß. Übrigens, wie war es denn gestern beim Hausputzen?«

Franz fuhr auf, holte mit der rechten Hand aus.

»Schlag mich nur«, sagte Maria. »Dazu gehört ja nicht viel. Das kann bald einer, so wie das Hakenkreuzschmieren an den Häusern von anderen Leuten, besonders in der Nacht. Ich wär ja gern hinuntergekommen und hätte zugeschaut, wie ihr eure Schmiererei mit der Bürste abgekratzt habt. Ihr seid genau wie die Buben in der Volksschule, die Schweinereien auf den Abort schreiben. Kommt davon euer Drittes Reich schneller? Oder hilft's mehr, wenn ihr zu fünft auf den Löwy losgeht?«

»Du Hur, du!«, schrie Franz. »Mit uns ist es aus, dass du es nur weißt!«

Er knallte die Tür hinter sich zu.

Die Bäuerin kam aus der Stube. »Lauf ihm nach! Entschuldig dich! So kannst ihn doch nicht gehen lassen!«

Maria nahm einen neuen Socken aus dem Flickkorb.

»Reg dich nicht auf. Ist eh besser so.«

Die Bäuerin packte ihren Arm, schüttelte sie. »Geh schon! Du weißt ja nicht, was du tust. Wer nimmt dich denn jetzt noch? Geh, bevor es zu spät ist, ich bitte dich.«

»Nein«, sagte Maria.

Die Bäuerin wurde immer erregter, sie schrie Maria ins Gesicht:

»Wofür hältst du dich? Für was Besseres? Sei froh, wenn er dich noch nimmt, geh, entschuldig dich!«

»Ich halte mich nicht für was Besseres, und ich entschuldige mich nicht.« Maria schüttelte die Hand ihrer Mutter ab, dann stand sie auf, legte ihr die Hand auf den Arm. »Du hast den Löwy nicht gesehen, nachdem sie ihn zusammengeschlagen haben, der Franz und seine Nazifreunde. Fünf gegen einen alten Mann!«

»Junge Leute sind halt übermütig«, sagte die Bäuerin. »Und überhaupt – was geht dich der Löwy an?«

Maria starrte sie an, als sähe sie sie zum ersten Mal.

»Du hast die Gesichter nicht gesehen! Die waren – geil waren die!«

»Pfui Teufel, wie du redest!«

Maria stand auf, schob die Bäuerin zur Seite und ging über den Hof, aber nicht zum Tor hinaus, sie schloss es nur mit Nachdruck und sperrte zu.

Der Bauer kam sehr zufrieden aus Wien zurück. Er brachte einen Weihbrunnkessel mit eingraviertem Stephansdom mit und einen Sack voll Süßigkeiten. Auch Johanna bekam eine Handvoll davon. »Das war ein Anblick, wie wir alle bei der Feldmesse gestanden sind«, erzählte er. »So viele Menschen – das kann sich einer gar nicht vorstellen, der nicht dabei war. Ist schon ein anderes Gefühl. Man merkt, dass man zusammengehört.«

»Ist der Dollfuß wirklich so ein Zwerg?«, erkundigte sich Franz. »Der ist kein Zwerg, der ist ein großer Mann. Obwohl er wirklich nicht groß ist. Aber wenn er redet …« Johanna sah verwundert, dass der Bauer ein Gesicht machte, als sähe er etwas, das außer ihm niemand sehen konnte. Er bestand darauf, dass nach dem Abendessen gemeinsam Rosenkranz gebetet wurde.

»Jetzt ist endlich Schluss mit dem Unsinn, dass man Stimmen nur zählt«, sagte er eines Tages beim Essen. »Nicht aufs Zählen kommt es an, sondern aufs Wägen. Ist ja auch logisch. Verantwortung hat eben ihr Gewicht. Der Dollfuß hat ganz recht. Ein Land muss man regieren wie einen Hof, das hab ich schon immer gesagt.«

Der Bauer fuhr mehrere Tage hintereinander mit Äpfeln, Kraut, Zwiebeln und Kartoffeln ins Altersheim. Johanna musste immer beim Aufladen helfen. Einmal kam der Murer vorbei und sprach den Bauern an, ob er nicht ein gutes Wort für ihn einlegen könne, er würde auch gern ans Altersheim verkaufen.

»Ja, also zuerst müssen wir unsere Sach anbringen«, sagte der Bauer. »Wenn sie dann noch was brauchen, könnt ihr ja drankommen.«

Murer schüttelte den Kopf. »Du bist schon ein gefinkelter Hund.« Der Bauer lachte. »Ja, heutzutage muss jeder selber schauen, wo er bleibt.«

Und Johanna hatte immer geglaubt, die Bauern hielten zusammen. Im Oktober schoss ein Nazi auf Dollfuß und verletzte ihn leicht. Der Bauer schlug auf den Tisch, dass die Suppe aus der Schüssel schwappte. »Das muss auch noch anders werden. Solche Mordbuben gehören nicht eingesperrt, die gehören aufgehängt. Steht ja schon in der Bibel. Aug um Aug und Zahn um Zahn.«

»Aber er hat ihn doch nicht erschossen?«, fragte Maria.

»Nur weil er zu blöd dazu war«, sagte der Bauer. »Gewollt hat er, und darum gehört er auch aufgehängt. Eine andere Sprache verstehen die Falotten nicht.«

Kurz darauf fand man im Nachbardorf auf einem Düngerhaufen die Leiche eines neugeborenen Mädchens. Die Mutter war Dirn auf dem Hof, niemand hatte gewusst, dass sie schwanger war. »Sie hätten mich davongejagt«, sagte die Dirn, als die Gendarmen sie abführten. »Wohin hätte ich gehen sollen? Das Kind wär doch nur herumgestoßen worden. Ich hab ihm erspart, dass es ihm geht wie mir.«

»Nicht einmal bereut hat sie!«, empörte sich die Bäuerin.

Maria blickte vom Essen auf.

»Was passt dir denn jetzt schon wieder nicht?«, fragte ihre Mutter.

»Hättest du vielleicht die Dirn aufgenommen mit dem Kind?«

»Ich? Warum ich? Das hätte sie sich früher überlegen müssen. Bevor sie sich mit einem Kerl eingelassen hat.«

In den Weihnachtsferien war der Schwager des Postkartenfabrikanten im Dorf zu Besuch. Er kam jeden Abend Milch holen, stand meist eine Weile im Stall, sah Maria beim Melken zu und fragte dies und jenes.

Eines Abends kam er, als Johanna noch dabei war, Burgunder für die Kühe zu schneiden. Er ging zu ihr in die Futterkammer, wo die Burgunderschnitze rings um die Maschine flogen.

Die Maschine blieb wieder einmal stecken. Johanna stocherte mit einem Holzstück, aber die Kurbel ließ sich nicht drehen. Sie griff hinein und zog den triefenden Pfropfen heraus. Rübensaft lief ihr über die Finger, über die Hände, bis zu den Ellbogen. Es störte sie sehr, dass ihr ein Mann dabei zusah.

»Du, hör einmal«, sagte er, »du bist doch ein hübsches Mädchen. Was hast du denn davon, wenn du denen den Trottel machst?«

»Und wohin könnt ich sonst gehen?«

Er breitete die Arme aus. »Irgendwohin. Du findest schon was. Und wenn du in ein Gasthaus gehst.«

Die Trommel steckte noch immer fest. Johanna holte mit einem Finger verklemmte, zu groß geratene Schnitze zwischen Trommel und Gehäuse der Maschine heraus und riss sich dabei die Fingerkuppe auf. Der Mensch hatte leicht reden. Stand da in seinem weichen grauen Pullover, in einer Hose mit scharfen Bügelfalten, war der Schwager des Fabrikanten und sagte: Irgendwohin.

Sie saugte das Blut aus der Schnittwunde. Der Rübensaft zog ihr den Mund zusammen.

»Ist doch wahr«, fuhr er fort. »Was hast du denn hier?«

Sie zuckte mit den Schultern. Die Trommel ließ sich wieder drehen.

»Weißt du was, ich werde meine Schwester fragen. Sie braucht ohnehin ein neues Mädchen, weil die Resi bald heiratet.«

Johanna nickte, aber sie glaubte ihm nicht. Warum sollte ausgerechnet er ein Versprechen halten?

Am nächsten Tag kam er, als Johanna noch die Kühe striegelte. »Was bekomm ich für eine gute Nachricht?« fragte er. »Meine Schwester wird mit dem Bauern reden.«

Johanna schluckte mehrere Male, bis sie den Hals so weit frei hatte, dass sie »danke« sagen konnte.

»Keine Ursache.« Er lachte sie an. »Weißt du, ich kenn das alles. Ich war auch ein lediges Kind.«

Johanna schüttelte den Kopf. Das konnte doch nicht wahr sein. »Aber sicher«, sagte er. »Ich kann dir meinen Taufschein zeigen, wenn du es nicht glaubst.«

Während der nächsten Tage wurde sie zwischen Hoffnung und Zweifel hin- und hergerissen. Sooft sie die Hoftür in den Angeln knarren hörte, blieb ihr für einen Herzschlag der Atem weg vor Erwartung und sie musste sich zwingen, nicht hinauszulaufen und zu sehen, ob die Schwester kam. Du darfst nicht hinauslaufen, sagte sie sich. Sonst verdirbst du alles.

Als er um die Milch kam, sah er schuldbewusst aus. »Meine Schwester war in Hirschwang eingeladen«, erklärte er. »Sie hat keine Zeit gehabt.«

Am nächsten Tag hatte die Schwester Besuch und am übernächsten war ihr nicht gut. Wahrscheinlich wollte sie nicht. Warum auch?

Johanna vermied es, zur Villa hinüberzuschauen, wenn sie Holz aus dem Schuppen holte. Aber es gelang ihr nicht, den Gedanken zu verdrängen, wie das wäre, wenn ...

Am vorletzten Tag des alten Jahres sah Johanna die Fabrikantengattin die Dorfstraße heraufkommen. Sie hielt die Luft an. Die Frau bog in den Hof ein!

Johanna hängte Wäsche auf. Bis morgen musste alles trocken sein. Wenn in der Neujahrsnacht Wäsche hängen blieb, würde jemand im Haus sterben. Die Bäuerin hielt streng darauf, dass nicht einmal ein Bodenfetzen über einem Eimer hing. Alles musste gefaltet und weggeräumt werden.

Es gab keinen vernünftigen Grund, jetzt ins Haus zu gehen. In der Waschküche lag noch Stallgewand im Bottich. Johanna ließ die Tür halb offen stehen, obwohl ein eisiger Wind hereinwehte. Nach einer halben Stunde ging die Frau. An ihrem Gesicht war nichts abzulesen.

Die Bäuerin brachte die Reibtücher in die Waschküche. Sie fragte nur, ob die Bettwäsche schon trocken sei. »Im schlimmsten Fall musst du sie morgen trockenbügeln. In dem Jahr, wo meine Mutter die Geschirrtücher auf dem Dachboden vergessen hat, ist mein Vater gestorben.«

Als der junge Mann endlich kam – seinen Namen kannte Johanna noch immer nicht –, wusste sie, noch bevor er den Mund aufmachte, dass jede Hoffnung vergeblich gewesen war.

»Der Lahnhofer hat ihr eingeredet, dass du nicht die Richtige für sie bist. Jetzt will sie nicht mehr. Ich weiß nicht, was er ihr gesagt hat.«

Er ging in der engen Milchkammer auf und ab, drei Schritt hin, drei Schritt her, nahm das Maß, stellte es wieder weg, schlug sich mit der Faust in die flache Hand. »Es tut mir leid.«

»Ist schon recht.«

»Das einzig Gute ist nur, dass deine Leute nicht wissen, dass ich mit dir gesprochen habe. Meine Schwester hat so gefragt, als ob es ihre Idee wäre. Es wird also nicht ärger für dich.«

Sie antwortete nicht. Sie konnte sich nicht darauf verlassen, ein Wort herauszubringen, ohne zu weinen. Jetzt erst wurde ihr klar, dass sie trotz aller Bedenken doch damit gerechnet hatte, dass sich für sie eine Tür öffnen würde.

»Du wirst sehen, du findest schon noch etwas. Mit meiner Schwester ist ohnehin nicht gut auskommen«, versuchte er sie zu trösten. »Seit sie Geld hat, meint sie, sie wäre was Besseres. Sie hat ganz vergessen, wie das war.«

Als sie noch immer nichts sagte, zuckte er mit den Schultern und hielt ihr die Milchkanne hin. Sie wurde wütend, weil ihre Hand beim Einschenken zitterte und sie Milch auf seinen Ärmel verschüttete. Sie schleuderte das Maß mit solcher Wucht in den Wassertrog zurück, dass das Wasser aufspritzte und das Maß eine Beule bekam. Aber sie weinte nicht.

Auch am Abend im Bett weinte sie nicht. Ihr Mund und ihre Kehle brannten. Wenn sie die Augen schloss, spürte sie ein Pochen hinter den Lidern. Sie kratzte sich den Schorf auf dem Handrücken ab.

IV. Teil

1934–1935

Zwischenspiel

An einem Sonntag gegen Ende Januar hörte Johanna ein Gespräch zwischen zwei Mädchen auf dem Kirchplatz.

»Jetzt haben wir's schriftlich, was wir wert sind«, sagte die eine.

»Weniger als ein Heustadel.«

»Wundert's dich vielleicht?«, fragte die andere, eine Große, Hagere.

»Mich wundert nur, dass sie es so offen zeigen.«

»Der Strauß hat sowieso nichts gehabt von seinem Leben«, sagte die Hagere. »Der war doch von Anfang an ein armes Schwein.«

Die Erste schüttelte sich. »Aber aufhängen, nur wegen einem Stadel! Wo der Bauer doch zugegeben hat, dass sie ihn gereizt haben.«

Die Bäuerin kam mit dem Bauern über den Platz. »Geh weiter«, drängte sie Johanna. »Das ist nichts für dich.«

Johanna zögerte. Sie war neugierig geworden. Aber es blieb ihr nichts anderes übrig, als dem Bauern und der Bäuerin in die Kirche zu folgen.

Aus den zerrissenen Zeitungen, die auf dem Abort hingen, aus Romanas Berichten und aus den Gerüchten, die im Dorf umliefen, erfuhr sie schließlich die Geschichte, von der die Mädchen gesprochen hatten.

Die Regierung hatte die Todesstrafe wieder eingeführt, für Mord, Brandlegung und öffentliche Gewalttätigkeit. Der Erste, der nach dem neuen Standrecht verurteilt wurde, war ein Bauernsohn aus Wels. Er hatte einer Magd, die von ihm schwanger war, die Kehle durchgeschnitten, weil sie drohte, seine Hochzeit mit einer reichen Bauerntochter zu vereiteln. Er wurde zum Tod durch den Strang verurteilt, aber zu einer lebenslänglichen Kerkerhaft begnadigt. Der Zweite, der vor ein Standgericht kam, war ein Gelegenheitsarbeiter, Sohn einer Trinkerin, der nicht lesen und schreiben konnte und schon mehrfach wegen Diebstahls vorbestraft war. Dieser Peter Strauß zündete die Scheune eines Bauern an, der ihn gehänselt und seine Mutter verspottet hatte.

Er wurde ebenfalls zum Tod verurteilt und gehenkt.

Die Dirn hat recht gehabt, dachte Johanna. Wir gelten weniger als ein Stadel. Oder liegt es daran, dass der eine ein Bauernsohn war und der andere ein schwachsinniger armer Teufel?

Zweitausendfünfhundert Schilling betrug der Schaden. Zweitausendfünfhundert Schilling. Was bin ich eigentlich wert?

Diese Fragen quälten Johanna, und es war niemand da, mit dem sie darüber hätte sprechen können. Sie wusste so schrecklich wenig.

Manchmal glättete sie die Zeitungen im Holzfach und las schnell und heimlich einen Artikel, wenn gerade niemand in der Küche war. Das verwirrte sie nur noch mehr. Als der Bauer sie dabei erwischte, sagte er wieder einmal: »Das ist nichts für dich, das geht dich nichts an.« Was ging sie eigentlich etwas an?

Es liefen viele Gerüchte um. Über eine Geschichte lachte der ganze Ort, auch die Bauern. Die Gendarmen hatten im Konsum in Wimpassing nach Waffen gesucht und nichts gefunden, bis ein Gendarm ein leeres Pistolenmagazin aus einem Koffer zog. Der Konsumleiter wusste von nichts, die Gendarmen wurden wütend und drohten, ihn auf die Wache mitzunehmen. Schließlich fragte er, wo sie das Magazin gefunden hätten. Der Gendarm zeigte auf einen Koffer – der seinem Kollegen gehörte.

Johanna verstand nur nicht, wer da Waffen versteckt hatte und warum. In der Kirche und beim abendlichen Rosenkranz musste sie für »unsere gottgewollten Führer« beten. Sie wagte nicht zu fragen, wer damit eigentlich gemeint war. Auch Maria konnte sie nicht fragen, die hatte sich so weit in sich selbst zurückgezogen, dass sie es oft nicht einmal hörte, wenn man sie ansprach.

Einmal lieferten sich Heimwehrmänner und Nazis ein Schreiduell vor dem Gasthaus auf dem Kirchplatz. »Heil Hitler«, brüllten die Nazis, und »Heil Starhemberg«, brüllten die Heimwehrmänner. »Heil« hatte Johanna bisher nur aus der Litanei gekannt: Heil der Kranken, bitte für uns. Aber Hitler und Starhemberg, die waren sicher keine Heiligen, auch wenn Franz verzückte Augen bekam, sooft er von diesem Hitler sprach.

Ein paar Tage lang dachte sie daran, zu Hans Firstner zu gehen. Der hatte geredet, als wisse er Bescheid. Aber so viel wusste sie doch, dass sie sich vorstellen konnte, was der Bauer dazu sagen würde. Geheim halten ließ sich nichts im Dorf, wenn einer über die Straße ging, wusste jeder, wohin er unterwegs war.

Firstner und der Bauer standen auf verschiedenen Seiten. Sie und der Bauer standen auch auf verschiedenen Seiten. Hieß das, dass sie auf derselben Seite stand wie Firstner? Wie viele Seiten gab es überhaupt? Sechs, wie bei einem Würfel?

Mit dem Wissen war es wahrscheinlich so wie mit schönen Kleidern und allen anderen erstrebenswerten Dingen. Die gab es nur für die anderen, nicht für eine Dirn, und schon gar nicht für eine Dirn, die ein lediges Kind war.

Es war alles so kompliziert, und sie hatte nur selten Zeit nachzudenken. Bei der Arbeit konnte man kaum nachdenken. Es passierte immer irgendetwas, sobald man nicht ganz bei der Sache war. Etwas klemmte, eine Kuh wurde unruhig, ein Stiel brach ab. Und bei den ganz eintönigen Arbeiten, beim Erdäpfellegen oder beim Burgunderernten, da konnte man nur noch weitermachen und hoffen, dass endlich Essenszeit wurde. Vielleicht brauchte man nicht nur den Kopf, sondern auch den Rücken zum Denken. Wenn der Rücken sehr wehtat, konnte der Kopf nichts mehr als zählen: eine Reihe noch, zwei Reihen noch. Da waren nur noch Erdäpfel. Oder Burgunderrüben.

Dass es im Februar 1934 einen Bürgerkrieg gegeben hatte, erfuhr sie erst viel später. Sie hörte nur, wie der Bauer eines Abends sagte: »Jetzt sind sie endgültig erledigt, die Sozis.« Aber das sagte er ja öfter. Ungewöhnlich an diesem Abend war nur, dass er Johanna um drei Flaschen Bier ins Gasthaus schickte und dass das Gasthaus an einem gewöhnlichen Wochentag voll mit durcheinanderredenden Bauern war. Der alte Gruber klopfte ihr im Vorbeigehen auf den Hintern. Sie beeilte sich wegzukommen.

Der Bauer war immer weniger zu Hause, fast jeden Tag hatte er Sitzungen. Er redete auch anders, seine Sätze wurden länger, Wörter wie »Treue« und »Vaterland« und »Bauernstand« kamen häufig darin vor, und wenn er »wir« sagte, meinte er etwas Großes, von dem Johanna nicht recht wusste, wie weit es reichte: Niederösterreich? Österreich? Oder noch weiter?

Gustl sah man an, wie schwer es ihm fiel, nach einem Tag als Bauer oder fast als Bauer abends wieder Rechenschaft ablegen zu müssen. Er gewöhnte sich an, mit den Zähnen zu knirschen. Er hatte an jedem etwas auszusetzen, man konnte ihm einfach keine Arbeit recht machen. Romana behauptete, er steige ihr nach. Wenn sein Vater mit ihm redete, ballte er unterm Tisch die Fäuste. Nach dem Essen stand er auf, sobald er den letzten Bissen im Mund hatte, und fuhr auf seinem neuen Motorrad davon. Der Bauer gab ihm immer Geld, wenn er darum bat, auch größere Summen, aber er musste jedes Mal sagen, wofür er es brauchte, und bekam genau den erbetenen Betrag auf Schilling und Groschen in die Hand gezählt. Gustl stand dann da und die Adern an seinen Schläfen waren wie dunkle Stricke unter der Haut.

Am 25. Juli kam der Bauer ungewöhnlich spät nach Hause. Sie hatten bis acht Uhr mit dem Essen gewartet, Johanna war längst fertig mit dem Abwaschen und wollte schlafen gehen, als er die Tür öffnete. Er schwankte, seine Augen waren rot geädert, er hielt sich am Türstock fest.

»Jetzt kommst du?«, fragte die Bäuerin vorwurfsvoll. »Und so besoffen?«

Der Bauer ließ den Türstock los und ging, mit den Armen das Gleichgewicht haltend, zum Tisch, wo er sich schwer auf die Bank fallen ließ.

»Er ist tot.« Die Stimme des Bauern klang gepresst.

»Wer?«

»Der Dollfuß!« Der Bauer atmete schwer. Die Bäuerin nahm die Flasche mit Arnikaschnaps aus dem Küchenschrank, ihr Allheilmittel für alles, von geschwürigen Fingern bis zum verstimmten Magen. Der Bauer schob die Flasche weg. »Bring mir lieber einen Obstler.« Er schüttete ein großes Glas Obstler in sich hinein. Die Bäuerin schien erst jetzt zu erfassen, was er gesagt hatte, und begann zu schluchzen.

»Erschossen haben sie ihn«, sagte er. »Aber wenn die glauben, dass sie jetzt mit uns umspringen können, dann haben sie sich getäuscht! Jetzt erst recht!«

Zwei Wochen später kaufte die Bäuerin von einem Hausierer ein briefmarkengroßes Stück Verbandsstoff, das braun war von getrocknetem Blut. Sie nahm ihr Firmungsbild aus dem ovalen Rahmen, legte stattdessen ein Postkartenporträt von Dollfuß hinein und schob das Stoffstückchen auf seine Brust. Sie hängte das Bild in den Herrgottswinkel, rechts unter dem Kreuz, gegenüber der Fatima-Muttergottes.

Als Gustl in die Küche kam, fragte er: »Was soll denn der Dreck auf dem Bild?«

»Dreck? Bist du verrückt? Das ist eine Reliquie! Ein Stück vom Verband, den sie ihm angelegt haben.« Sie fuhr noch einmal mit ihrem Schürzenzipfel über das Glas.

Gustl schnitt ein Gesicht, das die Bäuerin aber nicht sah, weil sie das Bild andächtig betrachtete.

»Was hast du denn dafür bezahlt?«

»Das geht dich überhaupt nichts an! Dir bin ich noch lang keine Rechenschaft schuldig, merk dir das.« Die Bäuerin ging zum Herd und rührte so heftig um, dass Suppe auf die heiße Platte zischte.

»Also einen Haufen Geld«, sagte Gustl. »Fünfzig Schilling? Oder noch mehr? Die Hausierer sitzen jetzt im Wirtshaus und lachen sich den Bauch voll, weil sie so viele Blöde gefunden haben, denen sie ein Stück Mullbinde mit dem Blut einer frisch geschlachteten Sau angedreht haben.«

Die Bäuerin war mit zwei raschen Schritten bei Gustl, holte aus und gab ihm eine so gewaltige Ohrfeige, dass er torkelte.

»Die Hand, die sich gegen den Vater hebt, wird aus dem Grab wachsen«, sagte die Bäuerin. »Hast du vor gar nichts mehr Respekt?«

»Der Dollfuß ist nicht mein Vater, und ich sag ja auch nichts gegen ihn. Ich sag nur was dagegen, dass man den Leuten das Geld aus dem Sack zieht mit so einem Schwindel.«

Die Bäuerin bekreuzigte sich. »Versündig dich nicht!«

Gustl ging kopfschüttelnd hinaus.

Die Bäuerin starrte ihm nach, als hätte sie einen Geist gesehen, dann bekreuzigte sie sich noch einmal.

Aus dem Burgenland schrieb die Ziehmutter, der kleine Walter sei ein liebes, braves Kind und sie hätten eine gute Ernte gehabt, vor allem sehr viele Äpfel. Sie schickte Johanna zehn Schilling. »Kauf dir selber was zu deinem Geburtstag«, schrieb sie. »Ich weiß ja nicht, was du jetzt brauchst.«

Johanna war nun seit drei Jahren hier. Drei Jahre lang hatte sie umsonst gearbeitet. Sie versprach sich selbst, dass sie an ihrem Geburtstag mit dem Bauern reden und endlich einen Lohn verlangen würde. Und wenn er ihr keinen gab, dann ...

Dann was?

Aber der Bauer ließ sie ausreden, nickte und sagte: »Also gut. Du kannst zwanzig Schilling im Monat haben. Aber dafür musst du auch etwas leisten.«

Sie schluckte die Antwort hinunter, dass sie seit nun drei Jahren ebenso viel leistete wie irgendwer auf dem Hof.

»Ab Neujahr dann«, sagte der Bauer.

Johanna freute sich, bis sie von den anderen Mädchen erfuhr, dass sie immer noch weniger hatte als alle anderen. Mit Ausnahme von Gundl. Die bekam noch immer keinen Groschen. Die meisten aber verdienten fünfundzwanzig

Schilling, eine aus Penk sogar dreißig. Den ganzen November und den ganzen Dezember lang überlegte Johanna, was sie mit ihrem Geld tun würde. Schuhe kaufen? Schuhe brauchte sie notwendig. Das Paar aus dem Armenhaus war zu klein geworden, sie hatte vorn die Kuppe weggeschnitten, aber sie drückten immer noch, und bei nassem Wetter quietschte jeder Schritt. Strümpfe brauchte sie auch und Unterhosen. Außerdem neue Binden. Mit denen, die sie hatte, kam sie nur dann aus, wenn das Wetter schön war und die Wäsche innerhalb von ein paar Stunden trocknete. Romana hatte behauptet, es gäbe welche aus Watte, die könne man einfach wegwerfen. Wenn sie reich wäre, würde sie sich solche Binden kaufen. Aber jetzt war das Unsinn. Sie brauchte ganz andere Dinge.

Von einem Dirndl träumte sie immer noch. Mit einem Dirndl könnte sie überall hingehen und müsste sich nicht genieren.

Wenn sie ein Dirndl hätte, würde sie sich vielleicht sogar trauen, zum Feuerwehrball zu gehen, von dem Romana seit dem vorigen Fasching redete. Romana wollte unbedingt, Johanna sollte mitgehen. Warum nur? Sie brauchte doch niemanden dabei! Ganz im Gegenteil. Wenn Romana allein hinging, würde man sie nie für eine Dirn halten, sondern für etwas Besseres. Aber sie drängte Johanna, als brauche sie sie doch. Merkwürdig. Johanna beschloss, auch die zehn Schilling von der Ziehmutter aufzuheben, bis sie ihren Lohn bekam.

Am ersten und zweiten Januar wartete sie, ob der Bauer etwas sagen würde. Sie wollte nicht wieder bitten gehen.

»Was schleichst du um mich herum wie eine tragende Katze?«, fragte der Bauer am Abend des Zweiten. »Wenn du glaubst, du kriegst schon einen Lohn, also da musst du dich noch eine Weile gedulden. Gezahlt wird im Nachhinein. Das ist auf der ganzen Welt so.«

Die paar Tage machen auch nichts mehr aus, sagte sie sich. Jetzt hast du drei Jahre gewartet, wirst du noch dreißig Tage warten können. Aber es half nicht. Sie konnte sich nicht auf ihre Arbeit konzentrieren, zweimal geriet sie mit den Fingern in die Rübenschnetzelmaschine und hackte sich die Fingerkuppen auf. Die Wunden heilten schlecht, weil immer wieder Rübensaft hineinkam, Waschlauge oder Stallmist.

Die Bäuerin ermahnte sie mehrmals: »Träum nicht«, und fügte hinzu, mehr zu sich selbst als zu Johanna: »So ist das doch jedes Mal. Kaum kriegen sie was gezahlt, geht's hinten und vorn nicht mehr richtig.« Aber sie beschwerte sich nicht beim Bauern. Endlich ging der Januar zu Ende. Am 31. rief der Bauer Johanna abends zu sich und zählte ihr die zwanzig Schilling auf die Hand. Johanna überlegte hin und her, wie sie zu einer Zeit nach Gloggnitz kommen könnte, wo die Geschäfte offen waren. Sie konnte sich gut vorstellen, was die Bäuerin sagen würde, wenn sie um einen freien Nachmittag bat.

Anfang Februar bekam Maria Fieber und Husten. Johanna musste also die Milch ausführen. Sie beeilte sich sehr, und da kein Zahltag war, stand sie schon kurz vor acht Uhr vor Löwys Geschäft. Er sperrte eben die Schlösser am Rollladen auf, begrüßte sie, als hätte er sie wiedererkannt, und fragte nach ihren Wünschen. Sie war völlig verwirrt von den vielen Dingen im Geschäft. Er legte beide Hände auf das Verkaufspult und sah ihr ins Gesicht.

»Sie arbeiten bei Bauern, nicht wahr?«

Sie nickte.

»Also ich könnte mir vorstellen, dass Sie eine ganze Menge brauchen. Ich schlage vor, Sie suchen jetzt aus, was Sie haben wollen, dann rechnen wir alles zusammen, und was Sie heute nicht zahlen können, zahlen Sie im nächsten Monat.«

Sie stotterte: »Aber … das geht doch nicht …«

»Warum nicht? Das ist ganz normal. Die meisten machen es heute so.«

Johanna konnte kaum glauben, dass er meinte, was er sagte.

Er legte Unterwäsche und Socken auf den Ladentisch. »Wir rufen lieber Ruth. Mit Kleidern für junge Damen kennt sie sich besser aus. Wenn man so jung und so hübsch ist wie Sie, will man ja auch etwas Hübsches anzuziehen haben.«

Ruth kam und lächelte Johanna wieder mit diesem Lächeln an, das sie fast zu Schwestern machte.

»Ich glaube, ich nehme doch nur, was ich unbedingt brauche, und wenn Sie das dann zusammenrechnen …«

»Unsinn«, sagte Ruth. »Sie haben ja gehört, was mein Vater gesagt hat. Der weiß doch, wie das ist.«

Johanna konnte sich nicht vorstellen, wie Löwy in seinem Geschäft voll mit wunderbaren Dingen wissen sollte, wie das war, wenn man nichts hatte. So sehr nichts, dass man fast das Wünschen verlernt hatte.

»Doch, glaub mir.« Ruth sagte plötzlich »Du«, das Lächeln war verschwunden, die Wärme aber war geblieben. »Wir wissen genau, wie das ist.« Sie ging zu einem Ständer, an dem ringsum Dirndln hingen, und griff zwei heraus. »Die müssten passen. Welches gefällt dir besser?« Als Johanna sich für das Dirndl mit dem roten Leib entschieden hatte und von Ruth und ihrem Vater bewundert und hin- und hergedreht worden war, schlug die Pendeluhr neunmal. Sie war schon eine ganze Stunde im Geschäft! »Ich muss gehen«, sagte sie erschrocken.

Löwy packte ihre Sachen ein und legte noch ein Paar Kniestrümpfe dazu.

»Komm doch einfach vorbei, wenn du in der Stadt bist«, lud Ruth sie ein. »Es gibt immer irgendwas Neues anzusehen.«

»Das war heute eine Ausnahme. Weil die Tochter krank ist. Sonst fährt sie mit der Milch.«

»In einem Monat kommt das Fräulein ohnehin wieder«, sagte Löwy.

»Ich schlage vor, Sie geben mir jetzt zwanzig Schilling, und dann dreimal acht. Ist Ihnen das recht?«

»Aber ich habe doch dreißig.«

»Gut, dann zahlen Sie jetzt fünfundzwanzig. Den Rest behalten Sie besser. Ein Monat ist lang.«

Johanna rannte, so schnell sie konnte, mit ihrem Leiterwagen ins Dorf zurück, als könnte sie die Zeit wettmachen. Sie wollte ihre Pakete schnell auf den Speicher bringen, aber die Bäuerin kam eben in den Hof, als Johanna abzuladen begann.

»Du warst ganz schön lang aus. Was hast du da?«

»Ich habe ein paar Sachen gebraucht«, sagte Johanna. »Wann soll ich denn einkaufen?«

Die Bäuerin befühlte die Stoffe, klopfte mit dem Fingerknöchel gegen die Schuhsohlen. »Nicht schlecht«, sagte sie, dann aber schüttelte sie den Kopf. »Ich sag's ja immer, kaum gibt man euch Geld in die Hand, was tut ihr? Fetzen kaufen. Ihr seid doch alle nicht imstand, auf etwas Vernünftiges zu sparen, euch etwas zu schaffen. Das ist eben der Unterschied.«

»Das ist das erste Kleid, das ich mir in meinem Leben kaufe«, sagte Johanna. »Und Schuhe habe ich überhaupt keine.«

Was konnte sie denn überhaupt ersparen, selbst wenn sie gar nichts ausgab? In zwölf Monaten ein Fahrrad, aber da durfte sie ein weiteres Jahr lang keinen Strumpf kaufen.

Außerdem dachte die Bäuerin nicht an ein Fahrrad. Die dachte an Grund und Boden. Vielleicht könnte ich mir jedes Jahr zwei Quadratmeter Boden kaufen, dachte Johanna. Bis ich achtzig bin, hätte ich einen Küchengarten.

Am nächsten Sonntag holte sie das neue Dirndl aus dem Schrank, betrachtete es und hängte es wieder weg. Sie wollte auf eine besondere Gelegenheit warten. Vorläufig genügte es zu wissen, dass sie es hatte.

Feuerwehrball

Johanna rannte die Straße hinauf, rutschte auf den vereisten Stellen aus, stolperte über hart gefrorene Fahrrinnen.

Dienstfetzen, Dienstfetzen, zischelte die Lichtleitung.

Das rötliche Gesicht des fremden Bauern, das immer näher kam, das im Näherkommen immer mehr verzerrt wurde. Wie er gelacht hatte.

Es knackte und knisterte in den schwarzen Büschen neben der Straße. An der Kehre, wo der Schuppen stand, blinkte etwas auf. Johanna rannte los, meinte, über ihrem Keuchen und ihren eigenen Schritten andere Schritte zu hören, rannte, bis das Atmen so wehtat, dass ihr alles andere gleichgültig war. Die kalte Luft brannte in ihrer Kehle und in der Lunge. Sie spürte jeden Herzschlag wie einen Schlag von außen.

Es hatte so schön begonnen. Wie sie mit Romana, Hemma und Rosa zum Feuerwehrball hinuntergegangen war, zum ersten Mal in ihrem neuen Dirndl. Wie sie kaum den Saal betreten hatten und schon zum Tanzen aufgefordert wurden.

Die bunten Papierschlangen, die zu einem Regenbogen verschwammen, die Rauchschwaden, die unter der Decke hingen, das Lachen, die Musik. Vor allem die Musik, die Leichtigkeit in den Beinen, der leichte Schwindel, der die Holztäfelung mittanzen ließ. Alles mittanzen ließ.

Mit Hemma hatte es dann begonnen. Hemma, deren Blick plötzlich starr wurde, als sie Bernhard entdeckte. Der saß da mit seinen Eltern, einem Bauern aus der Nachbargemeinde, dessen Frau und zwei Töchtern. Und Bernhard hatte den Arm um die Schultern der älteren Tochter gelegt. Und beide Elternpaare hatten gelächelt und die Gläser gehoben.

Hemma waren die Tränen über die Wangen gelaufen. Dann hatte Romana gesagt: »Mach ihnen doch nicht die Freude, dass du hier heulst! Die schauen schon her.« Hemma putzte sich die Nase, und Johanna überlegte, ob sie ihr vorschlagen sollte heimzugehen.

Plötzlich warf Hemma den Kopf zurück, strich sich die Haare aus den Wangen und schnitt eine Grimasse. Beim zweiten Versuch brachte sie ein Grinsen zustande, und als ein junger Mensch von einem Nebentisch herüberblickte, legte sie den Kopf schief und lächelte. Er kam und forderte sie zum Tanzen auf.

Johanna wollte hinaus aus dem heißen Saal, der nach Rauch und Bier und Schweiß roch. Sie war wütend, auch auf Hemma, die sich in den Arm des Burschen legte und ihm beim Tanzen ihr Gesicht zudrehte und ihn anlachte. Johanna stand auf und ging zur Tür. Da trat ihr ein fremder Bauer in den Weg. Eigentlich wollte sie ablehnen, aber er schob sie auf die Tanzfläche. Sie stampfte ihre ganze Wut in den Ländler, den die Kapelle spielte.

»Du bist ja eine ganz Scharfe«, sagte der Bauer. Sein Atem kitzelte sie im Ohr.

Nach drei Tänzen lud er sie auf ein Bier ein. Ihre Weigerung nahm er gar nicht zur Kenntnis, schob sie zur Theke, drückte ihr ein Glas in die Hand und prostete ihr zu. Später schlug er vor, an die frische Luft zu gehen, und draußen packte er sie einfach um die Mitte und zog sie an sich.

Sie hatte sich gewehrt und er hatte gelacht.

»Es wird dir schon noch gefallen …«

Bis sie ihn gegen das Schienbein getreten hatte.

»Trampel«, hatte er gebrüllt. »Was bildest du dir ein, wer du bist? Ein Dienstfetzen, sonst nichts. Kannst froh sein, wenn dich überhaupt einer anschaut.«

Sie war davongerannt. Sie war gelaufen, bis sie nicht mehr konnte.

Der Wind pfiff über die Lichtung herauf. Er schnitt in ihre Wangen. Ihre Augen tränten. Sie wischte sich mit dem Handrücken über die Nase.

Die Bäume knarrten und ächzten.

Johanna ging langsam bergauf. Der Mond hatte einen breiten, verschwimmenden Hof. In einem Haus jenseits des Grabens brannte Licht. Ein schmaler Lichtstreifen fiel vom Fenster weit heraus auf das dunkle, feuchte Feld.

Ein Hund schlug an.

Als Johanna im Bett lag, rollte sie sich zusammen.

Das Gesicht mit einer roten Ader in den glänzenden Augen stand wieder vor ihr.

Warum hatte der Mann es ausgerechnet bei ihr versucht?

Du bist ja eine ganz Scharfe ...

Was sollte das heißen? Was meinte er damit? Scharf? Schlecht?

Es dauerte lange, bis sie sich eine warme Höhle geatmet hatte.

Erst am nächsten Morgen, als Frosch angestelzt kam, seinen Kopf in ihre Hand stupste und sich an ihren Beinen rieb, weinte sie. Sie verkroch sich in die Futterkammer, Frosch sprang auf ihren Schoß und schnurrte. Er war ein großer Kater geworden, mit glänzendem Fell und leuchtend grünen Augen. Eine Träne fiel auf sein Fell. Er sprang von ihrem Schoß, schüttelte sich und begann sich zu putzen. Eine Hinterpfote kerzengerade in die Luft gestreckt, die Vorderpfoten leicht aufgestützt, sah er sie aus seinen grünen Augen an, in denen die Pupillen zwei senkrechte Schlitze waren. Sie musste lachen und verschluckte sich.

Romana kam, um Eier zu kaufen. »Du warst dumm, dass du so früh weg bist«, sagte sie. »Es ist dann erst richtig lustig geworden.«

Johanna zuckte mit den Schultern. Sie hatte Angst, sie könnte Romana alles erzählen, wenn sie erst einmal zu reden anfing. Es wäre gut, sich diesen Druck von der Seele zu reden. Aber sie wusste, was geschehen würde, wenn sie Romana ins Vertrauen zog. »Also über die Hemma kann ich mich nur wundern«, fuhr Romana fort. »Ehrlich wahr.« Sie wartete auf eine Antwort, eine Frage, und als nichts kam, drehte sie sich verärgert auf dem Absatz um und ging.

»Die Eier!«, rief ihr Johanna nach.

Peter

Am Faschingssonntag backte die Bäuerin eine Riesenschüssel voll Krapfen. Der Bauer erwartete Besuch. Es war der Mann mit dem rosaroten Gesicht, der damals mit dem Bauern im Armenhaus gewesen war. Als der Mann Johanna im Vorbeigehen den Hintern tätschelte, wurde sie so wütend, dass sie ihn auf die fetten Finger schlug. Später hörte sie ihn zum Bauern sagen: »Auf deine Dirn musst du aufpassen. Die kommt dir noch mit einem Bankert daher.«

Der Bauer lachte. »Die Johanna?« Die Bäuerin aber schnalzte mit der Zunge. Johanna wusste genau, wie sie jetzt den Kopf nach links neigte und dann nach rechts, immer schneller, und wie sie dazu die Hände im Schoß faltete.

Gustl kam aus der Stube und grinste Johanna an. Seine Blicke wanderten langsam über ihr Gesicht, ihren Hals, ihre Brust. Sie bückte sich tiefer über die Hose, die sie flicken musste. Er sollte wenigstens nicht sehen, dass sie rot wurde.

Ich hasse euch. Ich hasse euch. Ich hasse euch alle, dachte sie. Hass ist eine Todsünde. Dann bin ich eben ein schlechter Mensch. Ihr glaubt ohnehin alle, dass ich schlecht bin.

Das eine Knie der Hose war völlig zerfetzt. Johanna suchte einen passenden Flicken. Drinnen in der Stube redeten sie. Hin und wieder hörte man das meckernde Gelächter des Fetten über dem der anderen. Plötzlich hielt sie es nicht mehr aus. Sie rannte hinaus auf die Straße. Es war fast dunkel, nur über der Rax schimmerten noch rötliche Wolken und warfen einen Widerschein auf den Schnee der Hochfläche.

Eine Frau kam die Dorfstraße herauf, blieb stehen, reckte die Hände zum Himmel, mit geballten Fäusten, als wollte sie hinaufschlagen oder einen Schlag abwehren, stieß einen

Schrei aus, drehte sich halb um sich selbst und fiel hin. Der Aufprall auf der gefrorenen Straße klang dumpf.

Johanna zwang ihre Füße, zu der Frau hinzugehen. Außer ihnen beiden war niemand auf der Straße. Kein Tor ging auf. Wenn die Leute diesen Schrei nicht gehört hatten, war es sinnlos, um Hilfe zu rufen.

Die Frau röchelte. Rötlicher Schaum stand um ihren Mund. Johanna erkannte das Gesicht, obwohl sie die Frau nur zwei- oder dreimal gesehen hatte. Beim Totenwachen, fiel ihr ein. Sie fröstelte, zog ihre Jacke aus, breitete sie über Frau Steiner, rannte ins Haus, riss die Tür zur Stube auf, achtete nicht auf die empörten Gesichter der Gäste und der Hausleute.

»Maria, komm schnell!«

Maria folgte Johanna auf die Straße.

»Die Steiner hat das öfter«, sagte sie. »Du hättest ihr einen Korken in den Mund stecken sollen, den hat sie immer in der Schürzentasche. Damit sie sich nicht in die Zunge beißt.«

Sie standen nun neben der Frau, die reglos auf der Straße lag, einen Arm und ein Bein in einem unnatürlichen Winkel weggestreckt, die Lider halb geschlossen, aber so, dass man die weißen Augäpfel sah, die in der Dämmerung zu leuchten schienen. Ein dünner Speichelfaden zog sich über das Kinn. Johanna wollte wegblicken und konnte nicht.

»Wir müssen sie heimbringen«, sagte Maria. »Sie erfriert sonst. Ich hol den Leiterwagen, du bleib da.«

Frau Steiner röchelte immer noch.

Johanna schlug sich mit den Händen auf die Oberarme, um die eisige Kälte abzuwehren, die von der Straße aufstieg, den Berg heraufkroch. Wo blieb Maria?

Endlich ratterten die Räder des Leiterwagens über den Hof. Maria hatte Ferdls alte Decke auf die Bretter gebreitet. Sie hatten große Mühe, Frau Steiner aufzuheben, obwohl sie kleiner als Johanna war und sehr mager. Für einen Augenblick schien sie aufzuwachen, murmelte etwas Unverständliches und sackte wieder in sich zusammen. Johanna zog den Leiterwagen. Maria hielt den Kopf der Kranken, damit er nicht bei jeder Unebenheit auf den Brettern aufschlug.

Das Tor zum Steiner-Hof war zugesperrt. Maria klopfte ans Küchenfenster. Es dauerte lange, bis es geöffnet wurde.

»Ist der Peter da?«, fragte Maria.

»Der hat Schicht.« Das breite, platte Gesicht von Peters Schwester Hilde zog sich zurück, sie wollte das Fenster schließen.

»Wir bringen deine Mutter«, sagte Maria. »Mach auf.«

Hilde antwortete nicht. Sie sahen durchs Küchenfenster, wie sie eine Petroleumlampe anzündete und in der Küche herumsuchte.

Das Steiner-Haus hatte kein elektrisches Licht.

Endlich schlurften Schritte über den Hof, der Schlüssel klirrte. Hilde öffnete das Tor nur einen Spalt.

»Warum sperrst du denn immer ab?«, fragte Maria.

»Man weiß nie«, sagte Hilde. Sie warf keinen Blick auf ihre Mutter. »Ist sowieso nichts wegzutragen bei euch.« Marias Stimme klang höher als sonst. »Können wir jetzt wenigstens rein?«

Hilde öffnete das Tor eben gerade weit genug, um den Leiterwagen durchzulassen. »Es treibt sich so allerhand herum«, sagte sie. Die eine Hälfte ihres Gesichts verzog sich zu einem listigen Grinsen. »Sie wollen nicht immer nur was wegtragen.« Ihr ganzer Körper schwabbelte beim Gehen. »Vor eurer Dirn kann ich das nicht sagen, die ist noch zu jung, aber du weißt schon, was ich meine.« Sie kicherte.

Maria nahm Frau Steiner unter den Achseln. »Pack an, Johanna.« Hilde ging ins Haus und öffnete die Schlafzimmertür. Johanna stolperte über die Schwelle. Fast hätte sie die Füße losgelassen. Sie legten die alte Frau auf das Bett, knöpften ihr das Mieder auf und lösten die Schürzenbänder. Sie schlug die Augen auf, ihre Blicke irrten im Zimmer herum, blieben an Johanna haften. Ihre Stirn kräuselte sich.

»Wer bist denn du?«

»Johanna heiß ich. Ich bin die Dirn vom Lahnhofer.«

»Brav.« Die Augen fielen zu, sie murmelte wieder unverständlich, griff sich an die Stirn.

Maria brachte einen Eimer, eine Schüssel voll Wasser und zwei Lappen. Hilde stand mit gekreuzten Armen und sah zu, wie Maria mit Johannas Hilfe die alte Frau auszog und wusch.

Hilde verzog die Nase. »Weil sie sich auch immer anmacht. Ich sag ihr eh, sie darf das nicht tun.«

»Das ist die Krankheit«, sagte Maria. »Nicht sie.«

Johanna leerte das schmutzige Wasser in den Kanal im Hof. Als sie ins Zimmer zurückkam, deckte Maria Frau Steiner zu. Ihr Gesicht war nicht mehr bläulich, sie atmete regelmäßig.

»Schau in einer Weile hinein, wie es ihr geht«, sagte Maria in der Küche.

»Du hast mir gar nichts anzuschaffen, ich bin nicht deine Dirn!«

Maria ging wortlos zur Tür. Hilde lief ihr in den Hof nach und hielt sie am Arm zurück. »Sei doch nicht gleich so bös!« Ihre Stimme dröhnte nicht mehr, sie war hoch und zittrig. »Bist eh brav.« Hilde griff in die Schürzentasche und zog einen platt gedrückten Krapfen heraus. »Da hast was. Nimm doch!« Maria ging einfach weiter. Hilde packte Johanna am Arm. »Nimm du ihn, ja? Bist ein braves Mädchen.«

Johanna wollte sich losreißen, die großen, runden Finger, die ihren Arm drückten, waren ihr widerlich, sie fürchtete sich vor dem Funkeln in den kleinen Augen. »Nimm!«, wiederholte Hilde. »Ihr wart beide brav. Ich werd's auch dem Peter sagen.«

Maria rief von der Straße: »Komm schon!«

Johanna nahm den fettigen Krapfen und lief ihr nach. Hinter sich hörten sie Hilde das Tor zusperren.

»Sie ist nicht richtig im Kopf«, erklärte Maria.

Über dem großen Birnbaum hinter dem Haus stand ein fast voller Mond. Johanna und Maria warfen lange, dunkle Schatten auf die Dorfstraße. Eine schwarze, fetzige Wolke schob sich vor den Mond. Es sah aus, als schwanke der Mond am Himmel.

Johanna warf Rolf den Krapfen zu. Er verschlang ihn gierig.

Am nächsten Morgen kam Peter in den Stall, als Johanna eben die letzte Kuh striegelte und Maria mit dem Melken begonnen hatte.

Er stand eine ganze Weile da, ohne etwas zu sagen, dann räusperte er sich. »Ich wollte mich nur bedanken.«

Maria nickte, ohne ihn anzusehen, ohne ihre Arbeit zu unterbrechen.

»Ist schon gut.«

»Es passiert ohnehin nicht mehr so oft«, sagte er, als müsse er sich entschuldigen. »Es ist nur arg, wenn ich in der Arbeit bin. Die Hilde ...« Er faltete einen Strohhalm in die Hälfte, zerbrach ihn, faltete die Stücke wieder und blies sie weg. »Also, wie gesagt ...« »Ist doch gern geschehen.« Maria stand auf und trug ihren Melkschemel zur nächsten Kuh.

Peter blieb noch eine Weile stehen; als Johanna den vollen Eimer in die Milchkammer trug, ging er ihr nach. »Bei dir wollte ich mich auch bedanken.« Er streckte ihr die Hand hin. Sie wischte ihre Finger an der Schürze ab, bevor sie sie ihm reichte. Sein Händedruck war fest.

»Ich muss gehen. Um zwei fängt die Schicht an, und die Mutter fällt ja heute aus. Die muss noch liegen.«

Er drückte ihr noch einmal die Hand.

Die Steiner hatten nicht einmal eine Dirn. Peters Vater war tot, er bewirtschaftete den Hof mit der Mutter und der Schwester, und die waren sicher keine große Hilfe. Er besaß keine Scheune, und wenn er dreschen wollte, musste er die Bauern reihum fragen, ob er bei ihnen dreschen könne, und dann einen Tag lang als Gegenleistung für sie arbeiten. Johanna erinnerte sich, wie er den Bauern gefragt hatte, ob er sein Kraut und seine Erdäpfel an das Altersheim verkaufen könne.

»Zahlt sich kaum aus für deine drei Krauthappeln«, hatte der Bauer gesagt. »Aber bring sie halt in Gottes Namen herüber.« Der Bauer war nicht die hundert Meter mit dem Wagen hinuntergefahren, Peter hatte die Säcke heraufschleppen müssen. Er ging selten mit den anderen jungen Männern aus. Meistens musste er Sonntag die Arbeiten erledigen, für die unter der Woche keine Zeit war. Nur wenn die Musik irgendwo spielte, sah man ihn in seiner dunkelgrauen Uniform mit dem funkelnden Horn unterm Arm durch das Dorf fahren. Sein Fahrrad war immer frisch geputzt und geölt.

Er ist ein Bauer und ist doch kein Bauer, dachte Johanna. Er ist irgendwie anders.

Eine Woche später waren die Lahnhofer an der Reihe, die Kapellenglocke zu läuten. Johanna musste sich im Stall beeilen, um rechtzeitig um sechs Uhr früh in der Kapelle zu sein. Die Faßbinder hatte ihr eingeschärft: »Drei Ave Maria lang musst du läuten.« Das war nun schon lange her. Johannas Gedanken schweiften ab. Die Sonne ging rot und strahlenlos auf, eine matte Scheibe. Johanna blickte in die Sonne, bis sie die Augen schließen musste und die rote Scheibe immer noch sah, tanzend vor einem schwarzen Hintergrund. Sie fühlte eine merkwürdige Wärme im Magen, ließ den Glockenstrick aus, schloss die Kapellentür und ging die vier Stufen hinunter.

Peter stand an den Zaun gelehnt. Er fragte sie, ob sie Lust hätte, am Sonntag mit ihm nach Pottschach zu gehen. Dort spiele der Arbeiter-Theaterverein »Liebe in den Bergen«, ein Stück mit Musik.

»Ich hätte nichts dagegen«, sagte sie.

»Das freut mich.« Wenn er lächelte, veränderte sich sein Gesicht mehr als bei anderen Leuten. Zu ihm könnte ich Vertrauen haben, dachte sie und erschrak im selben Augenblick. Es war gefährlich, jemandem zu vertrauen.

»Ich muss gehen«, sagte sie.

Er nickte. »Ich auch.«

Als sie in den Saal kamen, wurden die Geigen gestimmt. Johanna fand schon das Stimmen herrlich. Sie faltete die Hände im Schoß. Die Bauern und Förster auf der Bühne kamen ihr vor wie Prinzen, weit entfernt von allem, was sie kannte. Sie war in einer anderen Welt, in einer Welt, wo alles gut ausging.

Nach der Vorstellung lud Peter sie auf ein Glas Wein ein.

»Nein, keinen Wein«, sagte sie erschrocken. Sie erinnerte sich an den Feuerwehrball.

Er sah sie fragend an. »Die haben auch einen guten Apfelsaft.«

Im Gasthaus saßen einige Kollegen Peters aus dem Bergwerk und ein paar Musiker mit ihren Mädchen oder Frauen. Sie rückten zusammen und machten Platz. Es war warm und gemütlich.

»Du redest ja nichts«, sagte Peter auf dem Rückweg. Sie nahmen die Abkürzung durch den Wald. Auf den Südhängen gab es schon grüne Flecken, Huflattich zwischen den Rinnen im Weg, hier und dort sogar einen noch ganz in sich zusammengerollten hellen Farnwedel, der das Mondlicht zurückzuwerfen schien.

»Schau«, sagte Johanna.

Er drückte ihre Hand. »Ich wüsste gern was von dir«, sagte er. »Was du so denkst.«

»Ich kenne mich einfach nicht aus«, sagte Johanna.

»Wie meinst du das?«

»Überhaupt. Mit allem.«

»Aber mit mir kennst du dich schon aus?«, fragte er.

»Mit dir auch nicht.«

»Ich mag dich«, sagte er.

Ich mag dich auch, dachte sie. Sie sah ihn von der Seite an. Er fuhr sich durch die Haare, ging ein paar Schritte schneller, dann sagte er: »Am nächsten Sonntag spielen wir in Wimpassing. Magst du mitkommen?«

»Ja«, sagte sie.

Sie spürte ihn neben sich, obwohl sich nur ihre Hände hin und wieder pendelnd berührten. Das verwirrte sie.

»Wie ist das im Bergwerk?«, fragte sie.

»Schwer zu sagen. Wenn man da unten ist, dann ist alles anders. Alles, du selber auch. Man kann es nicht erklären, weil es ja auch nicht so ist, dass man Zeit zum Nachdenken hätte. Man tut einfach, was man zu tun hat, und man passt auf. Die ganze Zeit. – Heuer haben wir noch gar keinen Unfall gehabt.«

»Und sonst?«

»Voriges Jahr hat es drei erwischt. Der eine hat sieben Kinder gehabt, der andere drei. Der war unser bester Klarinettist.«

»Hast du ihn gesehen ... nachher?«

»Ja. Und ich habe es seiner Frau sagen müssen.«

Als sie beim Kirchenvater vorbeigingen, schlug der Hund an. Johanna fuhr zusammen.

»Brauchst dich doch nicht fürchten«, sagte Peter.

Sie war fast bereit, ihm zu glauben. Fast. Aber nicht ganz.

»Heut war es schön«, sagte sie. »Ich dank dir auch.«

Reden

Am Montag musste Johanna die Sau zum Eber treiben. Die Sau war hochbeinig und der Eber hatte Schwierigkeiten. Früher hatte sie das komisch gefunden. Als der Murer-Knecht sie heute anstieß und einen Witz machte, fuhr sie ihn wütend an.

Er tippte sich an die Stirn.

Der Murer kam in den Stall und befahl Johanna, ein Miststockerl für den Eber zu bauen. Der Knecht sah feixend zu.

Der Eber wurde inzwischen in seinen Koben gebracht. Er legte sich hin und begann zu schnarchen.

Der Bauer schickte Johanna in die Futterkammer. »Bring ein Simperl Schrot, der wird ihm schon Beine machen.«

In der Futterkammer traf sie Gundl, die vom Husten geschüttelt wurde. Sie musste sich an einem Pfosten festhalten.

»Du solltest zum Doktor gehen«, sagte Johanna.

Gundl blickte so verstört auf, dass Johanna erschrak. Sie legte den Arm um Gundls Schultern und spürte die spitzen Knochen und ein krampfhaftes Zittern.

»Wer zahlt den Doktor?«, fragte Gundl. »Da werfen sie mich hinaus! Wohin geh ich dann?«

Johanna wusste keine Antwort. »Ich muss in den Stall zurück«, sagte sie.

Als sie am Abend einen Augenblick lang allein in der Küche war, füllte sie Wipferlsaft in ein Marmeladeglas und trug es zum Murer-Hof. Sie hatte Glück, die Bäuerin beachtete sie nicht und Gustl war ohnehin wieder unterwegs. Auf dem Murer-Hof traf sie zuerst den Knecht.

»Kommst zu mir?«, fragte er. »Hast es dir doch überlegt?«

»Zur Gundl komm ich.«

»Ja, dann bist du selber schuld«, sagte er lachend. »Bei mir wärst besser dran. Die Gundl ist noch im Stall, glaube ich.«

Johanna öffnete die Stalltür.

Gundl stand neben dem fast fleckenlos schwarzen Stierkalb, das der Murer zur Zucht behalten wollte, hatte die Arme um den Hals des Tieres gelegt und schluchzte. Johanna trat zu ihr.

»Ich hab dir was mitgebracht.«

Gundl fuhr zusammen, dann versuchte sie zu lächeln. Johanna trat zu ihr.

»Du musst jeden Tag drei Löffel voll nehmen.«

Die Dankbarkeit in Gundls flackernd glänzenden Augen war nicht auszuhalten.

Heiliger Gott, ich kann doch nichts tun, dachte Johanna. Ich bin ja selbst ein armer Hund. Aber es half nicht. Sie fühlte sich schuldig und das Schuldgefühl machte sie ärgerlich.

»So nimm doch schon einen Löffel!«

»Ich hab doch keinen hier«, sagte Gundl.

»Dann nimm einen Schluck! Bist du vielleicht umständlich!«

Zwei Tage später erklärte Gundl, als sie einander auf der Dorfstraße begegneten, ihr Husten sei schon viel besser. Sie hatte zwei schäbige Strickjacken übereinander angezogen und hielt die Arme vor der Brust. Dabei schien die Sonne. Es war zum ersten Mal in diesem Jahr richtig warm.

Während am Sonntag die Musik auf dem Platz vor der Kirche in Wimpassing spielte, beobachtete Johanna Peter. Er sah gut aus, mit seinen dunklen Haaren und dem schmalen Gesicht. Beim Spielen fielen ihm die Haare immer wieder in die Stirn, in den Pausen strich er sie zurück und grinste seinen Nachbarn an. Er war angesehen unter seinen Kollegen, man merkte es an der Art, wie sie mit ihm sprachen. Sie wusste nicht, dass sie lächelte, bis ein alter Mann und ein kleines Mädchen zurücklächelten. Dann wurde sie rot.

Nach dem Konzert kam Peter auf sie zu. »Komm, wir gehen alle ins Gasthaus.«

»Ich kenne sie doch nicht«, wehrte sie ab. »Ich geh lieber vor. Wirklich.«

Er nahm ihren Arm. »Ein paar kennst du von voriger Woche und die anderen beißen auch nicht.« Es war schön, dass er so in aller Öffentlichkeit ihren Arm nahm, dass er sie dabeihaben wollte. Gleichzeitig schämte sie sich. Sie war nur froh, dass sie ihr neues Dirndl angezogen und die Schürze gestern spätabends noch gebügelt hatte. Sie spürte wieder, wie ihre Wangen heiß anliefen, aber als sie dann zwischen Peter und einem kleinen Mann mit einer hässlichen Narbe quer über den kahlen Kopf und einem freundlichen Lächeln saß, begann sie sich wohlzufühlen. Sie hörte zu, was die anderen redeten.

Die Menschen am Tisch schienen einander gut zu kennen und einander zu mögen, trotzdem war eine merkwürdige Spannung da. Es kam immer wieder vor, dass einer einen Satz anfing und nicht zu Ende sprach. Einmal war es Peter und ihr anderer Nachbar trat ihn gegen das Schienbein, wobei er Johannas Beine streifte. Er entschuldigte sich bei ihr. Sie versuchte vergeblich, sich daran zu erinnern, was Peter gesagt hatte.

Als drei Männer ins Gasthaus kamen und sich an den Nebentisch setzten, spürte sie deutlich, wie die Stimmung noch vorsichtiger, steifer, fast lauernd wurde. Die Gespräche verebbten, einer nach dem anderen stand auf und sagte, er müsse jetzt wirklich heim. »Was war da eigentlich los?«, fragte Johanna auf dem Heimweg. Peter sah sich um, bevor er antwortete. »Sie haben uns ja verboten. Sogar unsere Turnvereine und den Gesangsverein.«

»Wer?«

»Na, die Regierung natürlich.«

Sie glaubte, sie hätte ihn verärgert mit ihrer dummen Frage.

Kurz darauf blieb er stehen. »Bist du jetzt entsetzt, dass ich ein Sozi bin?«

»Ich hab geglaubt, du bist böse, weil ich so dumm frage. Ich weiß ja überhaupt nichts.«

Er nahm ihre beiden Ellbogen in seine Hände und schüttelte sie. »Du bist nicht dumm, merk dir das! Die oben, die wollen gern, dass du das glaubst, damit sie dich dann für dumm verkaufen können.«

»Aber ich weiß doch nicht, was los ist!«

Er nickte. »Das ist es ja. Sie wollen nicht, dass wir wissen, was los ist. Wenn nur ein paar wissen, was los ist, dann können sie den vielen sagen: Seht ihr, ihr braucht uns. Ihr braucht unsere Führung. Das ist ja der Grund, warum wir lernen müssen. Verstehst du?«

»Ich glaub schon«, sagte sie.

Er blieb wieder stehen. »Es war ja schon einmal so weit, dass wir geglaubt haben, es wird langsam besser und wir kommen weiter. Und dann war der Bürgerkrieg. Ich versteh heute noch nicht, was da passiert ist. Viele Kollegen sagen, unsere eigenen Leute haben uns im Stich gelassen. Der Helmer hat sich absichtlich angesoffen, sagen sie, damit er sitzt, wenn es losgeht. Ich weiß nicht. – Aber in Neunkirchen sind sie mit gefällten Bajonetten gegen Arbeiterfrauen gezogen! Die meisten Frauen haben Kinder dabeigehabt. Stell dir das vor!

Ich glaub, wir haben zu lang gewartet, inzwischen haben sie uns längst die Waffen weggenommen, den meisten jedenfalls, obwohl wir nie etwas gegen den Staat getan haben.

Die Heimwehr, die hat geputscht, aber die hat ihre Waffen behalten dürfen. Und jetzt, jetzt ist einfach alles kaputt.«

Seine Kiefer mahlten. Sie hatte fast Angst vor ihm.

»Wer waren die drei Männer?«, fragte sie.

»Nazis. Die waren früher bei der Heimwehr, alle drei.«

»Ich hab geglaubt, die Nazis sind auch verboten?«

Peter ließ ihre Hände los und fuhr sich durch die Haare.

»Verboten, ja. Aber nicht so verboten wie wir. Erstens haben die Nazis die Macht in Deutschland, und die schauen schon darauf, dass den österreichischen Hakingern nichts passiert, und zweitens ist es so, dass einige in der Regierung sitzen, denen die Nazis immer noch lieber sind als wir, weil sie auch gegen die Arbeiter sind. Natürlich sagt das keiner so. Aber es kommt doch darauf heraus. Wenn es den Arbeitern besser gehen soll, müssen die anderen was hergeben. Und freiwillig gibt keiner etwas her.«

»Aber – man kann doch nicht einfach den Leuten etwas wegnehmen?«, fragte Johanna.

»Nimm zum Beispiel deinen Bauern. Das Land gehört ihm, das hat er von seinem Vater geerbt. Aber dass im Küchengarten Kohl und Zwiebeln wachsen und nicht nur Unkraut, das kommt nicht vom Land und nicht vom lieben Gott, das kommt von deiner Arbeit. Aber das Geld für den Kohl, das kassiert der Bauer. Weil ihm der Boden gehört. Und du kriegst nicht einmal ein paar Groschen von jedem Schilling, den du für ihn erarbeitest. Und weil das schon immer so war, meinen sie, dass es so sein muss und dass es der Herrgott so will.«

Johanna musste plötzlich an den Firstner denken. »Was ist aus dem Firstner geworden?«, fragte sie, als sie wieder bergauf gingen.

»Wie kommst du auf ihn?«

»Weil er so etwas Ähnliches gesagt hat, am Florianitag in Köttlach. Ich weiß nicht mehr genau, was es war, irgendwas von Arbeitern, die das Land geerntet haben und ihre Stimmen schreien zum Himmel.«

»Ja«, sagte Peter, »so hat er geredet, der Firstner. Der hat sich seinen Sozialismus aus der Bibel geholt.«

»Wieso hat?«

»Sie haben ihn eingesperrt, im Konzentrationslager in Wöllersdorf. Ich weiß nicht, was jetzt mit ihm ist.«

Johanna schluckte. Sie kämpfte mit den Tränen. Dabei hatte sie Hans Firstner doch kaum gekannt, nur zweimal gesehen und überhaupt nicht mit ihm gesprochen.

Sie spürte die Wut und die Traurigkeit in Peters Schritten, sie kaute an ihrer eigenen Wut und ihrer eigenen Traurigkeit, die seiner vielleicht ähnlich war. Aber diese Ähnlichkeit war nichts Gemeinsames, die lag wie eine Mauer zwischen ihnen. Sie sah Peter von der Seite an.

»Und was wird jetzt?«

Er lachte, aber nicht so, als fände er irgendetwas lustig. »Du fragst Sachen! Ich weiß nicht, ob irgendwer weiß, wie es weitergeht. Aber es kann einem Angst machen.«

Angst? Männer hatten doch keine Angst. Sie hatte Angst, oft sogar. Aber wer war sie schon?

»Die meisten von den Genossen«, sagte er nachdenklich, »lachen die Nazis aus. Unsere hier sind ja feige Hunde, sicher. Ziehen die Schwänze ein, wenn sie nicht in der Überzahl sind. Nur, wenn das so weitergeht ...«

»Aber du hast doch selbst gesagt, sie sind verboten!«

»Schon, nur ... so, wie das jetzt ist, wo nur die einen das Sagen haben, wo alle anderen kuschen müssen oder mitmachen ... also das ändert etwas in den Leuten, da bin ich ganz sicher. Da kann dann irgendeiner daherkommen, der Hitler oder sonst einer, und schreien: Ab heute bin ich der Führer. Und die Leute, die das Kuschen gelernt haben, die werden ihm genauso folgen wie jetzt dem Schuschnigg. Wenn einer lang genug gekuscht hat, dann glaubt er ja, er will das so, verstehst du? Weil doch jeder Mensch seinen Stolz hat. Wenn er dann ein gutes Wort von oben kriegt, glaubt er, jetzt ist er wer. Besonders wenn andere noch weiter unten sind. Ich meine, aus einer schwarzen Diktatur kann leicht eine braune werden, weil jede Diktatur dieselbe Art von Menschen braucht, egal was für eine Diktatur es ist. Und schöne Worte können sie alle machen.«

Sie nickte. Das, was er sagte, bedrückte sie, auch wenn sie es nur zum Teil verstand, aber sie war froh, dass er so mit ihr redete. Er redete mit ihr wie mit jemandem, dem er vertraute. Und wenn er ihr vertraute, dann konnte sie ihm doch auch vertrauen. Irgendwie. Sie lächelte.

Alle, die behauptet hatten, die Männer seien doch alle gleich und wollten nur immer das eine, die kannten Peter nicht. Die hatten ja keine Ahnung.

Bevor sie aus dem Wald traten, blieb er stehen und sah sie an. »Weißt du jetzt schon, ob du mich auch magst?«, fragte er.

»Ja, jetzt weiß ich's. Ich mag dich.«

Er legte beide Arme um sie, und es war ganz selbstverständlich, dass sie sich küssten.

Krank

Am nächsten Tag blickte Maria während des Melkens auf und fragte: »Was grinst du so?«

Johanna zuckte mit den Schultern. Sie war wie eingehüllt in eine Glocke, alles war anders. Sogar der Schubkarren ließ sich leichter hochheben, das Rad klemmte nicht, als sie über die Latte auf den Misthaufen fuhr. Der Nieselregen störte sie nicht. Sie sah zum ersten Mal, wie die Tropfen auf der Lichtleitung wanderten, wie das Dach schimmerte, wie satt die Blätter des Apfelbaums glänzten. Sie fischte einen Marienkäfer aus dem Brunnentrog und setzte ihn auf die Fuchsie vor dem Küchenfenster.

Sie musste den ganzen Tag lang mit Gustl Mist ausführen, eine Arbeit, bei der jeder Muskel in Schultern und Oberarmen einzeln wehtat. Als sie abends über die Dorfstraße heimging, stand Hilde vor ihrem Haus, die Arme in die Hüften gestützt, und musterte sie feindselig. Sie dankte auch nicht für ihren Gruß. Peter war nicht zu sehen. Vielleicht hatte er diese Woche Nachmittagsschicht. Sie würde ihn fragen. Sie wollte gern wissen, wo sie an ihn denken sollte, obwohl sie beim Versuch, sich einen Stollen vorzustellen, Atemnot bekam.

Über der Rax hingen dunkelrote, fahle Wolken, die nach oben heller wurden und an den Rändern leuchteten.

Auch am nächsten Tag sah sie Peter nicht. Am übernächsten aber, als sie nach der Stallarbeit beim Frühstück saßen, trat er plötzlich in die Küche. Sie erschrak. Das durfte er doch nicht! Nicht mitten am Tag, während der Arbeit, und ausgerechnet in der Küche. Das war einfach dumm! Er nickte ihr nur leicht zu und fragte den Bauern, ob er ihm für einen Tag ein Fuhrwerk borgen würde. »Wieso ich?«, fragte der Bauer zurück. »Du hast doch ein Recht auf ein Fuhrwerk von deiner Mutter her. Der Weghuber ist dazu verpflichtet. Das steht im Grundbuch.«

Peter stand da wie ein Schulbub. »Theoretisch. Sie sagen, es geht heuer nicht.«

Der Bauer schlug einen väterlichen Ton an. »Du musst dich kümmern um dein Recht. Wer soll es denn tun, wenn nicht du? Und wenn du dich nicht kümmerst, verfällt es.«

Peter trat von einem Fuß auf den anderen. »Es wäre mir doch lieber, du borgst mir ein Fuhrwerk. Ich arbeite es auch ab.«

Der Bauer legte Peter die Hand auf den Arm. »Es steht doch im Grundbuch. Was Recht ist, ist Recht. Das musst du einsehen. Ich tät's ja gern, aber das geht nicht. Wo kommen wir hin, wenn nicht mehr gilt, was im Grundbuch steht?«

Die Wut schnürte Johanna die Kehle zu. Schwein, dachte sie, du sattes Schwein. Sie konnte Peter nicht ansehen, wie er mit hängenden Armen dastand, sich umdrehte, zur Tür ging.

»Du wirst es mir noch danken«, sagte der Bauer.

Johanna war nicht nur zornig auf den Bauern, auch auf Peter, weil er sich das gefallen ließ, weil er so auf der Schwelle stand, weil er sich wegschicken ließ, weil er auch noch grüßte. Sie wich seinem Blick aus.

An diesem Vormittag spuckte Gundl Blut. Der Murer-Knecht kam herübergelaufen, um zu fragen, ob der Bauer noch da sei. Der Bauer war eben beim Anspannen. Er sagte, er werde beim Doktor vorbeischauen und ihn bitten heraufzukommen.

Kaum war der Bauer weggefahren, kam die Murer selbst.

»Meine Güte, man weiß ja gar nicht, ob sie jemanden angesteckt hat! Gestern hat sie noch mit uns gegessen. Und den Buben hat sie herumgetragen. Es ist furchtbar, wirklich furchtbar. Nichts als Scherereien hat man, das ist der Lohn, den man für seine Gutheit bekommt.«

Weder die Murer noch die Bäuerin machten sich die geringsten Gedanken darüber, wie es für Gundl war. Johanna lehnte den Rechen an den Zaun des Küchengartens und rannte hinüber zum Murer-Hof. Sie fand Gundl im Stall, neben dem Stierkalb. Gundl hustete, weinte, rang nach Atem, vor ihren Nasenlöchern hingen Rotzblasen, die sich ausdehnten und zusammenzogen.

Johanna gab ihr ein Taschentuch.

Gundl putzte sich gehorsam die Nase, hustete wieder, sprang auf und spuckte in die Jaucherinne. Weiße, rötlich durchzogene Bläschen trieben zum Abfluss.

»Sie bringen mich weg«, flüsterte Gundl. »Wenn es nur niemand gesehen hätte.«

»Du wirst sehen, im Spital geht's dir besser als hier. Sicher.«

Für Gundl gab es keinen Trost. »Die Bäuerin ist so zornig«, schluchzte sie. »Aber ich kann doch nichts dafür!«

»Natürlich nicht.« Johanna streichelte Gundl über den zuckenden Rücken. Sie erwischte sich dabei, wie sie dachte: Hoffentlich steck ich mich nicht an.

Als der Wagen des Arztes in den Hof fuhr, zitterte Gundl noch mehr.

»Bleib da!«, bat sie.

Johanna ging mit Gundl hinaus. Der Arzt schickte sie nicht weg. Sein Gesicht war finster, als er Gundl ansah, aber seine Stimme war freundlich. »Ich bring dich jetzt nach Grimmenstein. Dort wirst du erst einmal aufgefüttert und wirst viel schlafen. Komm, komm, so schlimm ist das nicht.

Dort gibt es eine Terrasse, wo du nach dem Essen liegen wirst, da kommen die Eichkatzeln bis auf die Betten.« Gundl bemühte sich nicht zu weinen. Ihr Gesicht war verzerrt vor Anstrengung.

Die Murer war angelaufen gekommen, als sie den Wagen hörte. Sie begann, dem Arzt ihre Sorgen vorzujammern, aber er schnitt ihr das Wort ab. »Packen Sie Gundls Sachen, ich nehme sie gleich mit.«

»Aber meine Kinder ...«

»Da machen Sie sich nur keine Sorgen«, sagte er. »Die haben Sie sicher besser gefüttert. Sie können ja in die Ordination kommen und sie ansehen lassen.«

»Aber wo Sie doch schon da sind, Herr Doktor ... und ich hab auch eine Jause gerichtet ...«

»Die hätten Sie besser rechtzeitig der Gundl gegeben.«

Die Murer stützte die Arme auf die Hüften und lief rot an.

Gundl hob schützend beide Hände vors Gesicht.

Der Arzt öffnete die Wagentür »Steig ein«, sagte er zu Gundl, dann wandte er sich noch einmal an Frau Murer: »Ich muss zu einer Geburt, und in der Ordination kann ich sie alle durchleuchten. Auf Wiedersehen.«

Die Autoreifen drehten im Sand durch, dann schoss der Wagen durch die Einfahrt. Der Knecht stand unterm Schuppenvordach und grinste. Als die Murer in seine Richtung blickte, nahm er die Mistgabel auf und ging zurück aufs Feld.

Die Murer fragte Johanna, ob sie denn nichts zu tun habe, als in anderer Leute Häusern herumzustehen; sie werde mit ihrer Bäuerin reden.

Johanna erwartete, ausgeschimpft zu werden, vor allem als sie sah, dass die Bäuerin das Beet fertig gerecht hatte und jetzt Rillen für die Samen zog. Aber die Bäuerin fragte nur: »Wohin kommt sie?«, und seufzte dann. »Das arme Ding.

Na ja, die Murers waren schon immer so. Denen war's leid um das Essen für die alte Frau. Hoffentlich weißt du jetzt wenigstens, wie gut du's bei uns getroffen hast.«

In der Nacht fuhr Johanna aus dem Schlaf hoch. Sie hatte von Gundl geträumt. Aus Gundls Mund war Blut gesprudelt, wie Wasser aus einer Quelle, war über die Wiese geronnen, genau auf Johanna zu, Johanna hatte weglaufen wollen, aber ihre Beine waren wie festgewachsen, sosehr sie auch versuchte, die Oberschenkel mit beiden Armen aus dem Boden zu reißen, sie konnte sich nicht bewegen, und das Blut kam näher und näher. Sie wollte schreien, aber es kam kein Ton aus ihrem Mund. Als der Blutbach nur mehr wenige Zentimeter von Johannas Füßen entfernt war, fiel Gundl vornüber und blieb mit dem Gesicht nach unten liegen.

Johanna wachte auf. Wenn ich sie wenigstens umgedreht hätte. Wenn ich ihr wenigstens etwas gesagt hätte.

Sie fürchtete sich davor, wieder einzuschlafen. Wenn sie die Augen schloss, sah sie Gundls bläulichgraues Gesicht vor sich.

Bitte, bitte, lass sie nicht sterben. Gegrüßet seist du, Maria ... Ich will auch gut zu ihr sein. Ich will ihr meine blaue Schürze schenken.

Am Morgen rannte sie am Murer-Hof vorbei, so schnell sie konnte. Nach dem Abendläuten zwang sie sich dazu hinzugehen. Sie stand minutenlang vor dem Tor, bevor sie sich entschließen konnte, es zu öffnen, und den Knecht suchte.

»Weiß man was?«

Er wusste nichts.

Sie überlegte, was sie tun konnte. Irgendjemanden musste sie um Hilfe bitten.

Peter? Der hatte sich selbst nicht helfen können. Der war einfach dagestanden, der hatte sich wegschicken lassen.

Aber wer sonst? Er kannte sich immerhin aus. Er kam herum unter den Leuten.

Sie beschloss, auf ihn zu warten, abends nach der Schicht.

Die Familie ging um neun Uhr schlafen. Johanna blieb mit einem Korb voll Flickwäsche in der Küche sitzen. Immer wieder fielen ihr die Augen zu. Im Ofen krachten die Scheiter, das Föhrenholz war voll Harz. Zwei Fliegen surrten um die Lampe.

Johanna ging hinaus in den Hof. Rolf kam aus seiner Hütte gerannt und sprang an ihr hoch, seine Kette rasselte, er winselte vor Freude. Sie klopfte ihm den Rücken. »Ruhig, Rolfi. Weck nicht alle auf.«

Eine Kuh stampfte und muhte. Im Grabenwald schrie ein Käuzchen, dreimal, viermal.

Das hat gar nichts zu bedeuten, sagte sich Johanna. Das Käuzchen schrie wieder, aus einer anderen Richtung.

Es musste jetzt mindestens zehn Uhr sein. Eher später. Mit dem Fahrrad würde Peter nicht viel mehr als eine Viertelstunde brauchen. Nein, doch länger. Den Berg herauf musste er ja schieben. Aber wie war das mit dem Schichtende, zählte das, wenn er unten im Stollen zu arbeiten aufhörte oder erst wenn er wieder über Tag war? Sie ging die Dorfstraße entlang, bis zum Kirchenvater-Hof, dort drehte sie um. Durch den Wald wollte sie heute nicht allein gehen. Anfangs zählte sie, wie oft sie da auf und ab ging. Dann ging sie nur mehr von der Lampe vor dem Murer-Hof bis zur Ecke und wieder zurück. Eine Fledermaus flog über ihr zur Lampe hin. Sie erschrak vor dem großen Schatten.

Wie spät war es jetzt? Hatte Peter einen Unfall gehabt? Im Tal fuhr ein Zug, eine hell erleuchtete Raupe.

Sie blieb stehen und blickte ihm nach. Als der Zug verschwunden war, hörte sie plötzlich ein dröhnendes Stampfen, einen klirrenden Aufprall, immer und immer wieder. Es kam von rechts unten, jenseits des Grabenwaldes, wurde lauter, schien näher zu kommen.

Erst nach langer Zeit wurde ihr klar, dass dort das Stahlwerk lag. Die arbeiteten die ganze Nacht. Sie ging ein paar Schritte, hörte nichts, blieb wieder stehen. Da war das Stampfen wieder. Man hörte es nur in der Nacht, wenn alles sonst still war.

Endlich leuchtete ein schwacher Lichtschein unten auf der Straße. Sie lief vor zur Ecke.

Als Peter sie sah, sprang er vom Rad. Sie klammerte sich an ihn.

»Die Gundl ...«

»Ja, ich hab's gehört.« Er hielt sie fest.

Sie hatte Mühe, einen zusammenhängenden Satz zu sagen. Jetzt, wo er ohnehin da war, schwappte die Angst über ihr zusammen.

Er versprach, sich morgen zu erkundigen, wann am Sonntag Besuchszeit in Grimmenstein sei und von wo aus man einen Autobus nehmen könne. »Wir fahren einfach hin. Du musst nur den Bauern bitten, dass er dir den ganzen Sonntag freigibt. Aber das steht dir zu.«

Johanna fragte beim Frühstück, als alle um den Tisch saßen. Der Bauer blickte von seinem Kaffee auf, die Bäuerin sagte erschrocken: »Da steckst du dich nur an!«

Johanna suchte noch nach einer Antwort, als Maria ihr zu Hilfe kam. »Kranke besuchen ist ein christliches Werk der Barmherzigkeit. So steht's zumindestens in meinem Katechismus.«

Weder der Bauer noch die Bäuerin antworteten.

Am Sonntagmorgen fragte die Bäuerin zwar: »Und was ist mit der Kirche?« Aber sie ließ Johanna gehen.

Peter wartete auf der Straße.

Sie wanderten durch den Wald bergauf. Neben der Straße blühten Himmelschlüssel, Veilchen, Vergissmeinnicht, Hänsel-und-Gretel. Die Weißdornhecken waren riesige, bienenumschwärmte Brautsträuße, die Lärchen schimmerten gelblichgrün vor den dunklen Föhren.

»Dass es so viele verschiedene Grün gibt«, sagte Johanna.

Ein Pfauenauge flatterte ein ganzes Stück vor ihnen her.

Sie erreichten die Höhe. Auf der Rax lag noch glitzernder Schnee, der vor dem blauen Himmel blendete. Johanna fasste Peters Hand und drückte sie.

Das habe ich doch alles schon hundertmal gesehen, dachte sie. Wieso springt es mich heute so an? So mitten in den Bauch? Aus einer blühenden Hecke stieg ein Vogel trillernd hoch. Johanna blickte ihm nach, bis er plötzlich verschwunden war, als hätte der Glanz ihn verschluckt.

Sie kamen durch ein Dorf, wo die Leute auf dem Kirchplatz standen und redeten. Da wurden Schürzen und Haare glatt gestrichen, da wurde an Hemdkragen genestelt, da wurden Jackenknöpfe auf- und zugemacht, frisch rasierte, glänzende Wangen vorsichtig befühlt.

Peter und Johanna gingen Hand in Hand schlenkernd über den Platz. Johanna spürte, dass die Leute ihnen nachsahen, aber sie kam darüber nicht wie sonst ins Stolpern.

Die Straße führte durch Felder, auf denen Korn glänzte, Mais auskeimte, Hafer silbrig und Roggen matt dunkelgrün stand, ein Teppich aus verschiedenfarbigen Flicken, dazwischen die nackte Erde, wo die Erdäpfel bald austreiben würden. Sie kamen in den Graben, folgten dem Bach bergab, rasteten kurz auf einem der großen Steine, zwischen denen sich der Bach seinen Weg gegraben hatte, hielten die Hände ins glitzernde Wasser, das eisig kalt auf der Haut prickelte, tranken aus dem Bach.

Als sie aufstanden, wollte Peter Johanna an sich ziehen.

Sie wehrte ihn ab. »Du zerdrückst mir meine Schürze! Wie schaut denn das aus, wenn ich so zerknuddelt ins Sanatorium gehe.«

»Da lassen sie dich überhaupt nicht hinein«, sagte er ernst.

Sie stützte sich mit den Händen an seiner Brust ab und küsste ihn. »Man kann sich gar nicht vorstellen, dass heute einer krank ist«, sagte sie, als sie weitergingen.

Neben dem Bach stand eine verfallene Mühle. Das Wasser plätscherte noch über das Mühlrad, an dem mehr als die Hälfte der Speichen fehlte.

Sie mussten fast eine halbe Stunde lang auf den Autobus warten. Johanna pflückte einen Strauß Himmelschlüssel und Vergissmeinnicht. Als sie dann unter vielen anderen Besuchern vor der Einfahrt zum Sanatorium standen, bekam Johanna wieder Herzklopfen. Der Portier musterte die Menge. Eine alte Frau klammerte sich an ihren Rosenkranz. Ein ausgemergelter alter Mann schwankte im Stehen hin und her. Eine hochschwangere junge Frau sagte trotzig zu einer älteren: »Und ich heirate ihn doch, sobald er rauskommt.«

Endlich ging das Tor auf. Der Portier kontrollierte die Taschen der Besucher, bei einem fand er zwei Flaschen Wein. »Die bleiben da stehen! Wenn Sie gehen, können Sie sie wiederhaben.«

Der alte Mann schimpfte vor sich hin, aber man sah ihm an, dass er nicht damit rechnete, den Portier umzustimmen.

Gundl lag, in Decken eingewickelt, auf der Terrasse. Als sie Johanna erkannte, ging ein Zucken über ihr kleines Gesicht, sie lächelte, und gleichzeitig standen ihr Tränen in den Augen. »Wie geht's dir?«, fragte Johanna beklommen.

»Ich muss überhaupt nichts tun! Nur liegen und essen. Und die Eichkatzeln kommen wirklich.« Sie senkte die

Stimme. »Die Schwester Petrina hat mir Nüsse gegeben, ich kann die Eichkatzeln füttern.«

Ihre Hände, die ganz weiß geworden waren, machten nach, wie die Eichhörnchen die Nüsse hin- und herdrehten, bevor sie damit davonliefen. »Das eine habe ich Maxi genannt. Es hört schon drauf. Es kommt sogar, wenn ich keine Nuss hab, und sitzt und schaut.« Gundl zeigte auf eine Fichte. »Von dort kommt es meistens. – Manchmal glaub ich, ich bin tot und bin im Himmel.« Eine Schwester kam vorbei und brachte ihr heiße Milch. Sie strich ihr über die Haare. »Du bist ja unsere Bravste, gelt.« Gundls Nachbarin beklagte sich bei ihren Besuchern, sie komme sich vor wie eine Gefangene.

Lange vor Ende der Besuchszeit wusste Johanna nicht mehr, was sie mit Gundl reden sollte. Das Sprechen schien Gundl anzustrengen.

»Ich weiß nicht«, sagte Johanna auf dem Rückweg zu Peter, »irgendwie war sie mir unheimlich.«

Peter nickte. »Aber sie ist richtig glücklich.«

»Ja«, sagte Johanna. »Komisch.«

Sie kehrten in einem Gasthaus ein, Peter bestellte eine Torte für Johanna, obwohl sie heftig protestierte: »Das ist doch viel zu teuer.« Die Wirtin brachte die Torte und Kaffee, echten Bohnenkaffee, den Johanna zum ersten Mal in ihrem Leben trank. Auf der Torte war die Buttercreme zu einem Kringel gespritzt, und in der Mitte dieses Kringels stak eine Kaffeebohne aus Schokolade. Johanna aß andächtig in kleinen Bissen.

Peters Knie drückten an ihre.

Auf dem Weg durch den Graben liefen ihre langen, schmalen Schatten vor ihnen her. Johanna trat vor Peter, sodass ihr Schatten von seinem verdeckt wurde, ging ein Stück zur Seite und ließ ihren Schatten aus seinen Schattenbeinen herauswachsen, machte seinem Schattenkopf mit ihrem Arm einen Elefantenrüssel. Er zog sie an sich. Sie vergaß auf ihre Schürze.

Rechts von der Straße führte ein Wildwechsel in den Wald.

Sie gingen hintereinander, die Zweige streiften sie an beiden Seiten. Nach etwa hundert Metern öffnete sich eine kleine Lichtung. Peter klaubte Steine, Föhrennadeln und große, trockene Zapfen von einem Stück Waldboden. Johanna strich ihren Rock glatt, bevor sie sich setzte. Sie verschränkte die Arme über den Knien.

»Was hast du?«, fragte Peter.

»Ich weiß nicht. Nichts. – Du, ich glaube, da kommt jemand.«

»Höchstens ein Hase. Hab keine Angst.«

»Ich hab eh keine Angst«, log sie.

»Aber eine Gänsehaut.« Er zeigte auf ihre Arme. Die feinen Härchen standen hoch wie ein helles Fell.

Sie versuchte zu lachen, es gelang nicht ganz. Er streichelte ihre Arme. Sie lehnte sich zurück, bis ihr Kopf auf seinem Arm den Boden berührte. Die Wipfel der Lärchen, die im Kreis um die Lichtung standen, beugten sich zueinander. »Ich will nicht, dass du Angst hast«, sagte er. »Ich hab dich wirklich lieb.«

Er streckte sich neben ihr im Gras aus und hielt sie fest. Sie spürte, wie ihre Angst langsam versickerte. Als er aufstand, sich die Nadeln von der Hose klopfte und sagte: »Zeit, dass wir gehen«, wusste sie nicht, ob sie mehr enttäuscht oder mehr erleichtert war.

»Bist du mir böse?«, fragte sie ihn.

Er schüttelte den Kopf. Nach einer längeren Pause fragte er: »Ist es wegen dem Beichtengehen?«

»Nein, das nicht. Der Pfarrer fragt sowieso immer nur das. Der glaubt mir eh nicht, wenn ich nein sag. Ich geh gar nicht mehr. Nein, es ist ...« Sie wusste keine Worte für dieses plötzliche Einfrieren, für die Mauer, die sich um sie herum aufrichtete.

»Hast du mich überhaupt gern?«, fragte er.

»Ja. Ich hab dich sehr gern.«

Der erste Kuckuck des Jahres rief. Johanna griff in die Tasche. »Jetzt hab ich kein Geld zum Klingeln!«

Peter klopfte auf seine Tasche, dann gab er ihr zwei Münzen, die sie aneinander schlug. »So. Jetzt kann nichts mehr passieren, wir werden das ganze Jahr Geld haben«, sagte sie.

Ein leichter Wind trug den übersüßen Geruch des Weißdorns herüber. Peter ging immer schneller. Das Licht fiel schon schräg. »Hast du ein Fuhrwerk bekommen?«, fragte sie.

Sein Gesicht verfinsterte sich. Es tat ihr leid, ihn gefragt zu haben. So hatte er dreingeschaut, als ihm der Bauer das Fuhrwerk verweigerte.

»Zehn Schilling hab ich dafür gezahlt«, sagte er. »Sie haben ja gewusst, dass es schon fast zu spät war, da haben sie mich in der Hand gehabt. Die tun so, als ob der Vertrag nichts gilt, weil die Mutter krank ist.«

Zehn Schilling, dachte Johanna. Die Hälfte von dem, was ich im Monat verdiene. Für einen Tag! »Eine Gemeinheit ist das«, sagte sie.

»Ein Kollege behauptet, wenn ich zum Gericht gehe, müssen sie den Vertrag einhalten. Aber woher nehme ich das Geld für den Anwalt? Und wer sagt, dass die nicht einen Weg finden, die Sache zu drehen? Dann steh ich erst recht da. Es ist leicht reden, man darf sich nichts gefallen lassen. Wenn du zu tief drinsteckst, dann hilft dir keiner raus. Keiner.«

»Du wirst es ihnen noch zeigen!«, sagte sie.

Er lachte. »Genau. Darauf warten sie schon die ganze Zeit.«

Sie hätte heulen können. Warum hatte sie ihn nur daran erinnert? »Es macht doch nichts. Das heißt, natürlich macht es was, aber ich meine ...« Sie verstrickte sich hoffnungslos und gab es auf. Als sie in den Hohlweg einbogen, drehte sie sich zu ihm und schlang beide Arme um seinen Hals. »Du ... die sitzen am längeren Ast. Aber wenn sich mehr auf den kürzeren Ast setzen, dann müsste es doch auch gehen, oder?«

Er küsste sie. Die Kapellenglocke schlug an.

Johanna erschrak. »Ich sollt längst im Stall sein!«

»Ich auch. Am Sonntag geht die Hilde nicht, und die Mutter schafft's nicht.«

Sie liefen den Hang hinunter.

Zum Abschied sagte er: »Weißt du, wir bringen es beide nicht fertig, uns selbst aus dem Dreck zu ziehen. Aber vielleicht kann es einer für den anderen.«

Veränderung

In den nächsten Wochen sahen sie einander nur wenig. Peters Mutter ging es nicht gut, er kam mit der Arbeit auf dem Hof nur schwer zurande. Hilde machte Schwierigkeiten. »Hol dir doch deine Dirn dafür«, sagte sie, sooft Peter sie bat, etwas zu tun. Es kam vor, dass die Kühe noch nicht gemolken waren, wenn er gegen elf Uhr nachts aus der Schicht nach Hause kam. Die Kühe brüllten im Stall, die Nachbarn regten sich auf.

Die Faßbinder redete Johanna auf der Straße an: »Es ist ein Jammer mit der Hilde, ehrlich wahr. Also ich hab kein Auge zugemacht, wie die armen Viecher gebrüllt haben, das war furchtbar.« Sie sah Johanna lauernd an. »Ich würd mir das noch sehr gut überlegen an deiner Stelle. Ich will ja nichts gesagt haben, aber ich mein's dir nur gut.«

Johanna sagte: »Die Bäuerin wartet.«

Einen Tag später hörte Johanna in der Waschküche, wie die Faßbinder zur Bäuerin sagte: »Wie eure Dirn hinter dem Peter her ist, das ist nicht zum Anschauen.«

Johanna goss den Eimer mit der schmutzigen Lauge aus der Waschküche in den Hof, sodass die Faßbinder zur Seite springen musste, um nicht nasse Füße zu bekommen.

»Entschuldigung«, sagte Johanna. »Ich habe nicht gewusst, dass Sie da sind.«

Die Faßbinder drehte sich auf dem Absatz um und verließ den Hof. Johanna grinste. Vor ein paar Wochen, vor ein paar Tagen sogar, hätte ich mich noch gekränkt, dachte sie.

Sie streckte sich und warf den Kopf zurück, bevor sie ins Haus ging.

Jeden Abend, wenn sie vom Feld zurückkam, stand Hilde hinter dem Küchenfenster und schaute mit unbewegtem

Gesicht heraus. Johanna grüßte jedes Mal, aber sie beeilte sich vorbeizukommen. Manchmal nahm sie sogar einen Umweg über die Felder in Kauf.

Sie fürchtete sich vor Hilde.

Eines Abends hörten Maria und Johanna Gejohle am Anfang des Dorfes. Sie gingen schneller die Steilwiese hinauf. Hilde stand vor ihrem Haus, umringt von den Dorfbuben und einigen Mädchen. Hilde drohte den Kindern mit den Fäusten und schrie sie an, was die Kinder zu immer lauterem Gejohle aufstachelte. Maria zog Josef aus der Schar, gab ihm links und rechts eine Ohrfeige, schüttelte einen anderen Buben. »Schämt ihr euch nicht?« Die Kinder rannten davon.

Hilde schüttelte die Fäuste hinter ihnen. »Blöd haben sie mich geheißen«, schrie sie. »Und noch eine Menge anderes ...«

Johanna dachte, Hilde würde zu weinen anfangen.

»Hör doch nicht auf die Fratzen«, sagte Maria.

Hilde nickte.

Josef bekam noch einmal zwei Ohrfeigen von Maria an diesem Abend. »Einen Unglücklichen verspottet man nicht, merk dir das!«, sagte Maria. Er grinste nur.

Von dem Tag an dankte Hilde, wenn Johanna sie grüßte. Manchmal winkte sie ihr hereinzukommen und steckte ihr etwas zu, einen Apfel, ein halb zerbröseltes Stück Kuchen, manchmal eine Rippe Schokolade. Johanna war immer froh, wenn sie wieder weglaufen konnte.

An den Tagen, an denen er Frühschicht hatte, holte Peter Johanna nach der Stallarbeit und dem Essen ab. Er kam nicht ins Haus, er wartete draußen am Zaun.

Manchmal waren sie so müde, dass sie nur bis zur Bank hinter dem Dorf gingen. Neben der Bank stand eine riesige alte Birke mit seltsamen schwarzen, kugelbehangenen

Auswüchsen an ihren Zweigen, die sich als wirres Netzwerk vom Abendhimmel abhoben.

Meistens aber wanderten sie bergauf bis zum Heidelbeerschlag und hinein in den Oberen Wald. Anfang Juli schwärmten Tausende Glühwürmchen über den abschüssigen Hängen, in den tief eingeschnittenen Bachbetten, ließen das Dunkel noch dunkler und die Gräben zu Schluchten werden, wenn es tief unten in der Schwärze aufblinkte, verlosch, funkelte, zitterte, während stetig leuchtende vieläugige Lichter Löcher in den Waldboden zu brennen schienen.

»Das sind die Weibchen«, sagte Peter. »Die sitzen fest.«

Wenn sie einem auffliegenden Glühwürmchen nachblickten, verloren sie es in den Sternen über dem Wald.

Die Ziehmutter schrieb, Marias Mann sei nach Amerika gefahren. »Er hat die Plagerei hier satt und glaubt, er kann es dort zu etwas bringen. Er hat gesagt, er will die Maria und den Kleinen später nachkommen lassen. Wir werden sehen. Die Marillenernte wird heuer gut. Sonst gibt es nicht viel Neues. Bleib brav.« Als Johanna den Brief las, merkte sie, dass das Burgenland plötzlich weiter weg lag als früher. Fast vier Jahre lang hatte sie es vermieden, »daheim« zu sagen oder auch nur zu denken, wenn sie vom Dorf sprach oder vom Lahnhofer-Haus. »Daheim« war bei der Ziehmutter gewesen. Jetzt wurde ihr klar, dass sie dort nicht mehr daheim war. Das war eine andere Johanna gewesen. Zwischen ihr und der anderen stand Peter.

Sie hatte sich die Liebe anders vorgestellt, sie wusste nicht genau wie, aber anders. So, dass man die Kreuzschmerzen nicht mehr fühlte und den bleiernen Krampf in den Armmuskeln, dass die Augen nicht mehr brannten vor Müdigkeit.

Wahrscheinlich lag es an ihr. Vielleicht war es wie mit dem Singen. Manche waren dafür begabt und andere nicht.

Ende August spielte die Blasmusik bei einer Hochzeit in Grafenbach. Johanna spürte wieder den Stich in der Brust, wenn sie Peter spielen sah, wenn er nach einem gelungenen Lauf das Horn absetzte und lächelte. Sie hätte gern ihre Nachbarin angestoßen und gesagt: »Der da, der ist meiner.«

Als sie später in einer großen Runde im Gasthaus saßen, hörte sie, wie der Wirt einen Bauern fragte: »Wüsstest du mir nicht ein braves Mädchen? Unsere Resi heiratet im September, da brauchen wir eine Neue.«

Johanna sah sich in der Gaststube um. Hier arbeiten, das müsste doch schön sein. Zumindestens würde sie lernen, eine anständige Suppe zu kochen. Die Bäuerin ließ sie ja doch nur Zwiebel schneiden und Erdäpfel schälen. Am besten, sie fragte gleich. Sonst überlegte sie nur hin und her, bis ihr Mut aufgebraucht war. Sie stand auf.

»Über den Hof links«, flüsterte Peter.

Sie sagte ihm nicht, was sie vorhatte.

Die Küche war leicht zu finden. Johanna wartete, bis der Wirt herauskam. Er hatte drei Teller mit Gulasch auf einem Arm aufgereiht und vier Paar Würstel auf dem anderen.

»Kann ich Sie dann sprechen?«, fragte Johanna.

»Gleich.«

Als er zurückkam, trug sie ihm ihr Anliegen vor.

»Wo hast du bis jetzt gearbeitet?«, fragte er.

»Beim Lahnhofer. Fast vier Jahre.«

Er nickte. »Kannst du kochen?«

»Noch nicht. Aber ich möcht's lernen.«

Er musterte sie vom Kopf bis zu den Füßen, dann sagte er: »Wir können es ja versuchen. Erst einmal einen Monat auf Probe.« Er öffnete die Küchentür. »Mama!«

Eine dicke Frau schaute von einem dampfenden Topf auf und watschelte herüber.

»Da hätten wir eine Neue«, sagte der Wirt. »Johanna heißt sie.«

So einfach war das. Johanna konnte es kaum glauben. Die Wirtin reichte ihr die Hand.

»Meinst du, dass du fertigwirst mit unseren Mannsbildern da?«

»Ich glaub schon.«

Sie verabredeten, dass Johanna im September anfangen sollte.

Als sie sich zwischen den anderen durchzwängte und neben Peter setzte, sagte er: »Ich hab schon geglaubt, du kommst nicht mehr.«

Johanna strahlte ihn an. »Ich hab mir eine neue Arbeit gefunden. Im September fang ich hier an.«

»Was?«

Sie genoss es, wie ungläubig er sie anstarrte.

»Du bist ja eine ganz Heimliche«, sagte er.

Der Bauer war wütend, die Bäuerin jammerte: »Jetzt, wo so viel zu tun ist!«

»So was von Undank! Da haben wir sie durchgefüttert bis jetzt, und jetzt geht sie!«, schimpfte der Bauer.

»Recht hat sie«, sagte Maria.

Der Bauer schwenkte um. »Mir kann es ja egal sein. Zehne kann ich haben, die mehr wert sind.«

»Dann stell sie doch an«, sagte Maria. »Kannst auch gleich eine suchen, die meine Arbeit macht.«

»Du wirst mir doch nicht erzählen, dass dich noch einer heiratet!«

»Wer sagt, dass ich heiraten will?«

»Wozu wärst du denn sonst gut, sag mir das?«, fragte der Bauer.

»Da muss ich erst noch draufkommen.« Maria ging zur Tür. Sie redete meistens von der Türschwelle ins Zimmer zurück, fiel Johanna auf.

Die Bäuerin seufzte. »Die spinnt wirklich. Es ist ein Kreuz, dass das mit dem Franz auseinandergegangen ist. Aber sie ist ja selbst schuld.«

Am Abend sagte Maria: »Ich bin froh, dass du gehst. Ich hätte auch gehen sollen, solange noch Zeit war.«

»Aber du bist doch hier daheim!«

»Das ist genauso arg. Wenn nicht ärger.«

Nach vier Jahren hatte Johanna immer noch sehr wenig Ahnung davon, was Maria dachte, was sie wollte. Sie hatte geglaubt, Maria sei zwar anders als ihre Familie, aber doch ein Teil davon. »Ich bin zu alt«, sagte Maria. »Das ist es. Ich hätte was lernen müssen.«

»Du? Warum? Du bist doch sowieso wer!«

»Die Tochter vom Lahnhofer, die was mit dem Gruber Franz gehabt hat.« Marias Stimme klang bitter. »Zerbrich dir nicht den Kopf darüber. Schlaf gut.«

In den letzten Wochen bürdete der Bauer Johanna noch mehr Arbeit auf als je zuvor. Gustl war einige Tage bei einer Feuerwehrübung unterwegs und Maria und Johanna mussten auch seine Arbeit übernehmen.

Beim Aufstehen waren sie noch wie zerschlagen vom Vortag, sie schleppten sich durch jeden Tag, bis sie nicht einmal mehr die Schmerzen im Rücken spürten, nur mehr einen dumpfen, unablässigen Druck wie von einer schweren Last, die sich über den ganzen Körper verteilte. Wenn Johanna an den Sonntagnachmittagen neben Peter auf einer Bank oder einem Holzstoß saß, schlief sie sofort ein.

»Das ist ja fad für dich«, sagte sie zu ihm, aber er schüttelte den Kopf und drückte sie fester an sich.

»Wenn ich so sehe, wie die Sonne scheint ...« An seinem Gesicht sah sie, wie schlimm es für ihn war, jeden Tag acht Stunden lang im Dunkel zu arbeiten.

Johanna stellte fest, dass sie ihre Sachen nicht in dem Pappkarton unterbringen konnte, mit dem sie gekommen war. Sie hatte bei einem späteren Besuch bei Löwy noch ein Sommerkleid gekauft, eine Jacke und Unterwäsche. Maria versprach, sich in Gloggnitz nach einem größeren Karton umzusehen.

Als er ihr den letzten Lohn auszahlte, zog der Bauer Johanna acht Schilling ab. »Das ist sowieso nicht einmal die Hälfte von dem, was du ruiniert hast.«

Johanna blickte ihm ins Gesicht. Er war ihr immer so groß vorgekommen. Jetzt erst bemerkte sie, dass sie ihm gerade in die Augen sehen konnte. »Auf die paar Schilling kommt es auch nicht mehr an«, sagte sie.

»Was soll das wieder heißen?«

»Ich rechne es zu den vier Jahren dazu.«

Die Adern an seinen Schläfen liefen an, sein Gesicht wurde dunkelrot, er brüllte Johanna an und beschimpfte sie wüst. Plötzlich schlug seine Stimmung um. »Maria, hol einen Most«, befahl er. Johanna spürte erst jetzt, dass ihre Knie zitterten. Maria stellte den Krug auf den Tisch.

»Schenk ein«, sagte der Bauer. »Wir müssen doch zum Abschied anstoßen.«

Einen Moment lang dachte Johanna, wie schön es wäre, jetzt zu gehen und die Tür zuzuknallen. Sie setzte sich und stieß mit dem Bauern an.

»Du kannst mitfahren, sagte er. »Ich fahr sowieso hinunter.« Sie schüttelte allen die Hände. Josef griff in seine Hosentasche und reichte ihr eine halb aufgeweichte Rippe Schokolade.

»Die ist für dich.«

Da hatte sie nun vier Jahre lang in diesem Haus gelebt, aber die beiden jüngeren Buben hatte sie nie richtig kennengelernt. Sie waren nebeneinander am Tisch gesessen. Die Buben hatten sie manchmal ausgelacht, sie hatten kurz neben ihr auf dem Feld gearbeitet und sich getrollt, sobald die Eltern wegschauten. Sie hatten eigentlich nie einen ganzen Satz miteinander geredet.

Und doch schenkte er ihr etwas, weil sie wegging.

Sie hob ihre beiden Kartons auf den Wagen. »Na siehst du«, sagte der Bauer. »Mit einem bist du gekommen, mit zweien gehst du. Und da beklagst du dich noch?«

Johanna

Anfangs wachte sie nachts oft auf. Sie war den Lärm nicht gewöhnt. Das Zittern und Klirren der Fensterscheiben, wenn ein schwerer Laster vorbeifuhr, machte sie unruhig. Sie schlief in einer Dachkammer, deren Fenster auf die Bundesstraße ging. Zum ersten Mal hatte sie ein Zimmer für sich allein: ein Eisenbett mit durchgelegenen Matratzen, einen Nachttisch, der auf drei Beinen und einem Holzklotz wackelte, einen Schrank, einen Stuhl, einen kleinen alten Spiegel, der links unten blind war und das Gesicht in die Breite verzerrte. An der Wand hing eine kolorierte Fotografie der Rax im Abendrot.

Die Wirtin schenkte Johanna ein paar alte Illustrierte Blätter, Johanna suchte Seiten aus, die besonders schöne Bilder hatten, und breitete sie in die Schrankfächer. Sie stapelte sorgfältig Hemden, Unterhosen, Taschentücher, die zwei Dirndlblusen und die zwei schwarzen Klothschürzen, die ihr die Wirtin gegeben hatte – alles hatte seinen eigenen Platz, Kante auf Kante gelegt.

Johanna fand ein paar verspätet blühende Stängel Lavendel im Küchengarten und hängte sie in den Schrank.

Sie musste erst um sechs Uhr aufstehen, in dem riesigen Herd Feuer machen und die Gaststube aufkehren. Gegen halb sieben kamen die Wirtsleute herunter, den Kaffee kochte die Wirtin selbst. Es gab jeden Tag frische Semmeln, die brachte der Bäckerjunge an die Tür. Die Wirtin nötigte Johanna: »Nimm doch noch eine, iss anständig.«

Anfangs hatte Johanna Herzklopfen, sooft die Glocke über der Eingangstür klingelte. Als sie zum ersten Mal den Bierhahn aufdrehte, lief ihr der Schaum über die Hand. Sie kannte nicht einmal die Namen der verschiedenen Getränke, sie verwechselte die Gläser, ihre Hände zitterten beim Einschenken. Als ihr am ersten Samstagabend ein betrunkener Bauer auf den Hintern klopfte, ließ sie ein Tablett mit Gläsern fallen und die ganze Gaststube voller Männer grölte vor Lachen.

Schon nach kurzer Zeit lernte sie, mit den Gästen umzugehen. Sie wunderte sich selbst, wo plötzlich die Schlagfertigkeit hergekommen war. Sie bekam Trinkgeld. Die Wirtsleute waren mit ihr zufrieden.

Wenn Peter Frühschicht hatte, schaute er auf dem Heimweg vorbei. Die Wirtin schlief um diese Zeit schnarchend auf dem Küchenstuhl, und wenn der Wirt unterwegs war, was häufig vorkam, hatten sie eine viertel oder sogar eine halbe Stunde für sich. Nur die Spaziergänge an den Sonntagnachmittagen gingen ihr ab. Da war die Wirtschaft voll, sie konnte kaum nachkommen mit den Bestellungen. Anfangs wunderte es sie, wie viele Leute ins Gasthaus gingen, obwohl doch alles über die schlechten Zeiten klagte.

An einem Samstagabend saß ein betrunkener Arbeitsloser noch immer in der Ofenecke, als sie schon die Stühle auf die Tische gestellt hatte. Der Wirt hatte an diesem Abend ebenfalls zu viel getrunken und war verschwunden.

»Sperrstunde«, sagte Johanna zum dritten oder vierten Mal. »Ich muss zusperren. Wir kriegen Ärger mit den Gendarmen.«

Der Mann hatte den Kopf auf die Arme gelegt und rührte sich nicht. Sie rüttelte ihn an der Schulter. »Tut mir leid. Sie müssen jetzt gehen.«

Er fuhr auf, seine rot geäderten Augen flackerten, dann krallten sie sich in ihrem Gesicht fest.

»Wie soll ich denn heimgehen?«, stöhnte er. »Ich hätte heut eine Arbeit kriegen sollen. Ich hab sie nicht bekommen.

Die Kinder warten. Die Frau auch. Und das Geld ist weg.« Er knallte zwei Münzen auf den Tisch. »Einen Schnaps bin ich noch schuldig.«

Johanna griff in die Schürzentasche. Sie hatte heute viel Trinkgeld bekommen, vier Schilling. Sie schob es ihm unter den Ärmel »Für Ihre Frau«, sagte sie.

Er rappelte sich, auf den Tisch gestützt, hoch und fegte das Geld vom Tisch. Die Münzen rollten durch die Gaststube. »Ich scheiß auf eure Almosen! Eine Arbeit will ich. Verstehst du? Bin ich vielleicht kein Mensch?«

Er torkelte zur Tür.

Johanna kroch in der Gaststube herum und sammelte die Groschen ein.

Peter kam an den Sonntagen höchstens ganz kurz vorbei. Sie merkte, dass es ihn störte, wenn er zusehen musste, wie sie mit anderen redete und lachte, obwohl er es abstritt. »Einen Tag möchte ich mit dir haben, allein. Ist das zu viel verlangt? Man kann ja nicht einmal reden in dem Wirbel hier.«

Mittwoch war das Gasthaus geschlossen. Mittwochvormittag musste sie Böden schrubben, Fenster putzen, Holzverschalung und Tischplatten ölen, am Nachmittag aber war sie frei. Wenn Peter Frühschicht hatte, verbrachten sie den Nachmittag zusammen, wenn er Nachmittagsschicht hatte, ging sie ihm um zehn Uhr ein Stück entgegen, und er schob sein Fahrrad neben ihr her bis zum Gasthaus. Aber es war zu wenig, viel zu wenig.

Manchmal ging sie an diesen Mittwochnachmittagen nach Gloggnitz, sah die Auslagen der Geschäfte an, plante ihre Einkäufe. Sie verdiente jetzt fünfunddreißig Schilling im Monat. Als sie Anfang Oktober zu Löwys Geschäft kam, klaffte ein Loch in der zersplitterten Fensterscheibe. Auf der

Mauer stand »Juda verrecke« und »Juden raus!« Daneben waren Hakenkreuze gemalt. Während Johanna noch hinstarrte, kam Löwy aus dem Hinterzimmer. Er hatte einen weißen Verband um die Stirn und ging vornübergebeugt, schleppend. Er war sehr blass.

Fast alle Leute sagten, die Juden seien an allem schuld. An der Arbeitslosigkeit, an den hohen Preisen. Manche behaupteten, die Juden regierten die Welt.

Aber Löwy? Und Ruth? Wem hatten die etwas getan?

Hemma hatte schreckliche Geschichten von Juden erzählt, die Christenkinder schlachteten für ihr Osterfest. Aber Hemma hatte auch schreckliche Geschichten von Sozis erzählt, die Pfarrer ermordeten und Nonnen schwängerten. Hemma hatte überhaupt schreckliche Geschichten erzählt. Warum sollten ausgerechnet die über die Juden wahr sein?

Löwy war freundlich zu ihr gewesen, der erste Mensch, der hier wirklich freundlich zu ihr gewesen war.

Johanna war rund um den Hauptplatz gegangen. Sie betrat das Geschäft. Es war niemand zu sehen. Sie stand da und wartete. Ruth kam heraus. Sie sah Johanna nicht an wie sonst. Ihre Augenwinkel waren rot.

»Ich ... ich bin ... etwas schuldig«, stotterte Johanna.

»Ich hole das Buch.« Ruth ging ins Hinterzimmer, Johanna hörte sie leise sprechen, verstand aber nichts. Sie legte das Geld auf das Verkaufspult.

Ruth kam mit dem Buch zurück, schlug es auf, trug das Datum ein und schrieb den Betrag daneben.

Johanna blieb noch einen Augenblick stehen, dann grüßte sie und ging.

Anfang Oktober gab es einige strahlende, warme Tage, voll Altweibersommer und goldenem Licht. Peter und Johanna gingen langsam durch den Wald und fanden eine neue Lichtung mit weiß glänzenden Birken, wo noch rote Preiselbeeren aus den dicken grünen Blättern leuchteten. Peter drückte Johanna an sich, steckte sein Gesicht in ihre Halsgrube. »Du weißt ja nicht, wie du mir abgehst«, sagte er.

Die Angst, die eigenen und fremden Bedenken, die sich über Jahre aufgebaut hatten und immer wieder genährt worden waren, fielen von ihr ab. »Komm zu mir«, sagte sie.

Als sie aufstand, nachher, waren ihre Knie wie aus Gummi.

Sie sah ihn an. Seine Augen waren anders als sonst, die Falten um seinen Mund waren verschwunden.

»Sieht man es mir auch an?«, fragte sie leise.

Er streichelte sie vorsichtig mit einem Finger, von der linken Schläfe über Wange und Kinn bis hinauf zur rechten Schläfe.

»Du bist so unheimlich schön«, sagte er.

»Das ist keine Antwort«, sagte sie und lächelte.

»Nein, aber ich kann jetzt nicht richtig denken. Wir haben verdammt lang gewartet, weißt du. Und jetzt lass ich dich nicht wieder los.«

Die Wirtin blickte genauso schläfrig auf wie sonst, als Johanna zurückkam, der Wirt erzählte von einem Motorradunfall in Wimpassing, das Essen schmeckte wie sonst.

Ihr Bett kam ihr groß und leer vor.

Komisch, dachte sie. Wie gar nichts war, da haben alle was gesehen, und jetzt merkt es keiner. Sie lachte in sich hinein.

Am nächsten Abend stand Peter plötzlich in ihrem Zimmer.

»Bist du verrückt? Was ist, wenn die Wirtin kommt?«

»Die hören wir doch eine halbe Stunde vorher schnaufen, bis sie die Treppe raufsteigt, bin ich längst aus dem Fenster.«

Angst

Anfang November war Vollmond, ein riesiger, rotgoldener, schwerer Vollmond, der tief ins Unterholz leuchtete und die Nacht so hell machte, dass man hätte lesen können.

Sonst kam am ersten oder zweiten Tag nach Vollmond ihre Regel. Diesmal kam sie nicht.

»Was rennst denn ständig aufs Klo?«, fragte die Wirtin. »Hast einen Blasenkatarrh? Das kommt davon, weil ihr jungen Dinger euch nicht anständig warm anziehen könnt.«

Peter hatte Nachmittagsschicht, Johanna sah ihn nur für Minuten am späten Abend. Sie schüttete ein ganzes Paket Salz in einen Eimer und nahm ein Fußbad, so heiß, dass sie es kaum aushielt. Irgendwer hatte einmal gesagt, das solle helfen.

Sie sagte sich: Wenn ich den Boden fertig aufgewaschen habe. Wenn die Fenster geputzt sind. Wenn ich morgen Früh aufwache. Sie schnitt sich beim Bratenaufschneiden in den Finger, starrte das Blut an, das auf das Fleisch tropfte, bis die Wirtin herüberrief: »Johanna, spinnst du? Die Gäste warten!«

Sie verschüttete Rotwein und ein Gast rief: »Pass auf, das gibt eine Kindstauf!«

Sie spürte immer wieder ein Ziehen im Bauch, wurde immer wieder enttäuscht.

Jetzt durfte sie einfach nicht schwanger sein, jetzt nicht!

Nicht jetzt, wo sie endlich eine Arbeit hatte, die ihr Freude machte, wo sie endlich verdiente, wo sie anfangen konnte, sich etwas zu schaffen. Vor einer Woche hatte sie die ersten Handtücher gekauft und gedacht, sie würde langsam eine Ausstattung zusammensparen.

Bitte nicht jetzt. Bitte!

Wen konnte sie denn bitten? Heilige Maria ... Darum konnte man sie doch nicht bitten. Dafür war sie nicht zuständig. Johanna hatte sich noch nie so oft angestoßen, war noch nie so oft gestolpert.

Vielleicht habe ich mich wirklich verkühlt, dachte sie. So etwas kann leicht vorkommen.

Sie glaubte sich selbst nicht.

»Zieh dir doch was an, wenn dich friert«, sagte die Wirtin.

Johanna schrak auf, verbrannte sich die Hand am Backrohr, das sie geöffnet hatte, um den Gugelhupf für Sonntag hineinzuschieben. Ein paar Minuten später sah sie, dass sie vergessen hatte, den Eischnee in den Teig zu rühren.

Samstagabend kam Peter auf dem Heimweg von der Schicht vorbei. Er stand im Gang zum Keller, als sie mit einer Flasche Wein heraufkam, legte die Arme um ihre Hüften.

»Lass mich!«, fauchte sie. »Siehst ja, dass ich zu tun habe.«

»Dann kann ich ja gehen.«

Sie zuckte mit den Schultern und trug den Wein in die Gaststube. Als sie wieder hinauslief, war er verschwunden.

Sooft die Tür aufging, blickte sie hin, aber es waren immer andere Gäste, die hereinkamen.

Montagnachmittag stand er plötzlich da, die Hände in den Hosentaschen, und beobachtete sie. Die Gaststube war fast leer, zwei Fernfahrer saßen über ihrem Kaffee, die wollten sicher nichts mehr, der Altbauer vom Nachbarhof hatte bereits sein zweites Achtel Roten vor sich stehen, und mehr trank er nie.

»Kann ich einen Augenblick weg?«, fragte sie die Wirtin.

»Geh nur.«

Johanna ging mit Peter hinters Haus. Sie ließ sich von ihm küssen.

»Was ist los mit dir?«, fragte er. »Hast du dir's anders überlegt?«

»Ich ...« Sie schluckte, ihre Hand fuhr vor den Mund, als könnte sie die Worte zurückschieben, noch während sie sie mühsam heraufwürgte. »Ich krieg ein Kind, glaub ich.«

»Was?«

»Ich bin schwanger.«

»Nein!«

Sie ließ die Hände sinken und sah ihn an.

»Das gibt's doch nicht«, murmelte er. Er begann auf und ab zu gehen, die Hände hinter dem Rücken verschränkt.

Ihr tat alles weh vor Sehnsucht, sich anzulehnen, sich auszuweinen, aber sie sah, dass sie das jetzt nicht konnte, nicht bei ihm. »Was machen wir denn nur?«, fragte er.

»Mich fragst?« Sie wurde zornig, zornig vor Hilflosigkeit und Enttäuschung. Sie ließ ihn einfach stehen und ging zurück ins Haus. Die Fenster waren zu putzen. Sie rieb ihre Wut in die Scheiben, wunderte sich nur, dass keine zerbrach, nicht einmal die mit dem großen Sprung.

Wenn die Wirtsstube voll war, wenn sie hin- und herzurennen hatte, Bestellungen im Kopf behalten musste, konnte sie für eine halbe Stunde oder auch länger ihr Problem vergessen.

Sie konnte sogar schlagfertig auf die Bemerkungen der Gäste eingehen, lachen, sich mit einer raschen Bewegung aus der Reichweite tapsender Hände entfernen. Alles wie sonst. Bis plötzlich der Moment kam, wo sie sich selbst zuschaute. Dann musste sie sehr aufpassen, um nicht zu stolpern.

Am Sonntagnachmittag saß Peter vor einem Glas Wein in der Gaststube, sah ihr zu und sagte vorwurfsvoll, als sie sein leeres Glas wegnahm: »Also dich scheint's ja wenig zu stören.«

»Glaubst du!«

Er hielt sie am Arm fest. »Was ist jetzt?«

»Nichts ist. Lass los! Der Wirt schaut schon her.«

Sie tat ihre Arbeit noch eifriger als sonst, als könnte sie dadurch etwas ändern. Die Arbeit half ihr, die Hoffnung aufrechtzuerhalten, dass es vielleicht doch nur ein falscher Alarm war, dass sie morgen oder übermorgen aufwachen und einen Blutfleck auf dem Nachthemd finden würde.

Sobald sie allein war, begann sich in ihrem Kopf ein Mühlrad zu drehen, und von jeder Schaufel fiel das Wort: Schwanger. Es half nicht, wenn sie die Fäuste an die Ohren presste. Fast jede Nacht wachte sie mehrmals mit dem Gefühl auf, aus großer Höhe gefallen zu sein.

Peter ließ sich eine ganze Woche lang nicht blicken. Am Mittwochnachmittag ging sie allein in den Wald, watete durch die raschelnden Blätterhaufen steil bergauf, begann zu keuchen, bekam Seitenstechen, zwang sich, trotzdem weiterzusteigen, ohne das Tempo zu verlangsamen. Die kalte Luft, die in den Lungen brannte, tat irgendwie gut. Das Rauschen in ihren Ohren übertönte das ewig leiernde Mühlrad.

Oben blieb sie stehen und blickte um sich. Langsam nahmen ihre Augen Einzelheiten auf – den vom Blitz gespaltenen Baum, dessen eine Hälfte sich ein paar Blätter abgequält hatte, die roten Hagebutten, den Hochleitungsmast, von dem ein hohes Surren ausging. Plötzlich setzte im Graben ein Laut ein, ein wütendes Gebell, aber tiefer, höher, durchdringender als alles, was sie je gehört hatte, ein Gebell, das von irgendwo zurückgeworfen wurde, immer noch stärker wurde. Dann ein entsetzliches Krachen.

Johanna rannte los, stolperte über Steine, verfing sich in Brombeerranken, fiel hin, rappelte sich auf, rannte weiter, obwohl ihr Knöchel bei jedem Schritt mehr schmerzte.

Erst am Waldrand blieb sie stehen. War da ein Hund in ein Fuchseisen geraten? Der musste Todesqualen leiden. Und sie war davongerannt. Es war mit ihr davongerannt.

»Hast du die Hirsche gehört?«, fragte der elfjährige Nachbarbub, der, einen Erdäpfelsack voll Föhrenzapfen hinter sich herziehend, aus dem Wald kam. Seine Wangen waren tiefrot vom Wind, an seiner Jacke hingen Nadeln und dürre Blätter.

Hirsche?

Pauli sah sie erwartungsvoll an.

»Sie waren ja laut genug«, sagte Johanna.

Er nickte, kam einen Schritt näher. »Ich hab sie gesehen«, sagte er leise. »Kopf an Kopf auf den Hinterhaxen, das hat gekracht, als ob gleich die Schädel zerspringen. Das war …« Während er noch nach einem Wort suchte, rief ihn seine Mutter.

»Verrat mich nicht! Die Mutter mag's nicht, wenn ich den Viechern nachsteig.«

Johanna nickte. Er rannte davon, vor seinem Haus drehte er sich noch einmal um und winkte ihr.

»Hast du den Pauli gesehen?«, fragte die Wirtin. »Seine Mutter war schon dreimal da.«

»Er ist grad heimgekommen«, sagte Johanna.

Die Tage vergingen. Johanna puppte sich ein in ihrer Verzweiflung. Sie stand auf, sie tat ihre Arbeit, sie ging schlafen. Das war alles. Weiter dachte sie nicht.

Am Sonntagmorgen beim Aufstehen schaffte sie es gerade noch, zur Waschschüssel zu kommen, bevor sie sich übergab, krampfhaft würgend immer und immer wieder, bis nur mehr bitterer gelber Schaum hochkam. Sie spülte sich den Mund aus. Ihr Blick fiel auf das blasse Gesicht im Spiegel mit den in die Stirn geklebten Haaren. Das sollte sie sein?

Sie trug die Schüssel hinunter, vermied es, auf die knarrenden Stufen zu treten, atmete auf, als sie die Schüssel gesäubert zurückgestellt hatte. Das kalte Wasser tat gut auf ihrem Gesicht. Sie ging hinunter, heizte ein, biss heißhungrig in eine Semmel, noch bevor die Wirtsleute aufstanden.

Am Sonntag kam Romana mit einem jungen Mann, den sie als ihren Verlobten vorstellte. Sie redete wie aufgezogen, er stand daneben und lächelte. Romana erzählte, der Herr Oberstaatsanwalt habe versprochen, sie könnten in das Pförtnerhaus bei ihm ziehen, Hans könne den Garten betreuen und sie das Haus, und sie sei so wahnsinnig glücklich. Sie küsste Johanna auf beide Wangen, dann stolzierte sie mit ihm davon.

Sie muss herzeigen, wie glücklich sie ist, damit sie es auch weiß, dachte Johanna. Wie ein Kind. Ich komm mir vor wie ein altes Weib neben ihr. Dabei ist sie zwei Jahre älter als ich.

Als Johanna am Mittwoch aus dem Haus trat, stand Peter verlegen vor der Tür. Sie sah zum ersten Mal, wie groß seine Hände aus den zu kurzen Jackenärmeln hingen.

Sie streckte ihm die Hand hin.

»In Pottschach spielen sie einen lustigen Film«, sagte er. »Magst gehen?«

»Warum nicht?«

Er erzählte, seine Mutter habe wieder zwei Anfälle gehabt, sie traue sich kaum noch aus dem Haus, und Hilde werde immer schwieriger. Er erzählte von einem großen Begräbnis, auf dem sie gespielt hatten. Sie erzählte von Romana. Im Kino lachte sie sogar, obwohl sie hinterher nicht wusste, wovon der Film gehandelt hatte.

Vor dem Haus küssten sie sich. Als sie schon die Tür aufgesperrt hatte, fragte er: »Du ... geändert hat sich nichts?«

»Nein.«

»Ja dann ...«

Sie wartete, die Türklinke in der Hand. Er kratzte sich am Ohr.

»Johanna ...«

Sie ging zu ihm zurück, legte ihm beide Arme um den Hals. Er hielt sie fest, streichelte ihre Haare und murmelte: »Es wird schon werden, es wird schon werden.«

»Herrgott noch einmal, verstehst du denn gar nichts?« Sie lief ins Haus.

Dann lag sie im Bett und starrte auf die Holzdecke. Da wuchs etwas in ihrem Bauch, das würde sie vertreiben aus diesem Bett, aus diesem Zimmer, aus diesem Haus. Draußen warteten schon welche, die würden ihren Platz einnehmen. Und sie?

Sie schlug mit beiden Fäusten auf ihren Bauch.

Konnte sie denn gar nichts tun?

Die Hebamme! Die Mädchen hatten doch darüber getratscht, dass die nicht nur Kinder zur Welt brachte. Dass die auch Kinder wegmachte, wenn man rechtzeitig zu ihr ging. Wann war rechtzeitig? Aber das war eine Sünde. Eine Todsünde. Und gefährlich dazu. In Schönstadel war eine daran gestorben.

Es war auch eine Sünde, dass sie überhaupt schwanger war. Ohne Trauring.

Aber da musste doch ein Unterschied sein. Und wenn keiner war, dann ... dann stimmte überhaupt alles nicht.

Hilf mir doch, irgendwer!

An manchen Tagen gelang es ihr, fast überhaupt nicht zu denken, besonders als die morgendliche Übelkeit aufhörte. Nur wenn sie am Montagmorgen die Aborte nach den Betrunkenen vom Sonntag putzen musste, erbrach sie sich, bis sie kaum stehen konnte, und dachte, jetzt müsse sie nicht nur ihren Magen, sondern auch alles andere, was in ihr war, herausgewürgt haben.

Sie scheute sich davor, das, was in ihr wuchs, ihr Kind zu nennen. Zu Peter hatte sie noch gesagt: Ich krieg ein Kind. Da hätte er es annehmen können, »mein Kind« sagen. Er hatte es nicht getan. Er war nur verstört gewesen.

Am Heiligen Abend schmückte Johanna einen kleinen Christbaum für die Gaststube. Die Wirtin saß in der Küche und weinte vor sich hin. Der Wirt war betrunken. Vor achtzehn Jahren war ihr einziges Kind, ein Sohn, am Weihnachtsabend überfahren worden.

Dichter Nebel hing über dem Tal. Der Ofen rauchte. In der Stube saßen nur wenige Gäste.

Der alte Krehl bestellte den fünften Obstler.

»Heute wirkt das Dreckszeug nicht«, beschwerte er sich bei Johanna. Sooft die Tür aufging, duckte er sich. Bald würde seine Tochter kommen und ihn heimführen. Die Tochter war eine ausgemergelte Frau. Ihr Mann verdämmerte in der Irrenanstalt, seit er bei einer Prügelei auf den Kopf geschlagen worden war.

Oben in Johannas Zimmer lag ein Päckchen aus dem Burgenland. Sie wollte es nach der Mette aufmachen.

Um halb elf holte Peter sie ab. Sie gingen durch den brodelnden Nebel. Im schwankenden Lichtkegel von Peters Taschenlampe nahmen die Nebelfetzen Körper und Gesichter an, die gleich wieder zerflossen. Die nasse Kälte fraß sich durch Johannas Mantel, durch ihre Jacke, durch ihre Haut.

»Die Mutter wäre so gern in die Kirche gegangen«, sagte Peter, »aber sie traut sich nicht. Sie hat Angst, sie bekommt einen Anfall in der Kirche. Einmal ist ihr das passiert, da haben die Leute gesagt, der Teufel ist in sie gefahren.«

Die Kirche war voll.

Die Orgel spielte über Johanna hinweg.

»... und wickelte ihn in Windeln und legte ihn in eine Krippe, denn sie hatten sonst keinen Raum in der Herberge.«

Der Nebel lag noch drei Tage lang im Flusstal, und dann fiel in einer Nacht so viel Schnee, dass ein armdicker Ast des Marillenbaums unter der Last abbrach. Johanna brauchte zwei Stunden, um den Hof freizuschaufeln, und als sie fertig war, lag schon wieder eine zentimeterdicke Decke auf den Steinplatten.

Sie wollte sich aufrichten und ins Haus gehen, da durchzuckte sie ein so krampfender Schmerz, dass sie gekrümmt und wimmernd stehen blieb, sich dann an der Wand entlang ins Haus schleppte. Sie ließ sich auf die Bank fallen. Der Wind schlug die Tür zu.

Die Wirtin kam in die Stube und sprach Johanna an. Sie schaffte es nicht zu antworten, hörte wie durch Watte Schritte. Dann lag plötzlich etwas auf ihrem Bauch, schlappend und heiß. Es dauerte einen Augenblick, bis Johanna die Wärmeflasche erkannte. Die Wirtin breitete eine Decke über sie. Johanna konnte wieder durchatmen. Der Schmerz zog sich ins Kreuz zurück, schrumpfte ein.

Das große fleischige Gesicht hing ganz nah neben ihrem.

»Geht's wieder? Na siehst du. Wärme tut immer gut. Das kommt, weil du so hundemager bist. Dabei kann keiner sagen, dass er bei mir nicht satt geworden wäre. Frisst halt noch der alte Hunger mit bei dir, bevor's anschlagen kann.« Das Gemurmel war beruhigend.

Als Johanna eine Stunde später aufwachte, fühlte sie sich wohl wie seit Langem nicht, obwohl ihre Beine und ihr Rücken vom Liegen auf der harten Bank steif waren. Die Wirtin brachte ihr eine Tasse Tee. Die war heute schon mehr gelaufen als sonst in einer Woche. Die Besorgnis hatte die Trägheit aus ihrem Gesicht gewischt.

»Da, trink, solange er heiß ist.«

Johanna wagte es nicht aufzustehen, solange jemand im Raum war. Sie erwartete, dass es ihr gehen würde wie damals Maria. Die Wirtin zog sich in die Küche zurück. »Ich mach dir jetzt eine Suppe.«

Johanna stand auf und ging über den Hof. Der Schnee glitzerte. Es war nichts passiert. Seltsamerweise wusste sie nicht, ob sie enttäuscht oder erleichtert war.

Sie war der Wirtin dankbar, die die Frage nicht stellte, die fast automatisch gefallen war, wenn einer Dirn im Dorf irgendetwas fehlte, von Halsschmerzen bis Durchfall: »Bist du vielleicht schwanger?«

Johanna lebte von einem Tag zum anderen.

Noch sah man nichts, wenn sie angezogen war.

V. Teil

1936

Anfang

Ende Februar, abends im Bett, spürte sie das Kind zum ersten Mal. Sie legte die flache Hand auf ihren Bauch, spürte die Bewegung noch deutlicher und ein Pochen von innen dazu. Sie lag still, das Pochen in ihr hüllte sie ein. Dann begann sie, mit dem Zeigefinger vorsichtig zurückzuklopfen.

Ich muss mir eine Handcreme kaufen, dachte sie, meine Finger sind so rissig. Sie fing zu lachen an. Das merkt doch nichts davon, das Kind. Das sitzt so tief drinnen, dem kann keiner an.

Am nächsten Tag schrieb sie der Ziehmutter: »Ich bekomme ein Kind. Sei nicht bös.« Sie trug den Brief sofort zum Postkasten an der Autobushaltestelle, und als sie dann später am Vormittag neben der Wirtin in der Küche saß und beide Erdäpfel schälten, sagte sie es ihr.

»Ich bin schwanger.«

Die Wirtin sah sie ungläubig an, sagte lange nichts, starrte auf Johannas schwarze Schürze.

Einen Augenblick lang sah Johanna hinter den im Fett fast versteckten Augen etwas aufleuchten.

»Du bekommst ein Kind«, sagte die Wirtin. »Heiratet er dich?«

»Ich weiß nicht. Er hat nicht davon gesprochen.«

Die Wirtin beugte sich vor, legte Johanna die Hand auf den Arm. »Wenn du auf einen Mann wartest, kannst du lang warten, die sind so umständlich, verstehst du? Dein Peter ist auch nicht anders. Die sehen alle nur stark aus.«

Der Wirt kam von draußen herein. Schnee klebte an seinen Haaren, an seinen Augenbrauen. »Die Johanna kriegt ein Kind.« Was war das, was da in der Stimme der Wirtin mitschwang? Neid? Freude?

»Also das hat mir gerade noch gefehlt«, sagte der Wirt.

»Warum dir?«, fragte die Wirtin.

»Weil ich mir eine Neue suchen muss. Gerade, wo sich die Gäste so richtig an sie gewöhnt haben. Schad um sie.«

Gab es da vielleicht doch eine Hoffnung?

»Wenn ... wenn ich vielleicht bleiben könnte ...«

»Nichts da. Das ist ein Gasthaus und kein Kindergarten«, sagte der Wirt.

Die Wirtin öffnete den Mund, er ließ sie nicht zu Wort kommen.

»Du sei ganz still. Dich und dazu eine Dirn mit Kind – da könnt ich mich gleich aufhängen. Kommt nicht infrage.« Er wandte sich an Johanna. »Wenn du das Kind irgendwo unterbringst, dann ist es was anderes. Sonst bin ich ja zufrieden mit dir.«

Zwei Tage später versuchte Johanna einen zweiten Vorstoß. »Ich würde auch ganz sicher alles so machen wie bisher ...«

»Da wird nichts draus«, sagte er. »Du kannst gern bleiben, solang du rechtzeitig vorher gehst. Ich bin sicher ein umgänglicher Mensch, aber damit ist nichts.«

Die Ziehmutter schrieb: »Komm her. Dann können wir über alles reden.« Sie musste am selben Tag geantwortet haben, an dem sie Johannas Brief bekommen hatte.

Der Wirt war auch sofort bereit, ihr fünf Tage Urlaub zu geben.

»Am Montag kannst du fahren, aber am Samstag musst du da sein. Die Woche über wird's schon gehen. Schaust dich gleich um einen Platz um.«

Peter sah sie entsetzt an, als sie ihm sagte, dass sie ins Burgenland fahren werde.

»Ich muss doch schauen«, sagte sie, »ich brauch ja dann einen Platz, irgendwo.«

»Aber ... aber du und ich ...«

»Da ist auch noch das Kind«, sagte sie. Sie faltete die Hände über dem Bauch, den man jetzt schon deutlich sah, wenn sie ihn nicht absichtlich einzog wie in der Gaststube.

»Du bist so anders ... seither. Ich weiß nie, wie ich dran bin.« Er legte ihr vorsichtig den Arm um die Schulter, als hätte er Angst, sie könnte ihn zurückweisen.

Sie hätte sich so gern richtig angelehnt. Aber sie wusste nicht, ob sie sich auf sich verlassen konnte, ob sie ihn nicht am Ende bitten würde, sie nicht so allein zu lassen mit dem Kind, das ja auch seines war.

»Es ist alles so verdammt schwierig«, sagte er.

Am Tag ihrer Abreise steckte ihr die Wirtin ein zwischen zwei Brotschnitten gepacktes Schnitzel zu. »Für die Fahrt. Du musst jetzt anständig essen.« Ihre Blicke tasteten Johannas Bauch ab. »Bewegt es sich schon?«

»Ja«, sagte Johanna. »Seit drei Wochen.«

Die Wirtin nickte, dann wandte sie sich ab.

Peter begleitete Johanna zum Autobus.

»Hast du denn keine Arbeit?«, fragte sie.

»Schon. Ich muss die Lisa verkaufen, wegen der Steuer. Es geht sich rundherum nicht aus. Der Lahnhofer will sie zu Mittag anschauen kommen.«

»Die Lisa?«

»Na ja, die Minna könnte ich nur dem Fleischhauer verkaufen, und das wär doch schad. Auf die Lisa spitzt der

Lahnhofer schon lang.« Johanna wusste, wie sehr Peter an der Kuh hing. Er hatte ihr erzählt, dass sie sich als Kalbin bös verletzt hatte und er eine ganze Nacht bei ihr gesessen war und ihr Umschläge gemacht hatte. Sie war die schönste Kuh im Dorf, mit der besten Milchleistung, und Peter war stolz auf sie gewesen.

Der Autobus tauchte in der Ferne auf.

»Der Lahnhofer bekommt immer, was er will«, sagte Peter bitter. Sie küsste ihn. Der Autobus bremste knapp neben ihnen und bespritzte sie beide mit Schneematsch.

Die Ziehmutter holte sie mit Walter ab. Johanna ärgerte sich, dass sie nicht daran gedacht hatte, ihm etwas mitzubringen. Die Ziehmutter war alt geworden, hagerer. Sogar ihr Zopf war dünner. Johanna hätte sie gern umarmt, aber es hatte nie Zärtlichkeiten gegeben zwischen ihnen. Sie konnte sich auch nicht erinnern, je gesehen zu haben, dass die Ziehmutter Maria geküsst hätte. »Gib der Tante Johanna die Hand«, sagte die Ziehmutter. Walter sah Johanna aus großen Augen ernst an, bevor er zögernd die Hand ausstreckte.

Das Haus war genau so, wie Johanna es in Erinnerung hatte. Nur die Küchenvorhänge waren nicht mehr grün, sondern blau. Auf dem Tisch standen die alten Tassen mit den Namen. Marias Tasse hatte einen Sprung und es gab eine neue, für Walter. Der Kuchenteller war wegen der Fliegen mit einem sauberen Geschirrtuch zugedeckt.

»Hast du Buchteln noch immer gern?«, fragte die Ziehmutter. Maria kam und begrüßte Johanna. Sie war dick geworden, so wie Leute dick sind, die nicht aus Hunger oder aus Freude essen, sondern die mit jedem Bissen ihre Verzweiflung in sich hineinstopfen.

»Der Vater kommt dann auch gleich«, sagte Maria. »Er wollte einen Wein holen, zum Feiern. Das Durchkosten wird halt eine Weile dauern.«

Sie tranken Kaffee, Bohnenkaffee wie am Sonntag. Die Ziehmutter nötigte Johanna zum Essen. »Musst ja jetzt für zwei essen.« Walter sah Johanna die ganze Zeit unverwandt mit seinen großen Augen an, ohne auch nur mit der Wimper zu zucken. Sie hätte gern gewusst, was er dachte.

Der Pflegevater kam. Er ging langsamer, schwerer als früher.

»Fesch bist du geworden«, stellte er fest. »Nur ein bisserl mager.« Johanna legte die Hand auf ihren Bauch. »Also das kann man aber jetzt wirklich nicht sagen!«

»Abgesehen davon«, sagte der Pflegevater.

Sie gingen in den Stall. Die weiße Katze schmeichelte Johanna um die Beine. »Die tut grad so, als ob sie mich noch kennt!«

»Warum soll sie dich nicht kennen?«, fragte die Ziehmutter.

Im Mistbeet standen die Salatpflanzen schon einen Finger hoch.

»Ihr seid viel früher dran als wir«, sagte Johanna.

Sie drehten eine Runde durch das Dorf. Fast an jedem Zaun blieben sie stehen und wechselten ein paar Worte. Alle Frauen musterten Johannas Bauch, aber keine stellte eine Frage.

Walter gab ihr freiwillig die Hand. Sie zog ihn in den Laden gegenüber der Kirche und forderte ihn auf, sich etwas auszusuchen. Er dachte lange nach, dann zeigte er auf einen kleinen Wagen, den ein Holzpferd zog.

»Du sollst das Kind nicht verwöhnen«, sagte die Ziehmutter.

Daheim musste sich Johanna hinsetzen, sie durfte weder beim Kochen helfen noch im Stall. Am nächsten Tag schickte die Ziehmutter sie spazieren. »Du kannst das Kind mitnehmen, wenn du magst. Er ist lästig im Stall.«

Die Felder waren hier alle schon schneefrei, die Erde glänzte schwer und schwarz. Die Weiden am Feldrand schimmerten rötlich.

»Schneidest du mir einen Stecken?«, bat Walter.

Sie hatte kein Messer bei sich, die saftstrotzenden Zweige ließen sich schlecht abreißen.

»Mein Papa hat immer ein Messer«, sagte Walter. Er ließ den Zweig durch die Luft sausen. »Er kommt eh bald. Kennst du ihn?«

»Ja, aber ich hab ihn lang nicht gesehen.«

»So lang wie ich?«

»Noch länger«, sagte sie.

»Wenn mein Papa kommt, bringt er mir ein Pferd mit. In Amerika gibt's viele Pferde.«

Er hatte eine merkwürdige Art zu reden. Nach jedem Wort machte er eine winzige Pause, als müsse er sehen, ob es auch richtig stand und nicht wackelte.

Sie setzten sich auf eine Böschung, wo das alte Gras trocken und warm war.

»Kriegst du wirklich ein Kind?«, fragte er.

Sie nickte.

»Und wo kriegst du es her?«

Sie zögerte. Vielleicht war es Maria nicht recht, wenn sie ihm die Wahrheit sagte. Aber sie brachte es nicht fertig, ihn anzulügen. »Da drin ist es.« Sie zeigte auf ihren Bauch.

Er nickte einige Male, dann hob er das Gesicht und lächelte ihr zu. Gleich darauf rannte er weg und brachte einen ungewöhnlich großen Föhrenzapfen. Sie spielten damit Ball, bis Walter müde wurde und sich neben Johanna setzte. Sie legte den Arm um ihn. Er rollte sich zusammen, als hätte er keinen einzigen Knochen im Leib, und legte die Wange an ihren Bauch.

Plötzlich fuhr er auf »Du! Da hat's geklopft!«

»Das ist das Kind«, sagte sie.

Am Abend bestand Walter darauf, dass Johanna zu ihm kommen und ihm gute Nacht sagen solle. Er legte die Arme um ihren Hals und zog ihren Kopf zu sich herunter.

Maria stand in der Tür.

Die Ziehmutter saß beim Küchentisch und flickte Stallgewand. »Setz dich her«, sagte sie zu Johanna. »Was hast du denn jetzt vor?«

»Ich weiß nicht.«

Die Ziehmutter suchte einen geeigneten Flicken aus, steckte ihn fest, und sagte dann: »Ich habe es mir überlegt. Du kannst das Kind herbringen. Ob eins oder zwei macht nicht so viel Unterschied, und für den Walter ist es ganz gut, weil er jetzt ja doch keine Geschwister kriegt!«

Johanna griff nach ihrer Hand. »Danke, du ...« Die Ziehmutter zog ihre Hand zurück und begann mit großen Stichen zu nähen: »Die Augen, weißt du. Und es lohnt sich sowieso nicht mehr, das wer weiß wie zu nähen. Es reißt ja doch gleich daneben wieder auf.«

Johanna nahm eine Hose aus dem Flickkorb. Sie spürte deutlich, wie etwas Spitzes gegen ihre Bauchdecke stieß, ein Ellbogen oder ein Knie. »Nein«, sagte sie. »Ich will das Kind nicht weggeben. Nicht einmal zu dir. Es soll bei mir sein.«

Sie war selbst überrascht. Gestern noch wäre ihr das Angebot mehr als willkommen gewesen. Vielleicht noch vor einer Stunde. Maria war aus dem Stall gekommen. Sie stützte sich auf den Tisch. »Und wie willst du das machen? Wo willst du wohnen? Wie willst du dein Geld verdienen?«

»Ich weiß nicht«, sagte Johanna. »Es wird sich was finden.« Maria beugte sich vor. »Das glaubst du doch nicht im Ernst?« Die Ziehmutter blickte von ihrer Näherei auf. »Lass sie, Maria. Vielleicht hat sie recht.«

»Sie spinnt«, sagte Maria. »Eine Dirn mit Kind nimmt keiner. Setz ihr doch keine Rosinen in den Kopf, Mama. Willst du sie unglücklich machen?«

»Das ist sie schon. Weil wir sie damals haben weggehen lassen.« Maria setzte sich. »Da hat aber keiner was dafürkönnen.« Johanna fiel auf, wie müde ihre Augen geworden waren.

Die Ziehmutter schüttelte den Kopf. »O doch, zuerst einmal die Herren in der Gemeinde und dann auch wir, weil wir blöd genug waren, ihnen zu glauben. Die wollten sich die paar Schilling ersparen, das war alles. Die Armen zahlen immer drauf. Vor allem solang sie blöd genug sind, den anderen zu glauben. Die Johanna will halt nicht, dass ihr Kind weiter draufzahlt.«

»Mama, ich bitt dich, hör auf! Wenn dich einer so reden hört, kannst du uns in die größten Schwierigkeiten bringen. Und der Johanna hilfst du auch nicht damit. Die rennt höchstens mit dem Schädel gegen die Wand, und die Wand ist noch allemal härter als ihr Schädel.«

Die Ziehmutter faltete die geflickte Hose zusammen. »Langsam glaub ich, es ist höchste Zeit, dass wir mit diesen Sprüchen aufhören. Wenn mehrere gleichzeitig mit dem Schädel gegen die Wand rennen, muss dann die Wand immer noch stärker sein?« So redete die Ziehmutter? Die Ziehmutter, die ihr Leben lang getan hatte, was ihr andere gesagt hatten – zuerst die Eltern, dann der Pfarrer, der Pflegevater, der Bürgermeister?

»Und ausgerechnet die Johanna soll anfangen«, sagte Maria. »Eine schwangere, ledige Dirn, die Tochter von einer ledigen Dirn?«

»Aber das ist es ja!«, rief Johanna. Es war ihr in diesem Augenblick klar geworden, dass sie den Kreis durchbrechen musste. Sie mit ihrem Kind. »Und wenn ich mir das Kind auf den Buckel bind und fechten geh.«

»Jetzt redest du aber wirklich blöd daher«, sagte die Ziehmutter. »Geh lieber schlafen.«

Am nächsten Tag war die Ziehmutter noch wortkarger als sonst, fast als müsse sie wettmachen, dass sie so viel gesprochen hatte. Sie schickte Johanna wieder mit Walter spazieren, während sie aufräumte und die Hühner versorgte. Diesmal nahm Johanna ein Messer mit, schnitt ihm einen Stock und schälte rings um den Stock einen dünnen Streifen Rinde ab. Walter drehte den Stock zwischen den Fingern. »Schau, die Schlange rennt!«, sagte er.

Sie sammelten Schneckenhäuser, bauten einen Bauernhof aus Rinde und stellten Ferkel aus Lärchenzapfen, glänzende Fichtenzapfenpferde und dicke Föhrenzapfenkühe vor die Rindentröge. »Die kriegen alle Kinder«, sagte Walter.

Mitten im Spiel legte er hin und wieder das Ohr auf ihren Bauch.

Wenn er nichts hörte, war er enttäuscht.

Am Abend ging Johanna mit Maria in den Stall, aber sie durfte nur zusehen. »Du machst dich nur dreckig«, sagte Maria. »Und in mein Zeug gehst du auch jetzt zweimal hinein.«

»Wirst du mit dem Walter nach Amerika gehen?«, fragte Johanna.

»Der hat längst eine andere.« Maria zog den Milcheimer näher heran. »Mir soll's recht sein.«

Johanna wusste nicht, was sie sagen sollte. Maria melkte mit schnellen, sicheren Griffen. Sie schien keine Antwort zu erwarten. Etwas später sagte sie: »Der Vater wird alt. Er schafft's nicht mehr recht, aber er will ja nichts davon hören, noch einen Knecht anzustellen.«

Die Kuh schlug mit dem Schwanz nach einer fetten Fliege, die im Stall überwintert hatte. Maria schimpfte, dann drehte sie sich zu Johanna. »Ich muss für den Buben erhalten, was da ist. Soll er dann was daraus machen. Für Firlefanz hab ich keine Zeit.«

Am Morgen des letzten Tages sagte der Pflegevater: »Bleib doch da, Johanna. Es ist Platz genug für uns alle und Arbeit auch!« Die Ziehmutter nickte.

»Ja, bleib«, sagte Maria.

Dableiben. Keine Angst haben müssen, wo sie ihr Kind zur Welt bringen sollte. Daheim sein.

Daheim? Sie hatte sich als Gast gefühlt, seit sie da war. Es war schön gewesen, Gast zu sein. Aber daheim? Und vor allem: Das Kind war nicht nur ihres.

Sie spürte die Blicke, die auf eine Antwort warteten.

»Es geht nicht«, sagte sie. »Weil ... also da ist ja auch noch der Vater von dem Kind, Peter Steiner heißt er.« Jetzt erst fiel ihr auf, dass die Ziehmutter sie nie danach gefragt hatte.

Die Ziehmutter nickte. »Wird wohl so sein. Du kannst ja immer noch kommen!«

Maria runzelte die Stirn. »Mir scheint, die Johanna glaubt an den Osterhasen.«

Walter kletterte von der Bank und stellte sich neben Johanna. Er zog ein daumennagelgroßes rotes Zuckerei aus der Hosentasche.

»Das ist für dich zum Osterhasen.«

»Wo hast du das Ei her?«, fragte Maria.

»Von der Frau Soritsch.«

»Wie oft soll ich dir noch sagen, dass du nicht betteln darfst?«

»Hab nicht gebettelt!« Walters Unterlippe schob sich vor.

Johanna wickelte das Zuckerei in ihr Taschentuch. Sie drückte Walter an sich, bis er zu strampeln begann.

»Es ist Zeit, dass wir gehen«, sagte die Ziehmutter.

An der Autobushaltestelle fiel ihr Johanna um den Hals. »Ich dank dir auch für alles.«

»Steig schon ein, sonst fährt der Bus weg.« Die Ziehmutter drehte sich um und ging. Johanna winkte noch, als sie längst nicht mehr zu sehen war.

Der Chauffeur sagte: »Setzen Sie sich endlich. Ich will nicht schuld sein, wenn was passiert.«

Johanna zog die Fahrkarte aus der Tasche. Dabei fiel ihr das Taschentuch mit dem Zuckerei in die Hand. Letztes Mal war es das Geld in der Schürzentasche, dachte sie. Wie lang das her ist. Vielleicht hat die Maria recht. Vielleicht bin ich wirklich blöd. Aber wenn ich geblieben wäre, da hätte doch wieder alles von vorn angefangen. Ich und mein Kind, wir müssen uns einen eigenen Platz suchen. Vielleicht mit Peter, vielleicht ohne ihn.

Peter wartete an der Autobushaltestelle. Er half ihr beim Aussteigen.

»Wie geht's dir?«

»Gut. Und dir?«

Warum war er so befangen? Warum baumelten seine Arme so merkwürdig?

Sie gingen langsam die Straße entlang, Peter trug ihre Tasche.

»Stell dir vor«, erzählte er, »die Maria ist weg. Sie hat sich eine Arbeit im Krankenhaus gefunden. Der Lahnhofer hat gebrüllt wie ein Stier, dass er's nicht duldet, dass seine Tochter fremden Leuten die Ärsche putzt, aber sie ist weg.«

Johanna neigte sich zu ihm und gab ihm einen Kuss auf die Wange.

»Ich freu mich ja so!«

»Weil der Lahnhofer endlich eine auf den Deckel kriegt?«

»Nein«, sagte sie. »Für die Maria.«

Peter räusperte sich. »Du ... also ich hab mit der Mutter gesprochen und ... also sie sagt, wir können das Schlafzimmer haben. Und sie mag dich.«

Johanna blieb stehen.

»Warum sagst du nichts?«, fragte er.

Sie nahm seine Hand. »Hast es dir gut überlegt?«

»Da ist nichts zu überlegen. Da war nie was zu überlegen. Nur ... ich hab nicht gewusst, wie. Auch wegen der Mutter. Weil sie krank ist. Sei mir nicht bös.«

Sie küsste ihn. Ein Lastauto hupte sie an.

»Gehen wir gleich hinauf?«, fragte er.

»Nein, das nicht. Zwei Monate kann ich noch arbeiten. Dann hab ich wenigstens die notwendigste Wäsche, verstehst du?«

»Wenn du meinst. Aber mir wäre lieber ... Ich möchte am liebsten, dass wir gleich heiraten!«

Sie schüttelte den Kopf. »Ich komm nicht mit leeren Händen.«

»Du bist ein Dickschädel«, sagte er.

»Ja. Zumindest weißt du's rechtzeitig.«

Sie waren beim Gasthaus angekommen. Die Wirtin öffnete die Tür, als hätte sie schon gewartet.

»Na, also du brauchst bald kein Tablett mehr«, sagte der Wirt. »Kannst die Gläser auf deinem Bauch tragen.«

Peter stellte die Tasche hin. Die Wirtin befahl ihm, die Tasche in Johannas Zimmer zu bringen.

»Jetzt kommt's ja nimmer drauf an«, grinste der Wirt. Seine Frau schimpfte über sein Mundwerk.

Johanna schloss ihre Zimmertür.

Peter nahm sie in seine Arme und legte eine Hand auf ihren Bauch.

»Wie geht's unserem Sepperl?«, fragte er.

»Wer sagt denn, dass es ein Sepperl ist?« Das Kind strampelte so heftig, dass man die Bewegung durch das Kleid deutlich sah.

»Ist das ein Fuß oder eine Hand?«, fragte Peter.

»Ich weiß nicht. Manchmal glaub ich, es hat acht Hände.«

»Gott behüt!« Peter fuhr vorsichtig mit den Fingerspitzen über ihren Bauch.

»Johanna!«, schrie die Wirtin. »Komm schon endlich!«

Sie gingen nebeneinander die enge Treppe hinunter.

»Wie du deinen Bauch vor dir hertragst«, sagte die Wirtin.

»Renate Welshs Bücher spenden Trost, zeigen Auswege auf, bringen einen zum Lachen, aber verklären die Welt nicht.«
Stefanie Panzenböck, Der Falter, Bücherherbst 2019

In die Stille hinein murmelte Sophie: »Wie hast du es geschafft, immer großzügig zu sein, auch wenn du überhaupt nichts gehabt hast?«
»Teilen«, sagte Johanna.
»Was teilen, wenn nichts da ist?«
Johanna kicherte. »Wenn es hinten und vorne für einen selbst nicht reicht, dann muss man erst recht teilen. Dann ist genug für alle da.«
»Moment!« Sophie schüttelte heftig den Kopf. »Das ist aber jetzt gar nicht logisch!«
»Stimmt. Logisch ist es nicht, aber wahr.«

Renate Welsh

Kieselsteine

Geschichten über eine Kindheit

120 Seiten
978-3-7076-0671-3
Hardcover mit SU
19,– Euro

Renate Welsh schreibt in »Kieselsteine« über ihre eigene Kindheit und Jugend. Zwischen Wien und Bad Aussee, innerer Freiheit und äußeren Pflichten, dem bewunderten Papa und der geschmähten Stiefmutter gewährt sie einen literarischen wie intimen Blick auf ihr nicht immer einfaches Großwerden während des Kriegs und der Jahre danach.

Ganz im Stil der Autorin geht das Erzählte jedoch über ihr Einzelschicksal hinaus. Renate Welsh hilft uns zu sehen, dass in der Kindheit der Ursprung vieler späterer Erfahrungen liegt und dass wir durch einen Blick zurück stets verstehen, wie wir zu den Menschen wurden, die wir heute sind.

»Was Renate Welsh als Autorin auszeichnet, sind die Einfühlsamkeit, mit der sie ihre Charaktere gestaltet, die Symbolkraft ihrer Geschichten und die Eleganz ihres Stils, die subtile Ironie, die auch oder gerade in ihren besonders melancholischen Texten mitschwingt.«
Vladimir Vertlib, Die Presse, über »Kieselsteine«

Unsere Ahnen seien auftrechte, rechtschaffende Menschen gewesen, sagte Großvater, und das klang feierlich und groß. Ich schämte mich, besonders weil mir gerade in diesem Moment auffiel, dass ich, wie so oft, eine Zopfmasche verloren hatte.

Renate Welsh

In die Waagschale geworfen

Geschichten über den Widerstand gegen Hitler

104 Seiten
978-3-7076-0656-0
Hardcover mit SU
18,– Euro

Nachfolgende Generationen stellen sich oft schon als Jugendliche die Frage, was sie selbst in der Zeit des Nationalsozialismus getan hätten. Und erfahren dabei, dass die Grenze zwischen Tätern, Opfern und Mitläufern selten klar zu ziehen ist. In diesem Buch geht es jedoch um diejenigen, die eindeutig Widerstand leisteten – aus Menschlichkeit und tiefster Überzeugung.

Auch, aber nicht nur für junge Leserinnen und Leser setzt sie die Einzelschicksale in prägnanten und informativen Nachträgen in einen historischen Kontext. Unter einem Regime, das die Unmenschlichkeit zum System gemacht hat, haben diejenigen, die klar nein sagten, bewiesen, was der Mensch sein kann. Und das macht Hoffnung für die Zukunft.

»Das Renate Welsh auf ein genaues Hinschauen Wert legt, macht auch ihr Buch ›In die Waagschale geworfen‹ deutlich, in dem sie das Thema Widerstand im Dritten Reich behandelt und von mutigen, opferbereiten Menschen erzählt, ›stillen Helden‹, von denen niemand spricht.«
Wiener Zeitung über »In die Waagschale geworfen«

Als sie die Nachricht bekam, dass Julius tot war, hatte sie jedesmal, wenn sie über eine Brücke ging, einen Sog nach unten gespürt, einen starken Sog. Aber irgendwie hatte sich das geändert, als sie anfing, den Fremdarbeitern Brot zu bringen.